绝对宝贝

中国当代故事文学读本系列八

社会写真系列

48

上海故事会文化传媒有限公司
上海文化出版社

图书在版编目（CIP）数据

绝对宝贝 / 故事会编辑部编. -- 上海：上海文化出版社，2016.7
（中国当代故事文学读本. 社会写真系列；八）
ISBN 978-7-5535-0585-5

Ⅰ. ①绝… Ⅱ. ①故… Ⅲ. ①故事-作品集-中国-当代 Ⅳ. ①I247.8

中国版本图书馆CIP数据核字(2016)第161504号

责任编辑：朱　虹
装帧设计：周艳梅
责任督印：张　凯

书　　名：绝对宝贝
著　　者：《故事会》编辑部编

出　　版：世纪出版集团　上海文化出版社
出　　品：上海故事会文化传媒有限公司
　　　　　（200020　上海市绍兴路74号　www.storychina.cn）
发　　行：世纪出版股份有限公司发行中心
印　　刷：上海中华印刷有限公司
开　　本：787×1092　1/32　印张8
版　　次：2016年7月第1版　2016年7月第1次印刷
书　　号：ISBN 978-7-5535-0585-5/I·167
定　　价：15.00元

版权所有·不准翻印

上海故事会文化传媒有限公司 出品 (00599) www.storychina.cn

上海故事会文化传媒有限公司所有图书可办理邮购，免收邮费(挂号除外)
汇款地址：上海市南绍兴路74号(200020)；　收款人：上海故事会文化传媒有限公司出版发行部
联系电话：021-64338113
如发现本书有质量问题，请与印刷厂质量科联系 T：021-65376981

编者的话

一、中华民族自古以来便有讲故事的传统。五千年的文明绵延不断,五千年的故事口耳相传,故事成为中华民族弥足珍贵的精神财富。

二、创刊于1963年的《故事会》杂志是一本以发表当代故事为主的通俗性文学读物。50多年来,这本杂志得风气之先,发表了一大批脍炙人口的优秀作品,许多作品一经发表便不胫而走、踏石留印,故而又有中国当代故事"简写本"之称。

三、50多年来,这本杂志眼睛向下、情趣向上,传达的是中华民族最核心、最基本的价值观。

四、为让读者在最短的时间内阅读最大面积的精品力作,同时也为纪念《故事会》杂志创刊50周年,故事会编辑部特组织出版《中国当代故事文学读本》丛书。

五、丛书共分六个板块:悬念推理系列、幽默讽刺系列、惊悚恐怖系列、言情伦理系列、古今传奇系列、社会写真系列。并按系列逐年推出若干部作品集。

六、古人云:登东山而小鲁,登泰山而小天下。对于喜欢故事的读者来说,本丛书的创意编辑将带来超凡脱俗的阅读体验。

《故事会》编辑部

目录
Contents

时代·生存篇

- 父亲啊父亲 …………………………… 02
- 生命的尊严 …………………………… 07
- 谁会说真话 …………………………… 13
- 毕业证的妙用 ………………………… 19
- 东北来的客人 ………………………… 23
- 第四街区计划 ………………………… 28
- 人人都爱正能量 ……………………… 31
- "二号选手"不打折 …………………… 36
- "坦克帽",你在哪里 ………………… 42
- 伸向民工的黑手 ……………………… 47

诱惑·万象篇

- 告状奇遇 ……………………………… 68
- 鉴宝专家 ……………………………… 76
- 真假运气 ……………………………… 82
- 铲地皮 ………………………………… 87
- 没有找错门 …………………………… 93
- 做人的尊严 …………………………… 98
- 一条走失的狗 ………………………… 101
- 地球人都知道 ………………………… 106
- 二手车那些事 ………………………… 110
- 绝对宝贝 ……………………………… 115

目录
Contents

真情·灵魂篇

考验 ……………………… 133

老师不走 ……………………… 138

寂寞英雄 ……………………… 144

千里追债 ……………………… 151

第三个答案 ……………………… 155

另一种报答 ……………………… 161

谁也别忘记 ……………………… 167

我们一样爱他们 ……………………… 173

永远的白房子 ……………………… 176

人生·启示篇

一路好运 ……………………… 193

钱小乾坤大 ……………………… 199

三个火枪手 ……………………… 204

得饶人处且饶人 ……………………… 209

行善是门技术活 ……………………… 215

拉面馆里的秘密 ……………………… 219

与老师的零分约定 ……………………… 225

出狱之后 ……………………… 229

时代·生存篇

shidai shengcunpian

昨天再好,也走不回去;明天再难,也要抬脚前行。

父亲啊父亲

　　大李在中医院当化验员。这天,他下班回家,走到家属院门,远远看到院里围了一大群人。大李走过去朝里一看,头"嗡"地炸了,只见人群中间有两个人在吵架。哪两个?一个是自己的顶头上司——中医院的包院长,另一个是自己乡下的老父亲。大李刚搬来家属院,父亲还没来过,他怎么会在这里和包院长吵架呢?大李慌忙退到旁边,拉了院里的小周一问,才明白是怎么回事。

　　原来,大李的父亲李老汉拉着一辆三轮车进城来卖西瓜,恰巧来到了家属院门口。包院长过去问价钱,李老汉递过一片切好的西瓜,笑呵呵地说:"您先尝,这瓜特别好,不甜不要钱!"包院长拿着西瓜放嘴里一品,突然"呸"地吐出几颗瓜子,连连摇头说:"这瓜不甜,一点儿不甜,便宜点卖吧!"

李老汉一愣:"这么好的瓜你还说不甜?我的瓜就是这个价钱,你不买就算了。"包院长平时威风惯了,现在被一个卖西瓜的老汉顶回来,弄了个大红脸,他见又有几个人过来买瓜,就在旁边阴阳怪气地说:"这算啥瓜,一点不甜。"别人一听,转身走了。这下,李老汉火了,眼珠子一瞪,喝道:"你这人怎么这样,你不买也就算了,干吗叫别人也不买我的瓜,这不是故意跟我作对吗?"

平时,包院长在院里说一不二,平日里没人敢在他面前大声说话,现在见一个乡下卖瓜的竟敢冲自己大嚷大叫,岂肯罢休,于是,摆出了蛮横架势说:"买不买是别人的事,说不说是我的事,你管不着!"

"好!"李老汉牛脾气也上来了,"你说我的西瓜不甜,咱让别人尝,如果大伙儿都说我的西瓜不甜,我就砸了这车西瓜!"

包院长冷笑两声,不屑地说:"我敢保证,这个大院里没人会说你的西瓜甜,如果有一个说你的西瓜甜,你这车西瓜我都买了——每个西瓜一百块!"

两个人较上了劲,就像犟牛上了磨,再也没有回头路。这时,周围已经围起了一圈人,李老汉不再多说,挑了两只大西瓜,举刀"嚓嚓嚓",切成一片片的,让大家品尝。

大李明白了事情的前因后果,暗暗叫苦,他出身农村,小时候性格内向,常常受同龄人的欺负,每次有人欺负大李,都是父亲出面,非得弄清是非曲直不可,在他的心目中,父亲是英雄,是硬汉!记得有一次,村长家的羊啃了大李家的庄稼,村长想抵赖,父亲不依不饶,硬是牵了村长家的羊,官司打到了乡政府。因为父亲这种耿直不屈的性格,他年轻时就被人送了个绰号：李不输！

今天阴差阳错，父亲"李不输"跟院长较上了劲儿，到底谁赢谁输呢？

李老汉给每人送了一片西瓜，期待着别人说出一个字：甜。谁知，尝了李老汉西瓜的人，有的眼神中隐藏着内疚，有的对李老汉充满了同情，但最后都摇摇头说："不甜……"包院长得意地笑了，李老汉的脸色渐渐变白变青了。李老汉哪里知道，这里是中医院的家属院，这些人都是面前这个黑胖子的下属，黑胖子发了话，谁敢不顺着他的话说？

李老汉种了三十多年的西瓜，是有名的种瓜能手，年年的西瓜又大又甜，怎么这些人都说自己的西瓜不甜？他不信邪似的自己尝了一口西瓜，没错，西瓜没变味，既甜又脆！

可是，眼看一圈的围观者都尝完了西瓜，没有一个人说李老汉的西瓜甜。李老汉的冷汗流出来了，他不甘心地往四处张望，忽然，透过人群的缝隙，看到外边还站着一个人，顿时生出一丝希望，叫道："外边还有一个人没尝我的西瓜，叫他来尝！"

包院长扭头一看，是大李，自然更不放在心上，挥挥手说："好，让你输个心服口服！"李老汉挤出人群，一看，外边这人竟是自己的儿子大李。李老汉稍稍一愣，递过去一片西瓜，说："你凭良心说句话，这瓜甜还是不甜？"

大李呆呆地接过西瓜，慢慢地放进嘴里，咬了一口，此时，他的神经已经麻木了，吃不出一点味道，脑子里只有一个声音在说：我该怎么说？说甜，还是说不甜？

一边是父亲充满期待的眼神，一边是包院长一脸的阴笑，大李不知该怎么开口。他想，中医院是包院长个人承包的，聘谁不聘谁都在他一句话，如果自己当着这么多人损了包院长的脸面，自己好不容易找到的这份工作，还能保得住吗？

"我觉得西瓜……"大李终于从嘴里挤出细得像蚊子叫的声音，"不甜。"说完，大李几乎晕倒，再没有勇气看父亲一眼。

李老汉真的呆住了，怀疑自己是不是听错了。当他听到旁边黑胖子得意的笑声时，李老汉明白自己没有听错。顿时，他像头发怒的公牛，咆哮一声，冲上前一把掀翻了三轮车，然后用脚"扑扑扑"拼命踹着四处滚落的西瓜。红艳艳的西瓜汁又浓又稠，在李老汉的脚下淌了一地。围观的人群都惊呆了。大李看到父亲暴怒的样子，再也忍不住了，上前一把抱住了父亲，哭喊道："爸，别这样，您别这样！"包院长也没想到卖瓜老汉是大李的父亲，他尴尬地溜走了，其他人也都低着头走了。

当李老汉听大李说，刚才那个黑胖子就是大李的上司时，李老汉愣住了，半天说不出话来。

大李眼眶里盈满了泪水，说："爸，你怨我的话就狠狠打我吧！我也没法子，我不想丢了这份工作，胳膊扭不过大腿啊！"过了好一阵子，李老汉"咕咚"咽了口唾沫，什么也没说，扶起倒在地上的三轮车，蹒跚着走了。

大李回到自己的一室一厅小屋，倒在床上号啕大哭。大李好内疚，父亲一生倔强，从未向任何人认过输，如今自己却昧着良心让父亲丢了脸。大李问自己：我还算个男人吗？这一夜，他翻来覆去睡不着觉，终于打定了主意。

第二天，大李揣着一封辞职信，敲开了院长办公室的门。大李知道，如果这件事就这样不了了之的话，自己将一生不安。虽然工作来之不易，但丢掉了还能重找！大李今天来，就是要给包院长一点颜色，跟他大闹一场，为父亲出气。大李毕竟是"李不输"的儿子，骨子里有父亲不屈不挠的骨气!

包院长看到大李进来,略显尴尬地笑着说:"大李哇,你看昨天这事闹得……真是误会了……"大李一咬牙,捏紧两只拳头,正要按计划发作,突然外面响起了敲门声,包院长见大李脸色不对,便指了指办公室里面的一个门,说:"你先到里间坐,我接待完客人咱们再聊。"

大李进了里间,听见包院长打开门,接着听见一个熟悉的声音:"包院长,对、对不起,昨天我错了,是我的瓜不甜,我的瓜是真的不甜!"

那是父亲!大李一下冲到门口,扒着门缝往外瞧,只见父亲站在外面,手里拎着一个大大的塑料袋,脸上堆着笑,只是那笑里满是苦涩。

包院长也愣了,不过他毕竟有经验,打了个哈哈道:"哪里哪里,小事一桩,小事一桩啊!"

李老汉赔着笑脸,继续说:"对不起,包院长,真是我错了,我的瓜确实不甜……以后,以后请您多关照我儿子,谢谢……"说这几句话的时候,大李听出父亲的声音有点发颤。说着,李老汉把东西朝沙发上一放:"您忙,您忙,不打扰了!"边说边走了出去。

等父亲走了,大李从里间走了出来,径直朝门外走去。大李没看包院长,他知道包院长的脸上现在一定挂着胜利者的笑容。由于走得急,大李带倒了父亲放在沙发上的食品袋,从里面掉出来两条香烟、两瓶酒。

大李走出来,把辞职信扔进了垃圾箱,他的泪水再一次忍不住流了出来。他追到医院门口,在来来往往的人流中,远远还能望见父亲的背影。大李看到,不知什么时候,父亲的背驼得更厉害了……

(芦宏伟)

(题图:魏忠善)

生命的尊严

王财是玉龙山最出色的猎手。四天前,张局长开着小车来到他家,把一沓钞票扔到桌子上,说:"老规矩,还要头羊的羊鞭。"

这是张局长第三次来找王财。前年的夏末秋初,张局长经过打听找到王财,让他上山打一只头羊,说是要用羊鞭入药,王财听了,头摇得像拨浪鼓:"玉龙山这几年山羊多了不假,可现在禁猎,谁敢打呀!我的手也生了,你找别人去吧。"张局长见王财并没把话说死,就满脸堆笑地说:"打一只头羊,我给你三千元,怎么样?"

玉龙山土地贫瘠,三千元几乎是王财一家全年的收入,他的心动了,可还是装作为难的样子一个劲摇头。张局长说:"要不这样,我出五千,真要出了事,我兜着!"活到四十多岁,王财从没想过哪年能挣上五千元,他紧张得手心冒汗，最终抵不过金钱的诱惑，张嘴应承下来。

去年这时候，张局长又带着钱来了，这次王财连拒绝的勇气都没有。四天前，当张局长再次找到王财时，他禁不住好奇，问张局长，为什么每年都要头羊的羊鞭，张局长快退休了，应该不是自己要，但也没听说送礼送这个的。

张局长迟疑了一下，最后叹了一口气说："老弟，你帮了我两次，我也不瞒你，前年我再婚娶了个年轻老婆，我都这岁数了，那方面肯定不太行了，有个老中医给我开了个方子，说是加上头羊的羊鞭，制成丸药，药效奇佳。第一次我是抱着试试看的态度，没想到效果真的不错……"

原来是这样！王财会意地笑了，对于张局长这样有身份的人来说，那方面关乎男人的尊严，尊严没了，钱再多又有何用？而对他王财来说，养活家人、让家人过上好日子关乎他的尊严，但过好日子是需要钱的。

想到这里，王财心头掠过一丝不祥的预感，作为一个出色的猎手，他知道，动物也是有尊严的，他接连打了两只头羊，若接着再打，会不会遭到羊群的报复？不过这念头随着他的眼光瞟向桌子上那沓钱，就一闪而过了。玉龙山被一条山沟分成了南山和北山，满山遍野长着半人来高的荆棘丛，山羊穿行其中，不注意发现不了。前两次，王财是在山上设埋伏打的头羊，四天前张局长来时，他又上山重新布置了一下，可等了一天，连山羊的影子也没发现。王财想，今年天旱，山羊饮水只有到山脚下的水潭，自己何不就在水潭附近埋伏，来个守株待兔？于是从第二天起，王财埋伏在距水潭不足百米的土坑里。

等了三天，头羊终于出现了！王财趴在北山脚下的土坑里，清楚地看到那只头羊高大健壮，头顶着高高的犄角，身披一袭黑得发亮的缎子毛，四只蹄子上的毛却是白色的，站在南山坡上，神情庄严。前年和去年的头羊与这只几乎一模一样,难道它们是同一家族的?

禁猎前王财打过多年猎,对山羊很熟悉,羊群的头羊他打眼就能认出。一般来说,羊群下山饮水,打头阵的是哨羊,哨羊站在高处,不用眼睛,只用耳朵,向四周仔细倾听,若发现异常,就会发出"咦——咦——"的叫声,向羊群发出警报,这时,头羊便带领它的家族飞速隐进丛林。南山坡上的那只山羊,王财可以肯定它就是头羊,可头羊怎么会打头阵呢?羊群有羊群的活动规律,这只头羊一反常态的出现,扰乱了王财的行动部署:他原本想等羊群下来饮水时,直接将头羊射杀,可现在头羊却站在南山坡上不动,这个距离超出了猎枪的射击范围,想射击它,只有更接近它才行。王财已经守了三天,张局长也催了他两次,他不想再等了,于是他爬出土坑,伏下身子向南山上爬去。可他刚爬了几步,却见头羊纵身向旁边一跳,上了山坡,眨眼间就在他的视线中消失了。为了跟上头羊,王财只好加快速度,继续往坡上攀爬。爬到山脊后,王财蹲在荆棘丛中,侧耳听听,山坡上静悄悄的,没有羊群奔走时杂乱的声音;他又抽动一下鼻子,山风中也没有羊群的气味!

这是怎么回事?王财心中一紧,不由自主站起了身,放眼四望,南山上压根就没有羊群!王财出了一身冷汗,猛一转身,却发现头羊出现在自己身后四百米开外的地方,正傲然地看着自己!

王财的头"嗡"的一声就炸了,就听到山下骤然响起羊群奔跑的声音,只见一头长相与头羊相似、体形小一号的山羊,正带领着羊群,快速下到沟底,奔向山脚的水潭!

看到这一幕,王财禁不住打了个寒噤,看来他面对的是一头忠诚、警觉、聪明非凡的头羊,它显然早就发现了王财,为了羊群的安全,它只身调开了猎人!而此时它面对死亡,依然临危不乱,镇定自若,轻蔑地看着王财!

王财的如意算盘落空了!禁猎之前,王财是玉龙山最出色的猎人,他的辉煌战绩是一枪把一只正在奔跑的山羊打了个"对眼穿"。所谓对眼穿,就是子弹从猎物的一只眼睛穿入,从另一只眼睛穿出,一枪致猎物死命而不伤分毫皮毛。他这一手在玉龙山无人能出其右,被人尊称为"枪王",要不张局长也不会来找他了。被一只头羊骗了,这对"枪王"来说简直是莫大的侮辱,撇开报酬不谈,为了维护他"枪王"的尊严,他今天也必须射杀这只头羊!

王财估计头羊接下来就会只身下山,与羊群会合。他必须在最短的时间内判断出头羊下山的路线,并找到一个合适的位置,争取一枪击毙头羊。果然,王财刚埋伏好,头羊就走进了他的射击范围!王财果断地站起身,举起猎枪就射,他了解山羊的习性,已经算准了头羊会向哪个方向跳跃,但这回王财又失算了,头羊竟然向相反的方向跳开,王财放了次空枪!头羊跳出王财的射击范围后,停下来看着王财,那倨傲的神态,分明是在向他示威!

王财铁青着脸蹲下,咬着牙思考对策,他知道头羊试探过后必有动作,何不以逸待劳,看头羊还有何花招?

果然,片刻过后,头羊的声音又传了过来,王财再次腾地站起,开了一枪。这次王财判断得很准确,一枪打中了头羊的右后腿,头羊发出一声悲鸣,摔倒在荆棘丛中。

带着胜利的微笑,王财慢慢靠近受伤的头羊,这时,让他吃惊的一幕出现了,头羊蹒跚着站了起来,并艰难地调转过头,面向他站着,神情里满是不屑。

王财以为头羊想逃跑,又警觉地端起了枪。头羊果然跑了起来,让王财目瞪口呆的是，头羊不是逃跑，而是冲他来了。电光石火间，王财顾不了那么多，他又开了一枪，这回子弹打中了头羊的左后腿，头羊发出一声哀叫，又倒在了荆棘丛中。

这下，头羊跑不了了，但它还是拖着两条伤腿，慢慢向王财爬来，爬到距离王财20米远的地方，它忽然停了下来，奋力用两只前蹄支起身体，居高临下看着他，在王财眼里，那神情简直是一种嘲讽，仿佛在说：看你能把我怎么样！

以前猎物遇到王财时都是慌不择路，而这只头羊却从一开始就跟他较量。头羊的一再挑战，让王财内心的愤怒一下燃烧起来，他恼怒地加快脚步，想尽快接近头羊，把它的眼睛挖下来，他受不了一个猎物用这种轻蔑的目光看着自己。

王财死死盯着头羊的眼睛，逐渐靠近它，在距离头羊仅有两三米时，他像是想起了什么，突然停住了脚步，脸上一下露出惊骇的神情，随即快速提起右脚，但还是慢了一步，随着脚下腾起一片黄土，王财发出"啊"的一声惨叫！

王财踩上了捕捉猎物的铁夹，这铁夹是三天前他安放在刚才那条小路上的，为确保猎杀成功，他在山下伏击时没有收，但他记得自己明明把铁夹放在这片黄土以东几丈远的地方，怎么跑到这里来了？

疼痛让王财顾不上多想，他特制的铁夹两边都带有锯齿，合起来能相互咬合，此时铁夹紧紧夹在他的右脚上，被夹的地方已经皮开肉绽，鲜血直流。王财疼得脸上直冒冷汗，提起右脚，用左脚跳着走，可坡上站不稳，他一个趔趄，一屁股坐在了山坡上，双手一按黄土，刚想站起来，却又发出一声更大的惨叫，他的双手又夹上了两个铁夹！铁夹强大的弹力作用在手掌上，铁齿轻松地穿透了整个手掌，有几个铁齿扎上了血管，鲜血顿时像泉水一样喷涌出来。

钻心的疼痛中，王财猛地记起来了：这三个铁夹都是自己亲手安放的，前年和去年曾经用来猎杀了两只头羊！他做梦也没想到，今年，新的头羊识破了他的用意，用角把铁夹挑离了原来的位置，并用黄土掩盖起来！其实只要他稍微仔细一点，是能发现的，可刚才他被愤怒冲昏了头脑，竟然就这么踩了上去！

离王财几步远的头羊由于失血过多，已经不能动了，王财这才明白，这只头羊为什么这么反常，一切的一切，都是为了激怒自己，让自己失去理智，掉进陷阱。或许，头羊今天根本就没有准备返回羊群，它的任务就是除去羊群最大的敌人——王财！自己猎杀头羊，哪想到，头羊也在猎杀自己！

此时头羊就在离王财几步远的地方望着他，就像他前两年望着那两只头羊一样。疼痛和失血让王财昏了过去，等他再醒过来，意识已经有些模糊了，心里充满了对死亡的恐惧，但他仍努力地睁着眼睛，作为猎人，他实在不甘心让猎物看着自己死去……

两天后，张局长找到了已死去多时的王财和那只头羊，望着双目圆睁的王财，张局长惊恐地说："天啦，怎么被自己的铁夹夹住了？死在自己的铁夹下，真是死不瞑目啊！"

想到自己已经把钱给了王财，张局长就想把那只头羊的羊鞭割下，但刚走近头羊，他就吓得不敢下手了：这是羊吗？怎么死了还带着诡异的笑……

（彭晓风）
（题图：魏忠善）

谁会说真话

皇朝大酒店是市里最豪华的酒店,酒店非常重视厨艺,每个季度都要搞一次菜肴评比,评为"季度最佳厨师"的就能晋级为副厨师长,工资涨一大截。尹大为是皇朝大酒店的一名厨师,他的厨艺一流,所做的几道招牌菜很受食客好评,但奇怪的是,酒店每次评比,尹大为都没能得奖,这是为什么呢?说到底,这是酒店里的潜规则:酒店的厨师们有个不成文的规定,大家互相拉帮结派,支持自己派系的人,排挤别的派系的人。尹大为是从外省过来的,自然要受到排挤。

再过几天,又到了季度评比的时间。这天晚上,酒店打烊后,厨师们陆续走了,尹大为换好衣服,望着黑乎乎的后厨,心事重重地叹了口气。他刚要转身离去,身后突然有人说道:"尹师傅,黑灯瞎火的,您干吗叹气?"

冷不丁有人开口说话，尹大为不由吓了一跳，他连忙转身一看，发现说话的人居然是饭店的洗碗工"小盘子"。

两个月前，饭店招了个临时工，专门负责刷盘子洗碗。这个临时工年龄不大，平日不怎么说话，但干活很卖力，大家都叫他"小盘子"。

见是小盘子，尹大为和气地笑笑，说："没什么，干了一天活，累了。"说完，他转身就要走。

小盘子几步跨上前，拦住了尹大为，说："尹师傅，我猜您叹气是因为明天的季度菜肴评比，对吗？"

尹大为一听，心中不由一惊。没等他开口，小盘子又补了一句："我知道尹师傅菜做得好，如果您想得到'季度最佳厨师'的话，也许我能帮得上忙。"

尹大为一听，差点笑出声来，心想：这个洗盘子的可真是自不量力，在酒店，厨师的地位是最高的，就连大堂经理也不敢招惹厨师，你一个洗盘子的却大夸海口，去和这帮抱成团的厨师斗？

小盘子似乎看出了尹大为的心思，说："尹师傅，您一定以为我是夸海口，您不相信我就算了，我还是洗我的盘子去吧。"

自己心里想的啥，居然接连被小盘子识破，尹大为开始重视起眼前这个临时工来了，他看了看周围，一把扯住小盘子的胳膊，低声说："小兄弟，这里不是说话的地方，咱们到外面找个喝酒的馆子，边喝边聊。"

于是，两人来到了不远处的一个小酒店，要了点花生毛豆，弄了瓶白酒，边聊边喝。

小盘子毫不客气，捏了粒花生米，开门见山地说："尹师傅，您的厨艺在咱们酒店，不是数一，也得数二，但咱们酒店风气不好，互相拉帮结派，糊弄咱们大老板，结果您虽然厨艺高，但上层一直不知道，所以就一直被埋没了,您被咱们酒店的潜规则给压制了啊!"

一句话说到尹大为的心坎里去了,他喝了口酒说:"可我是一个外来户,没帮没派的,没有办法啊!"

小盘子不以为然地说:"尹师傅,这事包在我身上了。"

尹大为不由乐了:"你人不大口气倒不小哟!"

小盘子说:"不是我口气大小的问题,而是我们酒店业是有规则的,您要是知道了酒店业的最高规则,那您就能成为最优秀的厨师了。"

尹大为一听,顿时懵了,他可从来没听说过酒店里有什么最高规则,他示意小盘子继续说下去。这时,小盘子反倒故意卖起了关子:"尹师傅,好饭不怕晚,这个最高规则得等到明天才能告诉您。"

就这样,尹大为无论怎么套小盘子的话,小盘子就是不松口,两人一直聊到半夜才散。回到住处,尹大为居然失眠了,躺在床上,他想:瞧小盘子口气这么大,难道他真有什么了不得的手段?

第二天晚上,酒店打烊后,所有的厨师都没走,来到酒店二楼的大会议室开会,评选"季度最佳厨师"。

尹大为坐在会场里,一直魂不守舍,心里老在琢磨着小盘子昨天那番话,巴不得这名不见经传的洗碗工真的能有点法子,让奇迹发生一次。可会都开始了,也没见到小盘子的人影,很快投票也结束了,还是没见小盘子的人影,尹大为想到自己居然把命运寄托在一个洗碗工身上,难为情地笑了笑。

不大一会儿,投票结果统计出来了。主席台上,酒店总经理笑眯眯地拿着张卡片,打开后刚要读出来,就在这一刻,会场后边响起了一个略显稚嫩的声音:"总经理,您不用读了,我猜结果一定是18号厨师孟长山。"

这话一说，整个会场的人全都回头往后看：居然是小盘子！

酒店总经理也愣住了，沉默了片刻，他饶有兴趣地问道："你是谁，你怎么会知道结果的？"

小盘子大声说："我是洗盘子的临时工……"

话刚落音，整个会场的人都笑出了声。总经理在笑声中觉得自己被嘲弄了，他手一挥，不满地说："保安呢，怎么组织会场的？这是评'季度最佳厨师'，洗碗工干吗放他进来？"

谁知小盘子更加来劲了，他针锋相对地说："总经理，这次'季度最佳厨师'，我觉得应该评尹大为。"

小盘子话一落音，会场所有的厨师都盯着尹大为看，接着，全场笑得更厉害了。尹大为哪里能想到小盘子居然会当众提自己的名字，他感到自己的脸如同被人当场抽了几耳光，心中又急又恼，恨不得在地上找个缝钻进去。

总经理早不耐烦了。小盘子旁边的几个厨师见总经理生了气，赶紧起身，要过来赶小盘子出去。这时，小盘子突然一手举起几张纸，高声喊道："总经理，您看完这纸，再赶我走也不迟！"说完，他径自走向主席台，把纸递到了总经理手中。

总经理迟疑了一下，还是伸手把纸接了过来。他先是略微看了看，看着看着，原先的恼意消失了，接下来是眉头紧锁，最后又意味深长地看了看小盘子，赞许地点了点头。

总经理这番表情，顿时使会场安静了下来，就连刚才羞得不行的尹大为也紧紧盯住了主席台前方。在总经理的示意下，小盘子站到了讲台上，不急不慢地说道："人在职场，有利益也有竞争，有了竞争大家就不会说真话，在这个酒店里，'季度最佳厨师'是个香饽饽，大家都想争,争来争去就没人说真话了,所以我想说说真话……"

这时,台下一个厨师不耐烦地说:"你就是个洗盘子的,能说什么真话?"

小盘子笑笑说:"我刚才递给了总经理一张纸,那张纸会讲真话。"

一句话让台下所有的厨师都摸不着头脑。

小盘子接着说:"这张纸记录了我两个月来总共洗的盘子数,因为最后一道洗刷都要经过我的手,这两个月我一共洗了二十多万个盘子和碟子,每天多的时候要洗近万个盘子,两个月的盘子一个不拉地都被我统计下来,我发现尹大为师傅做的菜,被点的次数最多,排前十的菜里,有他做的三个菜……"

刚说到这里,一个厨师不服气地问:"凭什么从洗盘子上就能断定尹大为做的菜被点得最多?"

小盘子立刻驳斥道:"你也知道,咱们饭店是高档饭店,比较讲究,每一种菜品用的盘子形状都不相同,就连凉拼的菜盘子也形状各异,所以,只要查清有多少这样的盘子,就知道有多少客人点了这道菜,厨师们可以拉帮结派,但盘子不会拉帮结派,盘子会开口说实话。"

小盘子说完这番话,台下顿时沉默起来,尹大为激动了起来,他没想到这个小盘子的心居然会这么细!

这时,总经理微微带笑,说:"没想到咱们饭店还有这样的人才,好啊,要是没有他,我想我们今天的评比也许会埋没了一个好厨师啊……"

总经理话还没说完,又一个厨师站起来,不客气地说:"即使真的像这个洗碗工说的那样,但谁又能证明他统计的数字是真实的?或许是他和尹大为串通一气、浑水摸鱼呢?"

没等小盘子反驳,总经理主动举起手中的另外一张纸和一张照片,动情地说:"这些东西能证明他不会浑水摸鱼,这张是小盘子——不,是张鸣的大学录取通知书——他刚刚被北京一所重点大学数学系录取了,这张照片是张鸣的全家福,他的爷爷可是我们饭店的老员工。最初也是做洗盘子的活,老人一生最大的理想就是成为一名出色的厨师,最终他成了我们饭店第一代的厨师长。不久前,老人去世了,他生前最大的心愿就是能回饭店,看看过去工作的厨房。所以张鸣是带着爷爷的遗愿来的,他也想了解爷爷过去的工作,我相信他说的一切都是真的。"

片刻,台下响起了热烈的掌声,尹大为的双眼顿时模糊了。

那天晚上,尹大为第一次被评为了"季度最佳厨师",顺利晋级为副厨师长。散会后,尹大为再次请了小盘子,哦,不,请张鸣吃饭。尹大为喝醉了,但他还是清晰地记住了张鸣说的那句话:"厨师行业的最高规则是——让盘子开口说真话……"

(王兴菜)

(题图: 安玉民 梁 丽)

毕业证的妙用

　　有三个人在火车上萍水相逢，聊得颇为投机。聊着聊着，他们谈起了学历问题。巧的是，三个人的学历分别是中专、大专和本科。而且，他们的毕业证都各有一段趣事。

　　中专生先说："我的学历最低，所以，没成啥大事。"原来，他毕业后在一家工厂当工人。学历根本不重要，所以，他没把毕业证当回事。后来工资改革，要按学历涨薪，可他怎么也找不到自己的毕业证了。

　　大专生和本科生异口同声地问："难道你把毕业证扔了？那你后来怎么办呢？"

　　中专生笑着说："我老婆会做鞋，当时她找不到合适的硬板纸做鞋底，便把毕业证给剪了。"

另两人一听，都乐了，便问他，那工资没涨成吧。

中专生哈哈大笑，他说："涨成了，后来我把老婆做的鞋送给了领导，领导穿上正合适。我说明情况，就给涨了。"

大专生听了，接着说："那挺好，我的毕业证可是给全家带来噩运的啊。"

中专生忙问："太夸张了吧？毕业证能引起啥灾难？"

大专生叹口气说："这你就不知道啦。我是我们家族的第一个大学生，我爹可看重我的毕业证啦。每年过年时，他都要把毕业证拿出来，供奉在祖先牌位前，说是给先人看。哪知有一年，祖先牌位前点燃的香火掉在了毕业证上，引起了一场火灾。"

其他两人一听，都大吃一惊，这恐怕是史上引起最大不幸的毕业证了。

中专生忙问："那你的工作没受到影响吗？"

大专生笑着说："塞翁失马，焉知非福。毕业证引起火灾后，有不少人给我捐款。我就用这笔钱当资本，做起了生意。现在，呵呵……"他没再说下去，其实看他的打扮，也知道他现在过得挺好。

中专生听完，不禁露出了羡慕的神情。他又看看从头到尾不太吱声的本科生，便直催他讲自己的经历。

本科生拗不过，便说了："现在本科生也多了，毕业证也不稀奇了。可是当年我的毕业证可是救我一命的啊！"

其他两人一惊，这毕业证还能救命？

本科生见他们的兴趣被吊起来了，便娓娓道来。

本科生大学毕业后，拿着毕业证去找工作，结果由于竞争激烈，没找到满意的工作。正在他束手无策之时，一个陌生的男人上来搭讪，说有一个非常好的工作需要人,而且门槛低。因为本科生急着找工作,便跟了过去,结果到了才发现,那是一家黑工厂,里面都是被骗来的工人。由于管得严,没人能出去。本科生知道自己上当了,便找逃跑的机会,可找了半个月也没发现机会。突然有一天机会来了,他趁着看门的打手放松警惕的机会,把毕业证扔到了大门外。

中专生打断本科生问:"毕业证能扔多远?厂里的人一会儿就发现了吧?"

"那你就不懂了!"本科生自豪地回答,"我把毕业证扔出了二十多米远。"

大专生一愣,追问道:"你的毕业证长翅膀了吗?飞得那么远?"

本科生得意地笑了,他说:"我把它折成了纸飞机。"

两人一听,夸本科生聪明。但他们心里嘀咕,一张掉在地上的毕业证就能救人吗?

本科生看出了他们的疑问,接着说:"当时我心里也直打鼓。等了三天,还真有警察把黑工厂包围了。黑心厂长问是谁泄的密,我就承认了。黑心厂长一听说我是本科学历,大骂手下的人,找什么样的人不好,非得找个高学历的。"

中专生和大专生听罢哈哈大笑。中专生接着问:"那到底是谁替你报的警呢?"

本科生回答:"就是一个过路的人,他捡到了毕业证,当时没注意。可他回到家后,发现毕业证编号里的数字被人划掉了不少,只留下三个数字'110'。这引起了他的注意,便报了警。"

另两人连连惊叹,本科生就是不一样。

此时,大专生又不死心地问了一句:"那你后来找到工作了吗?"

本科生说:"我也是因祸得福,报警的人问我,是怎么把飞机扔出那么远的。我说是利用了力学原理,借助了当时的风势,他非常高兴。原来他是一家玩具厂的厂长,便把我聘去当了顾问。"

三个人讲完,都意味深长地笑起来。

真是小小一张纸,境遇各不同。三人最后得出结论:还是本科毕业证好,关键时能救人一命。

(马凤文)

(题图:安玉民 梁 丽)

东北来的客人

俗话说，万事开头难。李涛大学刚毕业就自己开了个公司，没想到公司经营惨淡，被迫关门歇业。"下岗"后的李涛一个人搬到了郊区的一个出租小院里，每天早出晚归，请客送礼跑资金，打算从头再来。

这天，李涛从外面带回几个东北的客人，这几个人从前在生意上跟李涛有过来往，李涛公司倒闭后四处跑资金，他们就是过来考察的，李涛明白把客人招待好了意味着什么，所以特别地尽心，在吃饭的问题上，他想到了一个巧招：去一般饭店吃饭没什么新意，他知道房东老太太会做很地道的上海小吃，于是就花钱请她帮忙做了几道小吃，在院子里招待客人。

小院虽然在郊区，却可以远远地欣赏上海夜景，周围花草树木被老太太打理得很好，鸟叫虫鸣，小环境快赶上度假村的水准了，东北客人挺满意李涛的用心。

李涛本来打算在家招待一下，表示一下诚意，再出血本到市区星级饭店请几顿，几天考察结束，给人留下一个好印象，事儿也就成了一半了，没想到东北客人对房东老太太的小吃上瘾了，不愿意去别的饭店了，几个人天天在院子里喝酒聊天侃大山，喝到深夜还不尽兴，可他们是高兴了，没三天，院子里其他两家住户有意见了，尤其是王峰家，孩子正准备高考呢，这些人天天在院里喝酒，吵得孩子没法复习；还有一对小夫妻：庄庄和吴静，正漂在上海等戏拍，虽然白天没什么事，大半夜睡不着，还是挺烦的。

两家人商量了一下，一起向李涛摊牌了，要求他把客人们带到别处去招待，不要天天吵得大家睡不了安生觉。

李涛其实也挺为难的，这几天他也看出邻居脸色不对了，只是这几个东北客人捏着他的命呢，万一对他有了点成见，那可不是闹着玩的，他不敢得罪啊！

王峰和庄庄两口子也理解李涛的难处，四个人坐在一起想办法，看有什么法子能让客人不在院里闹到半夜，又不至于得罪他们。

想来想去，还别说，三个臭皮匠真能顶个诸葛亮，毙掉几个馊主意后，还真想到一个可行的法子。

什么法子呢? 庄庄和吴静是学表演的，就让他们来一场现场表演——吵架! 等东北客人从外面一回来，就让他们两口子在院里吵架，再怎么着，他们也不好意思在生气的小两口旁边喝酒聊天吧? 就这么定了。

临别时，李涛对庄庄和吴静千叮咛万嘱咐，一定不能演砸了，自己的将来可捏在人家手里呢。几个人先"彩排"了一遍，确定没问题后，就静等着客人来了。

傍晚，东北客人的车来了，随即他们几个人就边说笑边走进了院子，吴静瞅准机会，将一个碗"啪"一声在屋里砸碎，哭着跑到院子里，庄庄紧跟着追出来，小两口在院子里大吵大闹起来。

王峰听到信号，赶紧跑出来劝架，房东老太太也听到动静了，顾不得做饭，也跟着来劝架。

庄庄和吴静不愧是学表演出身，这架吵得水平太高了，吴静边哭边埋怨庄庄，庄庄时不时吼两句，脸色铁青，任王峰和房东老太太怎么劝，两人的火气就是消不下来。吴静话越说越难听，庄庄的脸色则越来越冷峻，最后一扬手，竟然狠狠给了吴静一个大嘴巴！

李涛吓一跳，这两口子不是假戏真做了吧？这可不得了！几个东北客人也被这一巴掌打得愣住了，他们赶紧上来把两口子拉开，连哄带劝的，可吴静像发疯了一样，要不是房东老太太和王峰两人拉得紧，就得扑上来跟庄庄玩命了。

李涛和几个东北客人把火气正旺的庄庄拉出了院子，塞进车里，一溜烟儿开到了附近的饭店，李涛心想，甭管真吵假吵，火气这么大，先把两人分开是最明智的。东北客人里有位叫张铁的，四十来岁，他给庄庄倒了杯酒，说："兄弟，两口子哪能真动气，打媳妇可不对，啥事儿解决不了啊？来，喝杯酒，消消气。"

其他几个东北客人也纷纷劝解，轮番给庄庄倒酒，几杯酒下肚，庄庄的脸色好多了，他酒量也不小，可跟这几位东北客人那是没得比，不一会儿，就晕头转向的，说话声音都变了，他举着酒杯，跟李涛说："李哥……咋样？还行吧……我上戏毕业，说表演，咱强项啊！"

李涛吓了一跳，想捂庄庄的嘴可来不及了，神情尴尬地看了看几位东北客人，几个东北客人倒没往深处想，张铁一听庄庄是学表演的，很感兴趣，问："兄弟，你是演员啊？哎呀，我老稀罕你们这职业了。"

庄庄一乐，说："告……告诉你，我媳妇她也是演员，今儿个这戏，不错吧……李哥还不放心，怕让你们看出来，我是谁呀，别的不敢说，演戏，咱还没有怕过……"

李涛抬手抹了把头上的汗，得，全露馅了，没想到这庄庄的酒量竟然这么小，这下是完了，李涛抬头看了看张铁的脸色，知道也瞒不住了，干脆把事情的经过竹筒倒豆子，全说了，说完，李涛向几位东北客人道了歉，心想，这就是命，算了，大不了从头再来，就当人生多了一次磨砺吧。

张铁他们几个交换了眼色，张铁对李涛说："本来通过这几天的考察，我们对你说的项目挺感兴趣的，已经打算投钱给你了，没想到……"李涛深深地叹了口气，唉，命运真会捉弄人呐！

张铁又气又笑地接着说："没想到你这么个大老爷们会给我们使这样的招！我们大老粗，没注意这些事儿，你有啥就说啥呗，整这一出戏干啥呀，不过……"张铁看了看身边的几个同伴，笑了："你这么一来，倒使我们更想投钱给你了……"

李涛一听，眼睛瞪得老大，心揪得紧紧的，眼睛一眨不眨地注视着张铁。

张铁说："咱们原本就合作过，你的能力我们都知道。你为了邻居能休息好，敢想招对付我们，人品我们信了；你做事有手腕，哪头都不伤，这灵活劲儿，我们更欣赏，把钱投给你，我们也放心了。"

李涛心情这个激动呀，简直无法用语言形容了，找不着话说，李涛干脆就把酒杯端起来了,说:"张哥,几位大哥,啥也不说了,这项目要做不好,我李涛提着脑袋给你们送去,我干了!"说着,李涛一仰脖,把一杯酒灌进肚子。

几个人"哈哈"一笑,也陪着干了一杯。

庄庄抓了几下,好不容易抓住酒杯,也要跟着喝,张铁把酒杯抢了下来,笑着说:"得了,兄弟,你可别喝了,赶紧回家看看媳妇吧,为了这出戏,媳妇都打了,真不容易啊!"

庄庄一乐,说:"没事儿,我练过,巴掌响,但不疼,呵呵……"

几个人都被逗乐了,张铁对李涛说:"这事总是我们不对,明天,咱们还得在院子里摆顿酒,把全院都请上,算是赔罪吧……这钱可得你出啊!"

"一定一定!"李涛边答应着边斟酒,几个人高高兴兴地举起了酒杯。

(康　希)
(题图:谭海彦)

第四街区计划

凯利是个非常优秀的学生,他雄心勃勃地制作了一份创业计划,但他自己很穷,为使计划早日得以实现,他决定找投资家威尔斯帮忙。

威尔斯所在的公司总部就设在绿色公园里,这天,凯利带着厚厚的计划书,坐在公园的一张长椅上沉思默想,在拜见投资家威尔斯之前,他要理清一下思路,争取一炮打响。

等考虑成熟后,他踌躇满志地向威尔斯总部走去,突然发现长椅边有个乞丐模样的人,正低头翻东西,仔细一看,那东西正是自己的计划书,便有礼貌地说:"先生,这是我的计划书。"那乞丐抬起那张满是皱纹的老脸,眼睛眨也不眨地盯着他。

见老乞丐没反应,凯利从口袋里掏出一法郎,递了过去。

老乞丐接过钱,但他并没有将计划书立即还给他。凯利显得有点不知所措,就提醒道:"先生,能把文件还给我吗?"没想到那老乞丐幽幽地说:"你这份计划书没用。"凯利一听差点儿笑出声来。

"我乞讨了大半生,从垃圾箱里看到过无数这样的计划书,尤其是在银行投资家的垃圾箱里。"

威尔斯正是银行投资家,凯利也听说过很多人在他那里碰壁的传闻,但目前他没更好的办法。老乞丐见凯利没声音了,又说:"我为你想个办法怎么样?"凯利终于忍不住笑了。

"但我有个条件,"老乞丐全然不顾凯利的反应继续说,"利润的百分之二十属于第四街区。"凯利知道,巴黎的第四街区是贫民区。

"只要实现了这个计划,我完全同意你的股权要求。"凯利假装答应了他的请求。

老乞丐说:"那你能写个协议吗?"凯利见乞丐如此认真,也就继续装下去,于是挥笔就写了一份协议。老乞丐将计划书递给凯利:"还应换个题目。""换什么?""叫'第四街区计划'怎样?"

凯利笑笑,一口应承下来。

老乞丐对他说:"那好吧,五天后在这儿见面。"说完,他走了。

凯利等老乞丐走远,便拿着计划书来到威尔斯公司碰运气,然而正如老乞丐所言,他这次碰了一鼻子的灰,威尔斯头也没抬,就将计划书扔在一边……

第五天,凯利满腹狐疑来到公园,一进公园,他愣了神,只见公园里挤满了乞丐,突然,有人拉住他,他转过身发现是老乞丐。老乞丐对他说:"孩子,把你的计划书给我。"凯利把计划书递了过去。

只见老乞丐拿着计划书,让那些乞丐们轮流在上面签字。半小时后,公园外突然来了大批记者、主持人，其中一个著名电视台主持人走到凯利面前，说："先生，听说你的计划得到全州四分之一乞丐的支持。请问你是怎样得到他们支持的？"

"我的计划叫第四街区计划，利润的百分之二十归第四街区所有。"凯利想起了跟老乞丐讲过的话，就毫无保留地说了出来。

"可是银行家约翰起家时也这样对乞丐们承诺过，但他后来并没有兑现诺言。你怎么让大家相信你呢？"凯利一听就明白了老乞丐的良苦用心，立即说道："我是签了合约的，有法律效应。"说着就将合约从口袋里掏了出来。

第二天，巴黎几乎所有的报纸、电视报道了凯利得到乞丐们支持的计划，他们把凯利叫做"不同于约翰的慈善家"。一时间，凯利的计划传遍法国。还未实施，所有人都知道凯利要在全国开五十家艺术品超市的事。不到一个星期，威尔斯就登门拜访凯利，表示对他的计划十分关注，并愿意投资一百万……凯利成功了！

凯利在公园找到老乞丐，第一句话就这样问："为什么幸运者会是我呢？"他想弄懂其中的缘由。

"因为你是第四街区出来的，孩子，我曾是你的邻居。"凯利吃惊了。

"每天看到你快快乐乐地上学，我就在想怎样帮助这个有出息的孩子早日发达起来，也是上帝有眼啊，那天正好在公园里发现了你丢失的计划书，我们才一拍即合。为了帮助所有第四街区的孩子，我整整计划了二十年……"老乞丐不禁老泪纵横。

（岳　扬）
（题图：箭　中）

人人都爱正能量

　　李亮是一家广告公司的设计部职员，最近一直在为竞争设计部总监这个职位而努力。这天，他正在开会阐述设计方案，忽然收到一条短信，上面写着：手机成功充值一百元。李亮没有理会。不料，过了几分钟，一个陌生电话打了过来，李亮忙按了拒绝键，顺便关了机。

　　会议中场休息时，李亮开了机，又一条短信跳了出来：你好，早上我充值时，不小心按错了键，把一百元话费充到了你的手机上。能否帮我把话费充回来？不胜感激！李亮看了一下，正是刚才自己没接的那个陌生号码，确实和自己的号码只差了一位。

　　李亮立刻发了条短信过去：对不起，我刚才有事没接你的电话，我这就上网把话费给你充回去!接着,他立马上网给对方充了一百元,并发短信告知了对方,然后关机,继续开会。

李亮不知道,他这一关机,让那个充错话费的人很难过,这个人叫孙涛。此时,他正一个人坐在医院的病房里,心情复杂地看着自己的手机。此时,距离收到李亮的回复短信已经一个多小时了,可他手机里的话费却依旧没有变化。

就在昨天,孙涛拿到了医院的诊断书:肝癌晚期。当时,他就在心里不停地问自己:不是说好人有好报吗?自己开了一家小理发店,每个月都去给养老院的老人免费理发,遇到周围有困难的人来理发也不要钱。可老天爷为什么偏偏让自己摊上这样的病呢?而现在又遇上这么个不讲信用的人,孙涛的心情更坏了。

孙涛不甘心,又打了几次电话,对方一直关机。最后他气愤地发了条短信:你可以不还我这一百元话费,可你不能言而无信,你这样说谎话的骗子最可恨!

这时,孙涛的儿子来到病房,孙涛看着一脸倦容的儿子,小声问:"得不少钱吧?"儿子忙说:"多少钱咱都得把病治好!"

孙涛摇摇头,心想:存折上那十万元是给儿子结婚用的,而且就是把钱都花了也治不好自己这病。他叹了口气,又问:"我让你给我拿的本子带来没?"

儿子点点头,递给孙涛一个本子。孙涛翻开本子仔细查看,最后在本子上算了一笔账,一共四千三百元!这是来他的理发店办卡的所有顾客卡里的余额。现在自己病了,理发店要关门了,可家里正缺钱,这钱还要不要还?还要不要做个讲信用的人?孙涛不禁在心里画了一个问号。

话说这边,李亮公司的会议直到下午五点才结束,最后老总采用了李亮竞争对手的设计方案,这让李亮很是懊恼。他打开手机,只见孙涛的短信又跳了出来,看到孙涛指责的话语,李亮不禁怒火攻心。他立刻就把电话拨了过去,生气地说:"你这人怎么回事?我明明已经把话费充了过去,你怎么还在纠缠?"

孙涛也不客气地回敬道:"你说充就充了吗?我的手机里一毛钱都没多!算了,我没有心思为了一百元钱和你计较!"说着挂了电话。

李亮被孙涛一阵抢白,气得正想再和孙涛理论一番,但猛地停了下来:听对方的口气,还真不像说假话的样子,难道这一百元真的没充回去?这么一想,李亮赶紧上网查看刚才的充费记录,哎呀,还真是忙中出错!刚才输入电话号码时,竟把其中两个号码按反了!

李亮犹豫了:是再给对方充一遍,还是给第三方发个短信,告诉他具体情况,让他给孙涛回充过去?可如果第三方不答应,自己就会损失一百元。

冷静了几分钟后,李亮还是给孙涛发了一条短信:我刚才查了一下充值记录,发现我把你的号码输反了两位,也就是说,这钱我又充错给了别人。这是我的疏忽,我这就再给你充一百元。

孙涛收到李亮的短信后,不禁愣住了,回想一下对方在处理这件事的态度上,也确实不太像骗子。他想了想,立刻给李亮发短信:这件事原本是我的疏忽造成的,已经给你添麻烦了。这样吧,你把对方的手机号码告诉我,我自己和他联系吧!

孙涛的短信刚发过去,手机传来了提示音:手机成功充值一百元。他忙给李亮打了电话:"小兄弟,这事不太合适吧,应该由我去找对方要那一百元话费。"李亮忙说:"不用了,是我弄错了号码,还是由我来解决吧!我估计对方也会理解的!"

放下电话,李亮心里也轻松了不少。他又给第三方发了短信,告知了具体情况。不到半个小时,他的手机就收到了充费成功的短信。本来李亮因为设计方案落败的事心情很不好,可这来了又走、走了又来的一百元话费,却莫名地让他的心情好了一些。想了想,他又给孙涛发了条短信,告诉孙涛,那个第三方已经把话费给他回充过来了。

看到短信,孙涛心里突然觉得很温暖,看来这世上好人还是挺多的。

第二天一早,孙涛把儿子叫到病床前,递给他两张纸:一张上面是几十个人名,每个名字后面都有一笔金额;另一张是一则告示,上面写着:本店因故不能继续营业,请在本店办卡的顾客朋友,速来退卡返钱!最后,孙涛叮嘱儿子把告示贴在理发店的门上,并且让儿子这几天待在理发店里,给顾客退卡返钱。

办完这些,孙涛心里的石头落了地,心想:我就是死了,也没什么对不起自己的事了。可没过多久,孙涛就接到了儿子的电话。儿子告诉孙涛,在退卡时,很多顾客都问理发店为什么不开了,儿子就告诉了他们孙涛的病情。结果好多顾客都不要钱了,说孙涛是好人,他们得为孙涛做点什么。

孙涛听完,告诉儿子这钱不能要。儿子却说,那些顾客根本不接钱,他也没办法!孙涛心里又是一阵感动。

这事儿还没完,也不知道是谁把孙涛这件事反映给了报社。报社记者亲自来医院采访了孙涛,说他这种讲诚信的做法值得表扬和推广,因为现在的社会太需要这种正能量了。

孙涛有点不好意思地笑笑说:"我除了要感谢我的这些老顾客们,更要感谢一位不知名的小兄弟!"接着他就给记者讲了他和李亮充话费的故事。

很快，这个故事就见报了，还受到很多网友的追捧，大家纷纷给孙涛捐款。李亮也在报上看到了孙涛的故事。同事问他："李亮，那个给孙涛回充话费的人就是你吧？"

李亮点点头，说："按他的描述，应该是我。这个孙涛还真是讲诚信，把挣到手的钱又拿出来，冲这点，我还挺佩服他的！不像现在很多商家，一夜之间人去楼空，骗老百姓的钱。"

晚上，李亮给之前那个号码发了条短信，在确认对方真的就是报上所说的孙涛后，他给这个号码充了五百元的话费。之后他又给孙涛发了条短信：孙大哥，在报上看到你的事后，很佩服你的为人，特意为你充了五百元话费，能力有限，还望理解！

孙涛看到短信后，眼眶发红，他给李亮回道：啥也不说了，兄弟，谢谢你！

一个月后，李亮意外地被公司任命为设计部总监。领导说，虽然他没有拿下上次那个项目，但之后他仍然保持着一贯的工作热情，这正是总监这个职位所需要的。再加上公司也知道了他那个充话费的故事，李亮对那件事的处理方式也为他加了不少分。

事后，李亮感慨万千，他在微博上写道：正能量是个好东西，它可以让自己快乐，更能传递给他人，让更多的人快乐！人人都爱正能量！同意的，请转发吧！

(刘　丹)

(题图：谭海彦)

"二号选手"不打折

这天,一个小伙子走进富丽堂皇的乾隆大酒店。这个小伙子虽然穿的是西服,可是里面的衬衫却是皱巴巴的,一双手十分粗糙,有的地方还裂开了口子,一看就是干粗活的打工仔。他在一楼转了一圈后,直奔二楼的贵宾部,那里可是酒店里最高级的雅座,来的大多是些有钱的主儿。女服务员于秀丽见了,赶紧迎上去,拦住他说:"先生,这里是贵宾部,散客餐厅在一楼。"小伙子看了一眼于秀丽,蹙了蹙眉,说:"我就是想去高级雅座吃上一顿饭。"于秀丽撇撇嘴,拉长声说:"到这里用餐,消费标准都是很高的哟!"

小伙子试探着问:"最低标准是多少?"于秀丽想把他吓回去,便说:"最少也得一千元。"小伙子下意识地碰了碰胸前的口袋,迟疑了一下,说:"行,还能行。"接着,他扯过于秀丽手里的菜谱,看了又看,最后狠狠心说:"给我'上等药材炖斑豹肉'、'红烧鹿肉'、'清炖骆驼峰'。"小伙子点的这三个都是酒店里的招牌菜,加起来要一千二百多元。

于秀丽一听,当即就惊呆了:这小子当真?看到于秀丽那不相信的目光,小伙子"噌"地从上衣口袋里掏出一沓百元大钞,在于秀丽面前晃了晃:"你看这些够不够?"于秀丽心里说:"哼,土老冒,有几个钱就不知姓啥了!"于秀丽只好去通知厨房,不过悄悄地叮嘱了一句:"是二号选手。""二号选手"是她们酒店的暗语,这些招牌菜货源很紧俏,碰上那些来此尝鲜的外行生客,店里经常给他们来个偷梁换柱,用猫肉代替豹肉,用驴肉代替鹿肉,至于骆驼峰更绝,用的是母猪的乳房。上千元一桌的菜,成本还不到三百元。用老板的话说,这类生客哪能天天吃得起这样的菜,你就是给他们假的,他们也吃不出来。

再说小伙子在二楼选定了7号雅座,转身就要下楼。于秀丽一见,急忙过去把他拦住:"先生,你要去哪里?"小伙子说:"我下去接人。"于秀丽急了:"你点的菜都已经下厨了,万一你不回来,那我就惨了,老板要扣我工资的。"

小伙子一听有些生气,嘴角抽动了一下,瞪着于秀丽说:"你也太小瞧人了!"说着,他抽出几张钞票,塞到于秀丽手里,"给定金,这回你放心了吧?哼,势利眼!"然后,他就"噔噔噔"地下楼去了。

于秀丽冲着小伙子的背影"呸"了一口,暗骂道:"愣头青,不给你多放点血,你都不知道这酒店的门是朝哪开的!"按酒店规定,服务员可以从客人的消费中提成,像小伙子这样的"二号选手",酒店在他身上宰得厉害，所以老板给的红包也多。所以此刻生气归生气，于秀丽手里捏着那几张百元大钞，还是不由自主地把它们放在嘴边来了个飞吻。嘻嘻，谁会跟钱有仇呢？

不一会，小伙子果然把人接来了，是一个老太太，穿的是大襟袄，手里拄着一根用杨树杈修理出来的拐杖，嘴里还不停地叨唠："你这孩子，吃顿饭跑这么高贵的地方干啥，咱又不是啥金贵人。"只听小伙子在她耳边轻声道："妈，城里的饭店都这样。"在于秀丽眼里，母子俩的这副寒酸相与酒店的豪华气派比起来，简直天不和谐了。不过，看在能拿红包的分上，于秀丽还是佯装热情地迎上去，把老人扶到了7号雅座。

于秀丽给母子俩上茶、铺餐巾，老太太看着于秀丽，咂咂嘴说："多水灵的姑娘啊，你快歇着吧，我一个老太婆子，不是啥上等的人物，让你这样为我跑来跑去地伺候，倒是有些不自在了。"随后又自言自语道，"孩子出来赚点钱也不易呀，才这么大点的小姑娘，要是在爹妈跟前，还撒娇哭鼻子呢！"

老太太这些话让于秀丽心里感到热乎乎的，她不禁重新打量起眼前这母子俩来：无论从哪个角度看，他们都不像是有钱人，莫非这位老太太得了什么绝症，到了医生说的那种想吃啥就给她吃点啥的时候了？如果真是那样的话，自己对他们实行二号选手方案，岂不是有点太残忍？

想到这里，于秀丽忍不住问："大娘，你的身体还很硬朗吧？"老太太笑着说："好着呢，农村人身子骨结实，你别看我快六十的人了，家里那几亩地，还是我种着呢。"

那……莫非这小伙子发了什么横财？于秀丽又问："你儿子最近的财运一定很不错吧？""没啥财运，都没啥大能耐，一个月赚个几百块钱呗。"

这时,小伙子在于秀丽身后轻轻扯了一把,示意她不要再问了。等于秀丽离开雅座的时候,小伙子悄悄跟了出来,红着脸恳求道:"小姐,一会儿上菜的时候,我妈要问多少钱,最好是哪个菜也别说超过二十元,可以吗?"于秀丽愣住了:"为什么?"她还从来没有碰到过这样的事。

小伙子说:"要是我妈听说一个菜花了那么多钱,她啥也不会吃的。"原来如此!于秀丽斜了小伙子一眼,揶揄道:"既然家境不宽裕,何必非要到这种地方来消费呢?还不如把省下来的钱用在别的地方,多孝敬孝敬老太太呢!"

小伙子抬起头,脸涨得通红,嘴唇动了动,想说什么,又咽了回去。僵持了一会,小伙子又乞求着问:"照我刚才说的行吗?"于秀丽冷冷地说:"行!有什么不行的?你就是让我们说一元钱一个菜,我们也会听你吩咐的,顾客是上帝嘛!"

小伙子说了声"谢谢",转身就走。可是走到一半,他停了下来,转过脸,"吭哧"了一会,对于秀丽说:"我哥就是在盖这栋楼的时候,不小心从脚手架上掉下来摔死的。我哥临死前一天还跟我说,有机会一定要让没见过世面的爸妈到这来吃一顿。可是这些年我娶老婆生孩子,处处都要钱,钱一直是紧巴巴的。本来想,父母身体都还好着呢,以后有的是机会,可是没想到去年爸爸突然走了,现在就剩下我妈,她的身子也大不如前了,我真怕有一天……他们一辈子都没进过大饭店,就只一次,你们也看不惯吗?"

于秀丽听了,不禁心头一颤,从农村来的她,何尝没有过这样的想法?这些年来她钱没少赚,可这个愿望却一直留在梦里。于秀丽的眼睛突然有点湿,她赶紧对小伙子说:"对不起,对不起,我误解你了。"

此时,于秀丽心里一阵后悔,忽然生出一个想法:不能让小伙子那点血汗钱就这样白白被糟蹋了。她对小伙子说："一会儿经理过来时，你就说菜不对味，我想办法说服他，多给你们打点折扣。"小伙子一听，瞪大眼睛说："可那些菜我从来没有吃过，愣是说不对味，这不是鸡蛋里挑骨头吗？"

没想到遇上个死葫芦脑袋！于秀丽想了想，只得咬咬牙，悄声对小伙子说："就冲你这份孝心，我实话告诉你吧，那几个菜都是冒牌货，这年头，哪来那么多豹肉、鹿肉？"小伙子一听，顿时呆在那里，然后一跺脚："妈的，你们也太损了。"说着，就要去找经理理论。

于秀丽一看，一把拉住他，急得眼泪都要下来了："你可别去吵，那样我就惨了，你这个人怎么这么浑啊？"小伙子一愣，停住了脚，于秀丽这才松了口气，把小伙子先前给的定金塞还给他："都是打工的人，钱赚得都不容易，你就按我说的去做好了。"小伙子只好无奈地点头，回包间去了。过了一会儿，贵宾部的经理笑眯眯地走进7号包间，问："先生，菜可口吗？这都是纯正地道的山货。"于秀丽瞪大眼睛，她都计划好了，只要小伙子一说不满意，她就把经理叫到一边，说人家是山里人，对那些东西是识货的，咱用"二号选手"糊弄人家，万一出了岔子，可不得了，迫使经理给他们多打点折扣。

谁知小伙子抬起头看了看经理，又看了看吃得正香的母亲，"吭哧"了半天，说："很好，很好。"然后又对母亲说："妈，过去只有皇宫里的人才能吃到这个的。"老太太眯缝起眼睛，夹了一口"清炖骆驼峰"，咂巴咂巴嘴，说："没什么好吃的，怎么有点奶味？"小伙子给她解释："这是驼背上的肉，储备营养用的，营养多的肉就是这种味儿。"

这下可把于秀丽惊呆了，经理走后，她把小伙子拽到一边，指着他的鼻子说："你怎么忍心骗你妈啊？"小伙子的眼神黯淡下来，把头转向窗外,声音有些发颤地说:"我妈舍不得吃舍不得喝,苦了一辈子,我这次来,就是想让她尝尝这些稀罕东西……我实在不忍心告诉她真相啊!"于秀丽一听,心里颤得厉害,差点落下泪来:"这不怪你,都是我的错,我不该让他们给你们上冒牌货。"

于秀丽接着就跑下楼去,找到经理,嘴张了几次,才吞吞吐吐地说:"经理,给7号打打折好吗?他们不是有钱人。"经理很意外,看着于秀丽问:"他们是你朋友?"于秀丽摇摇头。"是你熟人?"于秀丽又摇摇头。经理不解地问:"那你为什么要这么卖力地替一个陌生人说话呢?""因为他是个孝子,我们不能昧着良心赚孝心的钱。经理,那份提成我不要,请你高抬贵手,多给他们打点折吧!"于秀丽再也憋不住了,把事情一五一十都说给经理听。

经理听完,眼圈也有点发红,他沉默了一会儿,拿起笔,在一张纸条上写了几个字,递给于秀丽。于秀丽一看,高兴得差点蹦起来,上面写的是:7号,免费。

可是,当于秀丽回到7号雅座,却发现小伙子母子俩已经走了,桌上放着一千二百元钱,还有一张纸条,上面写着几句话:不知名的小姐,谢谢你了,你是个好心人,我不想让你为难。我既然请我妈来吃饭,就能掏得出钱来,孝心不能打折。不管菜是真是假,只要我妈吃得高兴,我就知足了。

从这一天开始,于秀丽再也没有执行过"二号选手"方案。

(肖　冰)
(题图:箭　中)

"坦克帽",你在哪里

唐大弟的家在一个偏僻贫困的山村,家里穷,半年前,老婆带着孩子回了娘家。这一年冬天,他只身来到了凇河市打工。因为一直没有找到固定的工作,他每天就蹲在马路边等着有人来雇他,天气很冷,他总是戴着一项旧的"坦克帽",没人知道他叫什么名字,谁要找他干活,就说:"坦克帽,你过来!"

有一天,唐大弟刚来到马路边,就听到有人尖声地叫道:"着火啦!着火啦!"唐大弟往对面的百货大楼一看,只见浓烟滚滚,很多窗口都喷出了通红的火苗子,大楼里哭声喊声惨叫声混成一片。唐大弟本能地跑过马路,一头钻进了火海之中,一次一次地往外救人,当他把第八个人刚刚背出大楼门口时,就听到身后"轰"的一声响,楼层的预制板坍塌了下来……

那场大火，有近五十人丧生，是淞河市有史以来最悲惨的一次灾难。

因为现场一片混乱，没人注意到唐大弟是如何救人的，大火被扑灭后，唐大弟就拖着疲惫的身子回到住的破木棚里，一仰身就倒在了板床上。半夜时，他觉得腰疼痛难忍，一点也不敢动，强挺到天亮，他拄着一根木棍，咬着牙，一步一步地向前挪。来到一家医院，大夫一看，说是脊椎骨错位，需要住院治疗，得先交一千块钱押金，没办法，唐大弟只好开了点止痛药，强忍着剧痛，离开了医院。有个好心人提醒他上民政局问问，民政局就在医院的对面，他到了那里，可接待的人问道："你说你是救人受的伤，有证明人吗？"

听到这话，唐大弟的心里一下子凉了，暗自说：是啊，空口无凭，谁会相信我的话？可我现在到哪去找什么证明人啊！

在这个城市里，唐大弟举目无亲，现在受了伤，不能再打工了，他不得不含着眼泪回了家。从城里带回来的止痛药很快就吃完了，剧烈的疼痛把唐大弟折磨得死去活来，后来，腰渐渐地不痛了，可他再也直不起来了，像虾米一样，从此成了一个弓腰驼背的残疾人。

失去了劳动能力，又身无分文，为了生存，唐大弟只好沿街乞讨，成了一个乞丐。五年之后的一个冬天，唐大弟历尽磨难，辗转又来到了淞河市，这个冬天好冷好冷，他浑身上下唯一能御寒的就是那顶坦克帽，他蜷缩在大街的拐角处，瑟瑟颤抖，十分吃力地扬起头，可怜巴巴地乞求着过往行人给他扔下几个硬币。

一天，有一个二十多岁的小伙子在唐大弟跟前站了好长时间，冷不丁大声地叫了一声："坦克帽！"唐大弟一惊，忙不迭地说："你……你是叫我？"那个小伙子说："你真是坦克帽？"唐大弟说："五年前，我在这里打工时，大伙都叫我'坦克帽'。"

"那场大火，你救了四个人？"

"不是四个，是八个，咦，这事你怎么知道的？"

那个小伙子喜笑颜开，一把将唐大弟拉起来，叫来了一辆出租车，不容分说就把唐大弟领到了家里。

那个小伙子叫小二，是个赌徒，刚刚输净了手，正在挖空心思弄钱，意外地发现了唐大弟，差点没把他乐死！原来，那场大火之后，有四个被唐大弟从火海里救出来的人在媒体上公开声称自己是被一个"坦克帽"救的，并找了市里的领导，请求为他们寻找救命恩人。为了顺应民意，同时也是为了炒作，当时市里专门成立了"寻找无名英雄"工作小组，还请画家根据四名获救者的描述，画了戴着坦克帽的唐大弟的画像，并"悬赏"一万元奖励提供确凿线索的人，但那时唐大弟已经伤心地离开了这座城市，自然没有人能找到他，也没人能领到那笔"悬赏"。

眼下可好了，小二可找到"坦克帽"了，不费吹灰之力就能白白得到一万块钱，于是他急着打电话给市政府办公室，说了这事，问他们这一万块钱的奖金到哪里去拿，没想到人家告诉他，市领导都换届了，事过境迁，那笔奖金没有了。

小二白欢喜一场，气得直瞪眼，他是个很自私的人，得不到好处的事从来不干，于是他又气呼呼地叫了出租车，把唐大弟送回了大街上，哼，政府都不管这事了，他自然也不会没事找事……

三天后，小二因赌博又被公安抓了起来，这回派出所的李所长见小二又进来了，这气就不打一处来，点着他的脑门训道："你怎么又赌了，你都说什么来着？啊？你怎么说话不算数呢？"

没想到这次小二反而䌷着脖子振振有词："怎么的？你们当官的说话

都不算数呢,我一个小小老百姓说话不算数又算得了啥?"

李所长丈二和尚摸不着头脑,小二便说了"坦克帽"的事,还说那人现在身体残废了,成了乞丐,在街头流浪呢。说来也巧了,李所长的妻子就是当年被"坦克帽"从火海里救出来的,这些年里,一家人一直在苦苦寻找着他们的救命恩人,李所长听说后就急了,拉着小二找遍了全市的大街小巷,可连"坦克帽"的影子也没看到,没办法,李所长就把车开进了一家报社,向新闻媒体求助。

那么,唐大弟上哪里去了呢?原来,小二把他扔了之后,他就跪在附近世纪大厦的下面乞讨,这里是全市的门面,在这里乞讨,实在有损城市的形象,几个退休老干部实在看不下去,就把他领到了街道办事处。当着众人的面,唐大弟几次想说出自己的情况,可每次话到嘴边都咽了回去,他怕没人相信自己的话,反而被人讥笑。

大家都十分同情,你三十、我二十地筹了点钱,除了为唐大弟买了一张回家的车票外,还另外给了他三百元。拿着这钱,唐大弟感激得泪水横流,竟"扑通"跪在了地上,动情地说:"还是淞河市的人好啊!"

凌晨的时候,几个退休老干部亲自把唐大弟送上了火车,可是,当他们走出站台时,看到一份新上市的报纸在头版头条刊登了一篇文章,题目是:"'坦克帽'在我市沿街乞讨,淞河人扪心问良知何在?"读完报纸,老干部们都顿足感叹:"天哪,咱们怎么就没想到他就是'坦克帽'呢?"

那个早晨,淞河市每个人的心都很不平静,新上任的市长看了那篇文章后拍案而起,立刻作出指示:一定要找到"坦克帽",决不能让英雄流泪!于是由主管领导带队,一支"接英雄回家"的队伍出发了。唐大弟回乡的车票是几个老干部买的,他该到哪里下车大伙都清楚,按行程和速度计算,这支队伍完全可以在一个叫"柳庄"的小车站迎接到"坦克帽"!

　　淞河市发生的这一切,和五年前一样,唐大弟仍然是一无所知。他坐在那列见一站停一站的慢车上,手里紧紧攥着那三百块钱,心里琢磨着:有了这钱,我就可以买一套修鞋的工具,有了一套修鞋的工具,我就可以靠修鞋来赚钱糊口,再也不用沿街要饭了……可是,唐大弟突然又转念想到:家乡太穷,没有多少人修鞋,干修鞋这个行当,还得到大城市里去,这么一想,于是,当火车在一个大站停下来的时候,唐大弟就中途下了车……

(张国心)
(题图:谭海彦)

伸向民工的黑手

难兄难弟

李东华是个心好、老实、长相也不赖的小伙子，今年已经27岁了，还打着光棍，这都是穷给闹的。为了摆脱穷，他听说在深圳当个建筑民工一年都能挣万把块钱，于是便东借西借，借了盘缠，来到深圳，在一个叫"顺发"的建筑队落下了脚。

李东华干了一个月，去跟建筑队的王包工头结账时，才发现其他民工每天都领30元工钱，只有他和一个叫刘灿波的，每天才20元。李东华心里就不舒服了，心想我活儿干得不比别人差不比别人少，凭啥工钱低？他就找包工头想同他说道说道。谁知他开口还没说上三句话，王包工头就两眼一瞪，骂起娘来："说道个球？！我就只给你这么多，你又咋的？你愿干就干，不愿干走人！"

李东华人虽老实，但也受不了人家这样拿捏呀，一气之下，背上被卷儿就走。

李东华出了工棚，来到大街上，开始犯愁了，没活儿干了，现在该往哪里去呢？他正犯愁时，肩膀突然被人拍了一下，他回头一看，就见刘灿波背着行李卷儿正站在身后。

李东华诧异地问："你也不干了？"刘灿波哼了一声，气呼呼地说："蠢蛋才替他干呢！大家都干一样的活儿，凭啥咱俩的工钱就少？这不明摆着欺负我俩么？"这一说，勾起了李东华满肚子的怨气，两个人站在大街上发起了牢骚。

发了一通牢骚后，李东华问刘灿波，现在没工作了，该往哪里去。刘灿波说："我早就不想在这儿干了，大前天，我碰到一个姓魏的老同事，他说他那儿正缺人，他让我去，也是干建筑，50块钱一天。"

李东华一听，惊讶地叫起来："50块钱一天？有这么高的工钱？"刘灿波这才告诉他，他原来和这位姓魏的一起干过活，姓魏的很欣赏他的手艺，如今他发了，自己当上了老板，所以给他开的工钱比一般的民工高些。一听这话，李东华忙央求刘灿波帮忙，将他也带过去。刘灿波犹豫了片刻，说："行是行，只是，他信得过我，才给我开50块钱的工钱，一般的民工，一天只有30块。""30块就30块吧，已经不低了，我俩在姓王的手下做事，一天才20呢。"

一提姓王的，刘灿波又气恼地说："要说，咱俩都是遭姓王的欺负的人，可以称得上难兄难弟。咱俩应该互相帮忙。我一天拿50块，怎么能让你一天拿30块？唉，你我要是亲兄弟就好了，魏老板是个重感情、讲义气的人，说不定看在我面子上就……"刘灿波突然打住话儿，双眼放光，兴奋地说："有了！我有办法让你也拿50块钱！我就说你是我亲哥哥，凭我和魏老板的交情，要说你是我亲哥哥，保不准他也给你开50块钱的工钱。"

"这样行吗？"李东华疑惑地说，"你是四川人，我是湖北人，咱俩说话口音都不一样。再说，你姓刘，我姓李，哪有这样的亲兄弟，老板这样好糊弄？"刘灿波抓了抓头，想了想，笑起来，说："我有办法。口音不一样，见到老板，你少开口，一切由我来说。姓嘛，这好办。现在这年头，办假身份证的多得是，我去帮你办个假身份证，我叫刘灿波，你嘛，干脆叫刘东波，这样，谁都不会怀疑咱俩是亲兄弟。"李东华虽然觉得这事儿挺玄乎，但在每天50元工钱的诱惑下，心里还是挺乐意的。

差点送命

刘灿波的确有能耐，他拿着李东华的身份证出去转了不到一个钟头，就拿来一张李东华变成刘东波的身份证，得意地说："拿上这张身份证，说你是我亲哥，老板准信。"

两个人乘车去了蛇口，来到一个建筑工地，见了魏老板。魏老板模样随和，矮矮胖胖的。魏老板见了刘灿波，笑呵呵地说："你小子真的来了？"刘灿波笑吟吟地回答："我还给你带个人来呢，这是我的亲哥哥，叫刘东波。"老板看看李东华，点了点头。李东华也向老板点点头，笑着咧咧嘴，没说话。

刘灿波忙向魏老板解释，说："我哥哥有个毛病，不爱说话，只爱下力气干活。"魏老板哈哈一笑，说："这怎么叫毛病？这叫优点，我喜欢。"

他拍了拍李东华的肩，说："小伙子，好好干，到时我亏待不了你。"

两个人去了工棚，刘灿波向大家介绍，说李东华是他哥哥，叫刘东波。接着他找了两个紧挨着的铺位，放下被卷儿后，就说："哥，你在这里先忙着，我去跟老板谈谈工钱的事。"他那一口一个哥，他那说话的亲热劲，真比亲兄弟还亲。

刘灿波说着话儿就出去了，一会儿，喜形于色地回来，将李东华拉到一边，轻声说："我跟老板说了，老板答应也每天给你50块钱工钱。"李东华听了，高兴得直搓手，激动得连声说："这太好了，太、太……"刘灿波"嘘"了一声，说："这话你可不能跟别的民工说，别的民工都是30块钱一天，你要让他们知道了，他们非反了不可。"李东华忙捂住嘴，连连点头。

这一宿，李东华兴奋得翻来覆去，大半夜都没睡着。

第二天开工，李东华和刘灿波被分在一块儿。两个人的任务是在七楼砌外墙，在高高的脚手架上，李东华从东往西砌，刘灿波从西往东砌，两个人干得都挺卖劲。魏老板亲自来看过两次，对他俩的手艺都挺满意。

吃过午饭，两个人重新爬上脚手架，仍是李东华在东，刘灿波在西。随着砌墙的进度，李东华的脚步也自然而然地向前移动着，突然，感觉脚下的跳板晃动起来，他大吃一惊，刚想收回跨出去的脚，已经来不及了，那块跳板"哗啦啦"整个地掉了下去，他人也随着跳板直落下去。

李东华心里清楚，这是七楼，掉下去必定粉身碎骨，他本能地大喊一声："救命！"双手拼命四处乱抓，慌乱中，他感觉到右手抓住了脚手架的一根横杆，但只是顿了一顿，身体下坠的力量很快又使他的右手从横杆上滑脱了，整个人笔直地掉了下去。他绝望地暗叫了一声"完了"，眼前一黑，就什么都不知道了。

李东华苏醒过来,已经是第二天的晚上。他躺在医院的病床上,护士告诉他,他已经昏迷了一天一夜了。他动一动,就感到浑身疼痛,而且他的右腿毫无知觉,他艰难地抬起头,见自己的右腿已经上了夹板,显然是骨头折了。李东华心里不由一阵悲哀,这出来打工本来是想挣点钱的,现在钱没挣到,腿却断了,这住院治疗得花多少钱呀!这钱,魏老板会出吗?

　　一整夜,李东华都在想这个问题,好不容易挨到天亮,刘灿波来看他了。刘灿波见他清醒着,意外地睁大了眼睛,接着,奔过来双手抓住李东华的手,动情地说:"哥,你醒了?真是吓死我了。你是怎么搞的,好端端的怎么就从七楼掉了下来?"

　　怎么掉了下来?李东华自己也说不清楚,也不想再想它。现在他关心的,是住院治疗的钱从哪里着落。他急忙问刘灿波,他这样摔下来,算不算工伤,老板会不会给他钱疗伤。刘灿波连连点头说:"这当然算工伤!你放心,魏老板已经答应给钱了。"李东华这才长长地吁了口气。刘灿波想了想,说:"哥,我跟魏老板已经谈过了,关于你住院的事,他有两种意见:一种是,你在这里住院治疗,所有的费用由他出;另一种是,他给你三万块钱,治伤的事你自己负责。你看,你愿意选择哪一种?"

　　三万块钱?治个腿伤要三万块钱?李东华发愣了,他问是不是他的腿伤得特别严重?刘灿波说:"不是你的腿伤得特别严重,是魏老板嫌麻烦,他想一次性赔你三万块,就将事了结了。我看这方法行,你拿了钱,回到家乡去治,我估摸着,你花个万把块一定能治好,还能省下两万呢。"

　　李东华一盘算,觉得刘灿波的话在理,于是,他决定选择第二种意见。他将自己的意思告诉了刘灿波,刘灿波便说:"那好,我去给老板说去,争取要老板多赔一点。"

到下午，刘灿波陪着魏老板来了。魏老板简单询问了李东华的伤势之后，便拿出两份打印好的赔偿协议。李东华接过一看，见协议上写着：刘东波因工负伤，鑫昌建筑公司一次性赔偿刘东波住院费、医药费、营养费、误工费等，合计人民币四万元，以后，治疗的相关费用都由刘东波本人承担，鑫昌公司概不负责。

魏老板见李东华看过了协议书，就说："本来，我只打算赔你三万块，你的伤不算太重，赔三万就算不错了，但你弟弟成天缠着我，缠得人快烦死了，四万就四万吧。你自己考虑一下，同意这个协议，你就在这上面签上名字按上手印，等一会儿让你弟弟跟我去公司拿钱。不同意呢，就不用签，你仍在这医院住着，我一定将你的腿治好。"

听了魏老板的话，李东华感激地看着刘灿波，他想，我和他这兄弟是假的，想不到感情是真的。他感激地对刘灿波说："兄弟，多亏你了！"

刘灿波一瞪眼："哥，咱是兄弟俩，怎么说这样见外的话？你还是想想，签不签吧？"李东华忙说："签，签，当然签！"他边说边拿过笔，刚写了一横，刘灿波忙在旁边小声提醒："哥，在这里你要写上你的名字：刘东波。"李东华只得写了"刘东波"，又按了手印。

两份协议，李东华和魏老板各执一份。手续办好了，魏老板便让刘灿波跟他回公司去拿钱。临出门，刘灿波再三叮嘱李东华，好好养伤，别担心，他领到钱后立马送到医院来。李东华目送刘灿波渐渐远去，心里感动地说：人家都说在家靠父母，出外靠朋友，这话不假呀！

身陷困境

李东华躺在医院里等刘灿波送钱来，一直等到傍晚，还没见刘灿波的人影。他有点放心不下，就求护士给鑫昌建筑公司的魏老板打了个电话。魏老板在电话里说，早在四个小时前，刘灿波就在公司里领了四万块钱走了，临走时，他将他的被卷行李都背走了，说是要住到医院来，好照顾李东华。

李东华一听傻了眼，都四个小时过去了，怎么还不见人？是在路上出了意外还是……李东华心里"咯噔"一下，莫不是刘灿波揣着那四万块钱跑了？这么一想，顿觉头皮发麻，他慌忙挣扎着又打电话给魏老板，魏老板一听笑起来："他是你弟弟呀，他能跑哪里去？"李东华被噎得说不出话。

一整夜，李东华的心都悬着，直到第二天早晨，仍不见刘灿波露面，他这才确信，刘灿波是拿了钱跑了。正不知如何是好的时候，护士对他说，入院时，魏老板垫付的钱已经花完了，让他赶快交钱，否则医院就要停止用药了。

李东华慌了，他哪有钱呀？他忙央求护士打电话给魏老板，让魏老板无论如何来一趟。

一个小时后，魏老板来了，一进门就气呼呼地说："你这人烦不烦？我们不是签过协议了吗？怎么还让我来帮你交钱？"李东华哭丧着脸说："刘灿波没将钱给我呀。"魏老板不耐烦地说："那是你们兄弟间的事，我管不着。"李东华急得用手直敲床沿，一迭声地说："他不是我弟弟呀，他是四川人，我是湖北人，我俩根本不是一家人！"一听这话，魏老板也傻了眼。李东华带着哭腔，将自己怎么认识刘灿波，怎么假扮兄弟到这里来的情况说了一遍。

魏老板静静地听完后，先骂了刘灿波缺德，又冲李东华吼起来："你这叫活该！为了多拿一点工钱，你居然信他的鬼话，跟他假扮兄弟？假扮兄弟我就会多给你工钱？告诉你，我这里的民工都是30块钱一天，谁也不例外。别说你是他哥哥，你就是他爷爷也不行！他刘灿波，我开的工价也是30块钱一天。你就这样好骗？"

李东华嗫嚅着说："刘灿波说你以前和他共过事，交情很深，所以，所以我就……我就信了。"

魏老板气得直摇头说："全是胡说八道！我根本不认识他！前两天，他来找过我，问我这里要不要建筑民工，我正缺人手，就答应让他来，当时说好了，工钱30块一天。"

李东华终于明白，刘灿波一开始就在骗他，但他怎么会早就知道我要出事，老板会赔钱给我，他好拿上钱逃走？他猛地想到那块平白无故松动的跳板。哎呀！这是他早已设计好的阴谋！这样一想，李东华额头不由渗出了冷汗。

魏老板要走，李东华一把拉住了他的袖子，央求说："老板，你可不能走呀，我现在没有医药费了，咋办？"魏老板说："钱我已经给过了，我才不管这破事！"说着，就出了病房走了。魏老板走了，此时的李东华几乎陷入了举目无亲、身无分文又不能动弹的绝境。就在他不知如何是好时，魏老板又回来了，还带来了一个民工。他对李东华说："小伙子，我碰到你这个倒霉鬼我也倒霉。本来，我手里有你按手印的协议，你的事我可以不再管了。但我想想，你也是受害者，也可怜。这样吧，我带你去公安局报个案，看能不能逮住那个刘灿波，帮你要回那四万块钱。至于你疗伤的事，大城市里住院费贵，我看你就别住了。我给你3000块钱，让民工小王送你回家去，你就在家乡的医院治吧。"说着，掏出一沓钱，给了李东华。李东华接过钱，一时不知道说什么好，只是眼泪汪汪地紧紧地攥着魏老板的手。

三个人一起去了公安局，报了案。李东华当夜在鑫昌建筑公司的工棚住了一夜，魏老板告诉他，那天他摔下楼的原因已经查明，那块跳板之所以无缘无故地松动，是有人将固定跳板的螺丝卸掉造成的。李东华一听，恨得咬碎了钢牙。他恨不得立即逮住刘灿波这狼心狗肺的混蛋，扒了他的皮！

第二天，魏老板派民工小王将李东华送回了家。他父母见儿子出门时是个健壮的小伙子，如今折了一条腿回来，心痛得不得了，抱住他直落泪。

李东华在县城的医院住了两个半月，花了一万多块钱，总算将腿基本治好了。李东华的腿一好，他就不顾父母的反对，重返深圳。他发誓，一定要找到刘灿波，报仇雪恨。

立誓寻仇

李东华一到深圳，就直奔顺发建筑队，那里是他与刘灿波最初相识的地方，他想也许在那里能发现刘灿波的蛛丝马迹。

李东华来到顺发建筑队，悄悄溜进民工们的工棚，向认识的民工们说了自己的遭遇，然后打听刘灿波的情况。民工们听了他的遭遇，都非常同情，他们告诉他，刘灿波是去年来顺发建筑队打工的，但干了不到一个月，就跟一个贵州来的民工离开了。两个月后，他又回来在队里做了五六天，又和一个湖南小矮子离开了。一个月后，他又回来，做了半个月又带走了一个民工。最后一次就是三个月前跟李东华一起离开的，但这次离开后，他再也没回来过。而且，李东华从民工们的交谈中了解到，刘灿波每次都是一个人回来，而被他带走的民工再也没见他们的人影儿。

李东华想了解更详细的情况,但民工们说,除了知道他叫刘灿波,是四川人外,其他的情况都不清楚。有个叫陈杰的民工出主意说:"你去问问王包工头吧,我看刘灿波与王包工头关系不错。"李东华问:"你怎么知道他与王包工头的关系不错?"陈杰"嘿嘿"笑道:"这,明眼人都可以看出来嘛。刘灿波要走就走,要来就来,如果他同王包工头关系不好,他走了几次,再回来,人家王包工头会收留他?"

这话说得在理!李东华立即去找王包工头。他来到王包工头住的单间工棚,刚说明来意,王包工头便蹦了起来,叉腰瞪眼冲李东华吼道:"姓刘的骗了你的钱,你来找我要是不是?"李东华忙连连摆手,说:"我不是这意思。"王包工头手指点着李东华的鼻子,骂道:"你小子不来找我,我还要去找你呢。你跑到公安局报案,让公安局来盘查我!姓刘的骗了你关我屁事,你给我滚!"他见李东华不走,怒吼道:"你他妈的还敢赖着,老子今天打死你这狗日的!"他一边吼着,一边操起一把椅子,就要往李东华的头上砸。

李东华吓得转身就跑。跑出老远,王包工头还在那里破口大骂:"你他妈的找死!你要是再敢踏进我的建筑队一步,老子就废了你!"

李东华不敢再去建筑队了,但就这样离开,他又不甘心。民工们说,刘灿波每隔一段时间就要回一趟顺发建筑队,兴许过不了多少时间,他又会来,于是他决定守在建筑队门外,来个守株待兔!

李东华在离建筑队大门百来米的一个靠墙的地方蹲着,到了晚上,干脆打开行李卷,铺在地上过夜,就这样,守了三天,也没见到刘灿波的人影,倒是晚上在露天过夜,受了寒,受伤的腿又隐隐地痛起来。他不由对这种方法动摇起来。就在这时候,那个叫陈杰的民工悄悄跑来告诉他,刘灿波的老婆刚刚拿着刘灿波的照片,到工棚里找她的丈夫。

李东华一听，立马背起行李卷，跟着陈杰就往工棚跑。

到了工棚，就见一个女人，二十五六岁的光景，虽然皮肤黑点，模样倒很标致。李东华急火火地上前就问："你就是刘灿波的老婆？"那女人愣了一下，摇了摇头，说："我男人叫刘阳。"李东华先是一愣，但他很快就反应过来，粗着嗓子说："管他叫什么，你将他的照片给我看看。"

那女人将照片给了李东华，李东华仔细一瞧，双眼就瞪圆了，千真万确，照片上的人就是害他受伤骗走他四万块钱的刘灿波！他顿时激动起来，一把抓住女人的手，大叫起来："就是他，就是他害了我，骗走了我四万块钱！你是他老婆，这钱我得管你要！"

民工们见那女人被李东华吓得傻愣着，就上前将前前后后的情况都说了。那女人听得发了一阵愣，后来就说："我丈夫叫刘阳，你们说的是刘灿波，这不是一个人呀。"李东华气得跳起来："这照片上的人就是刘灿波！"女人说："兴许是你看走眼了呢，天底下相貌相像的人多得是。"李东华又急又气，紧紧拽着女人的手，吼叫起来："你就是将他烧成灰我都会认识，百分之百不会认错！"

吵闹声惊动了王包工头，他走来一见李东华，就骂娘捋袖子，要李东华滚。那女人听说他是包工头，忙将照片递了过来，说："老板，我叫方英，是刘阳的老婆，我听我的老乡说，他在你的建筑队里做过事，你帮我认一下，看是不是他？"王包工头连照片看都不看，就冲方英吼了起来："我是负责帮你找人的？滚！滚！滚！我们这里没这个人！"方英还要再说什么，王包工头指着方英的鼻子吼起来："你滚不滚？"说罢，他抓过方英的行李，扔出了工棚。

李东华和方英被王包工头撵了出来。方英走到哪里，李东华就跟到哪里。就连方英去上厕所,他都在厕所门口守着。他想现在找不到刘灿波,就只有找方英了,如果让方英跑了,他那四万块钱也就泡汤了。

方英被李东华跟烦了,没好气地问李东华:"你这样跟着我,到底要干什么?"李东华面无表情地说:"我要要回我那四万块钱。"方英哭笑不得:"你这不是无赖吗?骗你钱的人到底是不是我丈夫还不能确定呢。"一听无赖这个词,老实巴交的李东华发作了,他歇斯底里,暴跳如雷,大喊大叫:"谁是无赖?你丈夫骗了我的钱才是无赖!你赖账不还才是无赖!"

他这一发脾气,方英倒没言语了。等到李东华发泄够了,方英才低着头诚恳地说:"李大哥,你也不用发脾气了。其实,我心里明镜似的。你说是我丈夫害了你骗走了你的钱,我相信,我丈夫是个什么东西,我心里有底。但是,你要我赔钱,我哪有钱呀?这样吧,你先回去,留个地址给我,等我找到刘阳,要真有此事,我让他将钱给你汇过去。"

方英说得诚恳,李东华的怒气也就消了一半。但让他就这样离开,那是万万不能的。他说:"那不行,我怎么知道你是不是也在骗我?"方英没辙了,问:"那你到底要怎么样?"李东华说:"反正没要到钱,我不会让你走掉。"方英想了半天,叹一口气,说:"好吧。反正我这次到深圳来,就下定了决心,找不到刘阳,我不会回去。你信不过我,就跟我一起找吧,我们就一个工地一个工地地找,边打工边找。"

李东华怀疑地看看方英,问:"要是你趁我不注意溜了呢?"方英生气地瞪了李东华一眼,问:"你这人怎么这样不相信人?"想了想,她掏出自己的身份证,递给了李东华,说:"我将身份证押你这儿,你现在总可以放心了吧。"李东华接过身份证,左瞧右瞧,确认不像是假的,心里这才踏实了些。

两个人开始到一些建筑队，边打工边打听刘阳的下落。这样过去了两个月，他们一连换了五六个建筑队，也没打听到关于刘阳的丁点儿消息。

李东华开始沉不住气了。他想自己不能跟着方英这样拖下去，得想个办法，快刀斩乱麻。

怎么快刀斩乱麻呢？李东华把脑袋都想痛了，也没想出个好办法，无意间，他看到方英的身份证，脑子里便灵光一闪：他刘灿波能用歹毒的方法害了我骗我的钱，我怎么就不能以牙还牙，从他老婆身上将钱拿回来？这个念头一冒出来，李东华自己都吓了一跳，他想自己如果这样做，实在是太卑鄙了。但是，又一想，如果自己不卑鄙，能要回自己的钱么？这也是他刘灿波卑鄙在前，我卑鄙在后呀。李东华经过一阵激烈的思想斗争，最后还是一咬牙：别人不仁，我也不义！干！

他学着当初刘灿波的做法，向建筑队请了一天假，然后出去四处转悠，悄悄向人打听，只花了半天的时间，就找到做假身份证的人，花了两百块钱，为自己办了个假身份证，名字叫方东华，家庭住址什么的，都同方英身份证上的一模一样。

假身份证办好了，李东华就回来与方英商量，说想换个地方。方英也正有换个地方打听的想法，就同意了。李东华心里有鬼，低着头，嘟嘟哝哝地说："我，我想，我俩非亲非故的，却总在一块儿，难免人家瞎猜测，说闲话，我想，我想我还是改个姓，也姓方……"没等他把话说完，方英好像明白了他的意思，笑着说："这主意不错，到下一个建筑队，我干脆叫你哥哥，这样，亲兄妹在一起，就没人说闲话了。"

两人到新的建筑队时，就以兄妹相称了。在建筑队，他们干的是装修活儿，给外墙贴钢砖。方英不会做这活儿，就给李东华当小工。两个人整天在一起干活,这倒给李东华实施计划带来了方便。

但是,每到要给跳板做手脚的时候,李东华就犹豫了,起先在八楼,他想,要是让方英从八楼摔下来,她必死无疑,自己只要她的钱,可不是要她的命呀,不行,不行,得等等。等到贴到四楼的时候,李东华觉得高度差不多了,他趁大家下班的时候,偷偷地将一块跳板弄松动了,然后从脚手架上爬下来。可是下来后,他抬头望望,觉得四楼还太高,摔下来,弄不好也会出人命的,看来还不行!他心神不定地在楼底下走来走去,走了一阵,又爬上脚手架,将螺丝重新拧紧了。钢砖贴到了三楼,眼看再不干就没机会了,李东华狠狠心,趁中午吃饭的时候,爬上脚手架,将一块跳板弄松动。下来后,他想了想,觉得还不够稳妥,又将地面上的石块碎砖、钢管什么的硬东西都挪到了一边,他想,方英摔下来摔在泥土上,应该不会出人命。

吃完饭,李东华忐忑不安地等方英来干活,可是左等方英没来,右等方英没来,李东华又担心起来,莫不是方英看出什么不对,偷偷跑掉了?他从脚手架上爬下来,去找方英,还没走到工棚,只见方英像瘸子似的又笑又叫地迎面走来。李东华心中有鬼,结结巴巴地问:"你去哪了?"方英晃了晃手中的一个袋子,说:"我看你这两天走路有点晃悠,估摸你那腿伤又犯了,我去帮你买了点中药。"一听这话,李东华的心像被针扎了一下,难过地低下了头。

方英将中药交到李东华手里,就来到工地,开始向脚手架上爬。李东华看着方英一点一点地向那块松动的跳板靠近,心里在骂自己:人家对你这么好,给你买中药,可你却想暗害人家,你还是人吗?就在李东华心里骂自己的时候,眼看方英就要踏上那块松动了的跳板,他的心猛跳起来。他终于忍不住,发疯似的冲过去,大叫起来:"方英,你等一下!"方英愕然地回过头来,问:"怎么了?"

"那块跳板松动了,危险!"李东华一边说着,一边"噌噌噌"快速爬上去,将那块跳板重新拧上了螺丝。方英看着他做完这一切,冲他甜甜一笑,说:"哥,你真好!"

张网捕狼

李东华的计划虽说泡汤了,但他由此想明白了一个道理:害自己骗自己的是刘灿波,不是方英,因此,自己不能将仇报在方英身上。这么一想,他决定不再跟着方英。他对方英说,他打算回家。

方英诧异地看着他,问他:"你不打算要回你那四万块钱了?"李东华叹一口气,说:"想当然想。但是,世间的事,哪由着我想呀。"方英低着头半天没吱声,后来就说:"只要你想,我就有办法。昨天我拿着我丈夫的照片向工地上的民工打听,有个民工说,就在前几天,他去另一个工地看老乡时见过这人。"李东华一听,来了劲:"那我们去那里找呀。"方英摇了摇头,说:"其实,他也知道我们在找他,所以他一直躲着我们。我们在明处,他在暗处,找,白费劲。我想到了一个主意,可以引他现身。"李东华追切地问:"什么主意?"方英苦笑道:"什么主意你就别管了,你只要记住,万一我出了什么事,你千万别离开我。只要你不离开我,你一定能看到刘阳,到时你抓住他就行了。"

方英的口气和神态使李东华产生了一种不祥的预感,所以他再三追问方英是什么主意,可方英却死活不说。

这天,像往常一样,他俩在二楼贴外墙钢砖,正在干活的李东华突然看到离他不远的方英一阵晃悠,接着,人就直直地从二楼的脚手架上摔了下去。

李东华吓得魂都飞了,他连奔带爬地从脚手架上滑下来,只见方英直挺挺地躺在地上,脑袋上流着鲜血。整个工地上的民工都慌乱地喊叫起来。李东华抱起方英,就往医院跑。

方英在医院里一直处于昏迷状态。李东华急得不断地问医生,碍不碍事。医生说,方英因为头部撞击太重,造成了脑震荡,幸好是从二楼摔下来,要是从再高一点的地方摔下来,就会没命了。现在应该没有生命危险,但,脑震荡是很麻烦的,就怕留下什么后遗症。李东华听了直发呆,一旁的建筑工地老板也皱起了眉头,他将李东华拉到一边,谈赔偿的事,说他愿意一次了断,给李东华一笔钱,让李东华将方英接回家去疗伤。

老板这个意思是过去李东华梦寐以求的,但现在,他想都不愿想。李东华人老实但不笨,他想到出事前方英同他说的话,方英说,不管她出了什么事,只要他不离开她,就能抓住刘灿波。难道这是方英故意摔下来的?这就是她说的主意?如果真是这样,这主意的代价也太惨重了。

这么一想,李东华又难受又感动,方英为了他,竟然使出这样的苦肉计。他望着头上缠满纱布的方英,心疼得热泪滚滚。他记着方英的话,守在方英的病床前寸步不离。

方英在医院里一躺就是三天,一直没苏醒过来,李东华急得不吃不睡,建筑工地老板更是慌了神,三天两头往医院跑,找李东华,要一次性赔偿。李东华铁了心不答应,他反反复复就一句话:"我不要什么一次性赔偿,我要我妹子活过来!"

第三天的傍晚,建筑工地老板又来了,还是要与李东华谈一次性赔偿的事,李东华还是那句话:"我不要什么一次性赔偿,我只要我妹子活过来!"

　　双方正僵持着,一个留着小胡子、戴着墨镜的瘦高个光头男子走进病房,打听方英在哪。李东华见他身材、脸型和声音都像刘灿波,就上前高声叫道:"刘灿波,你小子终于来了?"谁知对方一点也不慌神,一副并不认识李东华的表情,淡淡地说:"谁是刘灿波?你认错人了。我叫刘阳,我是方英的丈夫。"

　　李东华那问话本来就是试探性的,现在见对方若无其事的样子,更加吃不准了,只好站在一旁,怔怔地上上下下打量着对方。自称刘阳的瘦高个再不理会李东华,自顾从口袋里掏出身份证和结婚证,递到建筑工地老板面前,说:"你是老板吧,我是方英的丈夫。我刚刚听说了我妻子受伤的事,所以我赶来了,咱们能不能就赔偿的事谈谈?"

　　老板巴不得马上把一次性赔偿的事解决了。他看了看刘阳递过去的证件,不住地点头。

　　就在这时,一直处于昏迷状态的方英突然从病床上坐了起来,冲李东华喊起来:"李大哥,快将门堵起来,别让这畜生逃掉!"

　　李东华猛地一愣,但他反应还算迅速,一下子冲到门口,将病房的门关上了。

　　刘阳也呆了一呆,转身就往门口冲,但已经迟了,门已经关上了。他用力推李东华,想夺门逃跑。李东华奋力阻挡,二人你推我搡,刘灿波的墨镜被扒下了。李东华一看,果真是刘灿波,这真是仇人相见,分外眼红,这许多天积聚在心头的怨气仇恨顿时暴发了。好个李东华,犹如发怒的雄狮,猛扑上去,一拳砸在刘灿波那光头上,砸得这家伙头昏眼花,摇摇晃晃,瘫倒在地上。

　　一旁的建筑工地老板不知道发生了什么事,他傻乎乎地看着瘫在地上的刘灿波,又傻乎乎地问方英:"你,你原来没有昏迷呀?"方英冷笑了一声,说:"我要不假装昏迷,这畜生敢来吗?他就是怕我认出他,找他算账呀。但我了解他是个贪得无厌的人,他听说我出了事,准会来捞一笔钱的。他以为我昏迷了,看不到他,他欺李大哥老实,好糊弄,所以他来了。但他错了,我所做的这一切,就是张开了专等他来钻的网!"

李东华听了,喉头像有什么东西堵着,说不出话来,愣了好半天,他走到方英面前,哽咽地说:"只是苦了你,伤成这样!"

艳阳高照

方英让建筑工地老板拨了110,不一会儿,警察来了,将瘫在地上的刘灿波带走了。李东华不解地问方英:"刘灿波既然是你丈夫,你咋忍心让公安局将他抓起来?"方英痛苦地长叹了一口气,说了事情的原委。

两年前,方英的父亲到深圳来打工,一次不明不白地从脚手架上摔下来,死了。方英父亲出事的那天,刚好有个方英的老乡看见了,立即打电话告诉方英。在方英匆匆赶来处理父亲的后事时,认识了刘阳。刘阳自称是方英父亲的儿子,当时方英也心存疑惑,不知刘阳这样做到底是为了什么。刘阳解释说,一个人死了,如果没个亲属在身边,老板往往会对死者草草了事。他这么做是为了替她父亲争取利益。刘阳这样说,方英也没产生怀疑。后来,在向老板索赔的过程中,由于刘阳的帮忙,硬是让老板赔了五万块钱。这让方英心里对刘阳充满了感激。

接着刘阳又以为了方英的安全为由,坚持要亲自送她回家,一路上对她体贴入微,使方英大为感动,两个人在频繁的交往中产生了感情,不久就登记结婚了。

结婚后，方英觉得既是夫妻就应坦诚相见，所以那五万块钱存折的密码她也没瞒着刘阳。婚后不久，刘阳便提出到深圳打工，当方英送走刘阳后不久，她发现那张父亲用生命换来的存折不见了，到银行一查，钱已经被刘阳取走了。

刘阳一走就是两年，再无音信。后来方英听老乡说，在顺发建筑队见过刘阳，于是她才来到了深圳找刘阳。当她听了李东华的遭遇，再对照父亲的死，方英这才恍然大悟，很有可能，父亲也是被刘阳害死的，而他与自己结婚，就是冲着那五万块钱，所以她发誓要找到刘阳，为父报仇！李东华听完方英的叙述，感慨地说："想不到你同我一样，也是受害者，而我，还曾经对你……我，我真不该……"

方英看看李东华，笑道："你是说你想让我掉下脚手架的事？"李东华惊愕地睁大眼睛："你知道？"方英缓缓地说："其实，你那天要与我兄妹相称，我就知道你想干什么。这方法就是刘阳害爹的方法呀。我知道，你想学刘阳的方法拿回你的四万块钱。所以，我就时时注意你，你每一次将跳板弄松动，我都看到了。但是，你每一次又将松动的跳板拧紧了。"李东华惭愧地低下了头，说："你是不是觉得我很卑鄙？"

方英一把抓住李东华的手，动情地说："不，你不卑鄙。你是个好人。你有这个想法是正常的，但你最终没做这样的事！我知道，你为了治伤，家里欠下了一屁股债。其实，在我假装昏迷的时候，你完全可以从老板那里拿上钱走路，但你没这样做，而是反反复复说，你只要妹子活过来，我听了，直想哭。从我爹死后，你是唯一对我这么好的人。你真的是好人，好人！"方英说着动情地嘤嘤哭了。

几天后，公安局来人，通知李东华去拿回被刘阳骗走的那四万块钱。方英陪着李东华到了公安局才知道，顺发建筑队那姓王的包工头也被抓了起来。原来,刘阳和王包工头合伙,一直在干一种罪恶的勾当。他们专找一些各地单独出来打工的民工,先以降低工钱的手法逼这些民工辞职,然后再由刘阳出面,像哄骗李东华一样,与这些民工结为兄弟或父子相称,然后一同到一个陌生的建筑队打工,利用松动跳板等方法,造成意外事故。民工遇难后,刘阳就以死者亲属的名义向建筑公司索要赔偿。每次都能获得几万元的赔偿。他们称这种歹毒的方法叫"赚命钱"。两年中,他们共害死了十一位民工,获得了五六十万元。他们是吞噬民工的恶狼!他们是伸向民工的黑手!

公安人员还说,据刘阳交代,当他从王包工头那儿得知李东华和方英在找他,他就悄悄跟踪他们,注视两人的行动。

当他得知方英出事,这个利令智昏的家伙,等了三天见方英仍昏迷不醒,就乔装打扮一番想来捞一票了。但他做梦也没想到会钻进了方英布下的罗网。

这真是法网恢恢,疏而不漏。两头恶狼终于被擒并将得到严惩!当李东华和方英从公安局出来时,天空中,艳阳高照。两个人并肩走了一段路后,李东华关心地问方英:"妹子,你打算去哪里?"方英看看李东华,轻声说:"我现在孤身一人,能去哪里?"李东华咬咬牙,猛地一把紧紧抓住方英的手,结结巴巴地说:"要是妹子不嫌弃,就跟我去我家吧,我一定会让你幸福的。"方英红着脸笑了,说:"我相信。你是个好人,跟你在一起,我一定会幸福的。"接着,两个人互相依偎,沐浴在阳光中,脸上露出了幸福的笑容……

(方冠晴)
(题图:杨宏富)

诱惑·万象篇
youhuo wanxiangpian

抵住诱惑,纵然落寞一时,却能幸福一生。

告状奇遇

老万怒了

农民老万到城里打官司,找了一家小旅社落脚,他进去的时候,房间里已经有了一个房客,是个四十岁左右的中年人,自我介绍说他叫李文生,是省城一家工厂过来催货款的业务员。

两人熟了后,李文生问老万:"大叔,你进城做啥事呀?"老万昂昂头说:"打官司。"李文生很好奇:"为什么事要打官司?"说起这件事,老万一肚子气。

老万要告的是村长的儿子大宝。半年前,大宝喝醉了酒,骑摩托车时把老万的牛给撞断了腿。那牛是老万的心头肉,老万就跟大宝理论,可大宝不但不道歉,还倒打老万一耙,说要不是牛挡路,他也不会从摩托车上摔下来,所以别说这牛被撞断了腿,就是撞死也活该。老万一听这话气得一蹦三尺高:"牛不懂事,你也不懂事?"谁知这话把大宝惹恼了,抬手就给了老万一巴掌,由于下手太重,竟把老万的左耳膜打破了。老万到医院住了半个月,花去五六千元钱,左耳才恢复了一半听力。他咽不下这口气,出院后就到乡法庭去告大宝,没想大宝不但不承认打过老万,反倒要老万赔偿他从摩托车上摔下来的损失。由于当时没有目击证人,老万又提供不出别的证据,乡法庭便各打五十大板,互不追究。老万当然不服判决,这不是欺负老实人吗?一怒之下,就进城告状来了。

李文生听老万把经过说完,分析道:"大叔,我看你打这个官司有点麻烦,你得有证人,证明他确实是酒后驾车撞了你的牛,证明确实是他打了你才行啊!"老万扯着自己的左耳朵,愤怒地说:"还要什么证据,我这耳朵不就是证据?我还能没事自己把自己打聋了?哼,我就不信,乡里有他的人,难道城里也有他的人?"

说到这里,老万狡黠地笑了,朝李文生眨眨眼:"不瞒你说,我在城里倒是真有个人!我一个远房侄子在城里当局长哩,让他去法院打个招呼,这官司我准能赢。"

李文生没想到这个看上去挺憨厚的农民居然还有这一手,问他:"你侄子在哪个局当局长?"老万挺得意地亮着嗓门说:"气象局!""气象局?"李文生"扑哧"笑出了声,"气象局算什么!"老万瞪着眼睛说:"气象局还不算什么?老天都归它管哩!"

李文生不接他的话茬,瞥一眼他带来的鼓鼓囊囊的大提包,话题一转,说:"是土特产吧?现在谁稀罕这种玩意儿!"老万不由挠挠头:

"你见多识广,那你说,我给他送点什么好?"李文生说:"如果他不想收,你送什么他也不会要;如果他肯收,那你最好就送这个。"他冲老万捻了捻手指头。

老万一看心里慌了:这不是让我送钱嘛!可自己兜里除了出门时老婆塞了一把碎钱外,总共就只有东拼西凑借来的一千元钱,吃的住的全在里面了,要送了人,自己还活不活了?他突然就觉得心里空落落的,一下子没了底气,直到吃晚饭的时候,还闷闷地坐在那里发愁。

李文生见老万这个样子也不吱声,出去转了一圈,回来的时候手里拎着几瓶啤酒和几包熟菜,非要拉老万一起喝。老万一则没心思,再则也不好意思,吃了人家的,以后拿什么还?他赶紧从包里掏出几只干馍馍,一面往嘴里塞,一面对李文生说:"咱乡下人不讲究,能有这个填饱肚子,就知足啦!"李文生硬是不答应:"咱俩住一个屋,这是缘分,你还客气什么!"没办法,老万只好从命。

老万急了

饭罢,老万早早上了床,脑子里翻来覆去就想着打官司的事,突然发现隔壁床上的李文生也在翻来覆去地"烙饼子",老万心里就有点不好意思起来:看起来,他催货款的事一定也很头疼,人家对自己这么客气,自己明天也得关心关心人家,问问他的事办得咋样了。老万正这么迷迷糊糊想着的时候,一阵警笛声突然由远及近响了起来,老万猛地惊醒过来,不知道出了什么事,心里不免有点紧张。他正想问问隔壁床上的李文生,却发现李文生已经从床上滚到了地上,眨眼之间就开门闪了出去。老万看他怎么身上穿的衣裳一件都不少,心里觉得很奇怪:他睡觉咋不脱衣裳呢?

　　警车很快经过旅社门口开远了,外面静悄悄的什么动静也没有。老万正猜测李文生去了哪里,不一会儿,就见他探头探脑地回来了,先是轻手轻脚地走到老万床头看了看,然后才转身上了自己的床。老万心里不由琢磨起来:这房客到底是个什么样的人?

　　第二天早上,李文生刚起床,老万就忍不住问他:"你昨晚睡得好吗?没听到半夜警车声?""警车?"李文生奇怪地瞪眼瞅着老万,"警车来这儿干什么?我一觉睡到大天亮,什么都不知道啊!没出什么事吧?"老万心想:警车来时明明你出去过,怎么现在说什么都不知道了?他心里更起疑了,可又不知道该怎么问,只好推说自己要去找侄子,拔脚出了门。

　　老万在外面整整奔波了一天,晚上回到旅社的时候,看到李文生正独自在屋里喝着酒,老万因为办事不顺,也懒得和李文生说话,仰天往床上一躺,长吁短叹起来。原来,他今天找到侄子办公室的时候,没想到正好碰到村长的儿子大宝从屋里出来,他心中一沉,当时就觉得不妙。果然,侄子死活不肯拿他的土特产,还劝他不要上告了。老万一急,就把身上那一千块钱掏出来了,却又被侄子毫不客气地挡了回来。显然,侄子铁了心不帮自己了,因此,官司还没打,现在老万自己就觉得输了一大截。

　　李文生见老万这副灰头土脸的样子,不用问也猜得到他准是办事碰了钉子,就招呼他说:"大叔,先一起来喝杯酒,去去火吧?"老万不理他,"呼"地从床上坐起来,从搁在床边的大提包里拽出一瓶老白干,张嘴就"咕嘟咕嘟"往肚子里倒。

　　李文生跳过来,一把抢下他手里的酒瓶子,劝他说:"大叔,你不能这么喝!"老万两眼发直,嘴里喃喃道:"这官司没指望了,我是没脸回去见老婆孩子了呀!"李文生听得此话,突然一仰脖子,把从老万手里抢下的老白干往自己嘴里灌:"你虽说没脸见老婆孩子,可你还能回去和她们过日子,而我呢,我是连见也不敢回去见她们呀……"老万一怔,瞅着对方:"你……这话怎讲?"却见李文生脸色一变,神色慌张起来。

其实,刚才李文生是被老万的遭遇触动心怀,加上已经喝了一点酒,口没把住,漏说了一句,所以说完就后悔了,现在被老万一追问,连忙掩饰道:"没事,我瞎说的。"老万立刻想到他昨夜的奇怪举动,忍不住试探着问:"你……是有什么事躲出来的?"李文生的脸白了,"霍"地站起来,眼睛一眨不眨地盯着老万。

老万忙说:"别紧张,你若真有什么苦衷,说出来,我不会害你。"李文生这才神色稍缓,过了好一会儿,才说:"你猜得不错,我是跑出来躲官司的。我原来是个会计,只因一时鬼迷心窍,贪了公家一笔钱,事发后就逃出来了,想等风声过了再回去。"老万问:"你拿了公家多少钱?"李文生说:"万把元。"老万一拍大腿:"你糊涂呀,为了万把元的钱就连前途都不要了?你躲能躲到几时?我看你年纪又不大,难道一辈子扔下父母孩子不管了?"

李文生低下头,声音又愧疚又懊悔:"唉,我最对不起的就是父母和孩子了,我没有一天不想他们,可连一个电话都不敢往家里打。"老万不由替他着急。老万也有儿子,他太知道为人父母的感觉了,俗话说,儿行千里母担忧,儿子出门打工一年多,音讯全无,老万跟老伴每天都寝食难安,提心吊胆。将心比心,现在李文生的父母在家里不知为他担心成什么样子了呢!老万当即劝道:"那你还不赶快去自首?""我不敢呀!"李文生哭丧着脸说,"我不想坐牢。""糊涂!"老万朝他大吼一声,"你回去好好认罪,赶紧把钱凑够了退回去,就是坐几年牢,也比在外面像老鼠一样躲来躲去的好呀!"

见李文生迟迟疑疑、难决难舍的样子,老万急了,他突然想起今天送礼没有送出去的一千块钱,心想,这礼没送出去,自己的官司只怕也就没什么希望了。他略一犹豫,就伸手从裤腰里摸出那卷钱,朝李文生手里一塞,说:"没有证人,也没有人为我撑腰,我这官司打来打去左右也是个输,干脆,这官司我也不打了,只当这一千块钱已经送了礼,你拿着,少是少了点,可多少也能帮你补补窟窿,你快把钱还上,也好回去见你的家人……"

老万哭了

李文生愣住了,他无论如何想不到这个跟自己萍水相逢的农民大叔,竟然会如此慷慨地把这么一笔东拼西凑借来的钱倾囊给了自己!

李文生眼睛红了,哽咽着说:"大叔,你……"老万拍拍他的肩:"你不是说咱俩有缘嘛!行了,无事一身轻,我现在要回家了。"他边说边就收拾提包要走。

眼看着老万就要离去,这时候,李文生仿佛下了好大决心似的,叫住了他:"大叔,你先别走!"老万一怔:"什么事?"李文生把手里的一千元钱还给他,说:"大叔,依我看,你的官司不一定会输。你如果信得过我,我给你介绍个人,你去找他,也不用送礼,把你的冤屈跟他实话实说,他一定会秉公调查处理的。"

老万简直不敢相信会有这么好的事情,刚想张嘴说什么,李文生已经"刷刷刷"写好了一张纸条。他把纸条交给老万:"这个人的名字和地址我都写在上面了,你把纸条交给他就行。不过你今天不能去,明天再去。"

老万自然点头,又好奇地问了句:"他是你亲戚?"李文生摇摇头:"是我读书时的一个同学,现在在法院当副院长。"

老万一听喜出望外,搓着手不知如何感谢才好,想了半天,说:"那我去买点酒来,今晚上咱们好好喝一回?"李文生说:"行,你快去快回,喝了这杯酒,我也要回老家了,我听你的话,去自首。"老万高兴地咧嘴直笑:"这就对了嘛!你等着,我去去就来。"

可是等老万买了酒回来,李文生已经没了影。

第二天一早,老万拿着李文生给他写的条找到了法院,他把纸条交给赵副院长,说明自己的来意。谁知赵副院长刚把纸条展开,立刻就触电般跳了起来:"他人呢?"老万说:"昨天已经走了,他说要回老家去。"

赵副院长让老万稍等会儿,然后就急匆匆出去了,像是去处理什么事情,过了很久才回来,进门就问老万:"你和他是怎么认识的?"老万就把经过说了一遍,末了,不放心地问:"赵副院长,你说我这官司能赢吗?"赵副院长若有所思道:"你放心,既然刘涛不惜暴露自己的行踪让你来找我,这个案子我一定会亲自过问到底的。"

老万奇怪了:"刘涛是哪个?"赵副院长说:"就是你说的那个李文生呀!你大概不会想到吧,他其实是一个在逃的犯罪嫌疑人,他知道我得到他的消息后一定会去抓他,所以故意让你今天才来找我。"

老万不相信:"我知道他是犯事儿躲官司出来的,他自己对我说了。不过,他说他现在是要回家去自首的。"赵副院长一怔:"自首?不可能!这些日子我们一直在创造各种机会,想让他投案自首,可是他根本不考虑。"赵副院长告诉老万,"刚才我已经把他的行踪报告上级部门了,估计很快就会将他逮捕归案。"

果然,两天之后,老万就得到了李文生也就是刘涛被逮捕归案的消息;也直到这个时候,老万才知道,刘涛其实根本就不是他自己说的什么会计,而是一个在逃的贪官。

老万第二次坐车进城,是专门到看守所来看刘涛的,他要还刘涛五千元钱,那是他回去后在自己的提包里发现的,是刘涛离开旅社前悄悄塞到他提包里的。可刘涛不愿见老万,还说根本不认识老万,更不会给老万什么钱。没办法,老万只好把钱交给看守所的领导。

一个看守对老万说,这钱其实都是刘涛的赃款,是要上缴国库的。老万点点头:"我知道,我知道,但这钱上缴了之后,能不能帮他减点儿罪?"看守笑了:"老人家,你真是天真啊!"老万不解,看守说:"你知不知道他犯罪的数额有多大?说出来吓死你!"

从看守所出来,老万哭了……

(黄　胜)
(题图:谭海彦)

鉴宝专家

冯老在博物馆工作多年,任馆长后,为扩充展品资源、丰富馆藏文物,他别出心裁出了个点子:由博物馆与当地电视台合作举办有奖征集民间文物藏品活动,每周日晚黄金时段电视台现场直播,由专家为献宝者作藏品鉴定;凡参与者还可参加摇奖,有精美纪念品赠送。

征宝信息在电视台播出后,场面非常火爆,来献宝的人络绎不绝,但民间藏品虽然繁多,真正有价值的却寥寥无几。冯老不免有些失望。

这天下班时候,来了一位农民模样的人,也说是来献宝的,冯老把他迎进办公室。那农民从手里的蛇皮袋里取出一个小布包,解开后,露出一件锈迹斑斑的青铜器。这青铜器碗口大小,形状奇特,一端是个椭圆形的筒,另一端连着一块小平板,上面均有精美的纹饰。冯老一见这东西眼睛就亮了起来。为啥？他向来对文物情有独钟，并有很高的鉴赏水平，此物若是真的，非同小可。冯老知道这种东西是商周时期的轮轴饰品，存世很少，而且更让他激动的是，自己博物馆的镇馆之宝，就是与这一模一样的一件，若是能够把它们成双配对，定会引起轰动。冯老兴奋得急忙从农民手中接过这件青铜器，迫不及待地鉴赏起来。

那农民在一旁问："这玩意儿值钱吗？"

冯老差点笑出声来：这价值连城的文物珍品，怎么到他嘴里竟成了玩意儿？冯老客气地对那农民说："值钱不值钱，得等专家鉴定后才知道。你大老远地赶来，先住下吧，明天就是星期天，晚上你就可以去电视台让专家现场鉴定了。"

那农民想了想说："我待会儿还想去街上走走，这东西带来带去的不方便，能不能就放在你们博物馆里？""可以呀！"冯老巴不得农民把这东西留下呢，可以让自己好好欣赏欣赏，所以答应得非常爽快。

农民走后，冯老捧着这件青铜器在灯下反复观看起来。这轮轴饰品之所以珍贵，是因为它的造型和纹饰具有很高的艺术观赏价值，因此北宋以后就开始有人仿造。冯老用放大镜查看上面的每一个细节，只见纹饰图案线条清晰，对比强烈，断代特征非常明显，充分显示出商代晚期的独特风韵。

冯老知道，这类器件如果是赝品，由于不懂得古代青铜器的铸造方法和原理，很难在铸造拼合的地方不露蛛丝马迹，但此物不仅没有铸造缺陷，反而在细节上处处显露出传世精品的典型制作手法。冯老生怕自己看走眼，拿在手里掂量来掂量去，然后又用专门的金属敲击器轻轻敲击，每敲一下便要侧耳倾听半响。

冯老断定这是真品无疑，他兴奋得当即跑到楼下博物馆的展览大厅，让保安把那件镇馆之宝取出来,拿到办公室与农民送来的藏品放在一起,一样的大小造型,一样的纹饰图案,他高兴得真想连夜把大家叫来一起欣赏。

冯老举起手里捏着的金属敲击器,一会儿敲敲自己博物馆的镇馆之宝,一会儿敲敲农民送来的那个藏品,突然他的脸色变得煞白,身子一歪,差点跌倒在地。原来就是这么三敲两敲,冯老听出来了,当初自己代表博物馆用重金买来的这件镇馆之宝,竟然是赝品。因为真品经历过地下几千年的氧化和腐蚀,铜质发生了矿化,器件表面略有膨胀,比重下降,敲出来的声音相对有些浑浊,而伪器敲上去的声音相对就比较清脆。此外,伪器铸造的通病是器壁稍厚,重量与真品相比略有差异,这些破绽在单独看的时候是很难发现的。

真是不比不知道,一比吓一跳!

此刻,冯老真是心乱如麻,他担心这事情一旦泄露出去,不但自己的声誉大大掉价,博物馆也会遭受巨大损失。怎么办?现在要再找到当时卖出赝品的那个文物商人是不可能的了,情急之下,冯老心头一亮:何不趁机把这两件东西调换一下?反正那农民啥也不懂,就是指给他看,他也未必能看出其中的名堂。主意一定,冯老便把农民送来的轮轴饰品送回了展览大厅,而把博物馆原先收藏的那件留着,准备第二天让农民送去直播现场。

但让冯老没料到的是,由于博物馆的这件镇馆之宝平时名气太响,电视台出于为博物馆扩大影响考虑,坚持要冯老把这件藏品一起送去现场,所以到第二天的直播晚会上,农民送来的青铜器轮轴饰品和博物馆的镇馆之宝都摆在了显眼的展台上。

主持这台晚会的是一个年轻干练的小姐,她首先按惯例来了一番开场白，然后就把专家和农民都请上台，请专家对农民送来的轮轴饰品作现场鉴定。

这个专家是收藏家协会的，虽然对青铜器也颇有研究，但名声毕竟在冯老之下，所以鉴别了好一阵也不敢下结论，非得让主持小姐把冯老请上台。为了自己和博物馆的利益，冯老只好装模作样地在台上鉴别了一番，然后十分有把握地对主持小姐说："很遗憾，这是件赝品。"他一一指出了其实原本由博物馆收藏的那件轮轴饰品造伪的细微痕迹。

那农民听冯老说得这么肯定，就对主持小姐说："既然是假的，那我就拿回去吧。"

冯老做下了亏心事，到底于心不忍，赶紧拦着他说："这虽然是件赝品，但它的造伪能力已经达到了乱真的程度，而且造伪的年代在北宋年间，到今天也有一定的收藏价值。"

谁知那农民却是个明白人，说："既然是假的，可就不能让后人去上当了，我还是拿回去的好。"

主持小姐见这农民有这么高的觉悟，立刻接过他的话头说："其实是真是假并不重要，重要的是积极参与。我代表征宝节目组向您表示衷心的感谢！接下来，就请您摇奖。"

农民不好意思地连连摆手说："这个奖我不能要。"

"为什么？"主持小姐非常惊讶。

农民说："我本来是想把这玩意儿献给国家的，没想到是假的，咋能参加摇奖？"

主持小姐追着问："那假如这是件真品，您也不要奖么？"

农民憨厚地笑了，说："那当然要！假如是真的，我就拿这笔奖金回去好好盖个养鸡场。"说着，他就从展台上拿起那件刚才被专家鉴定过、又被冯老讲解过了的轮轴饰品,转身要走。可刚要转身,就听他嘴里"咦"了一声,自言自语地嘀咕道:"不对呀,会不会搞错了啊?"他把手里的轮轴饰品放下,换了另一件。

冯老急了,一把拉住他说:"错了,错了,你拿错了。"

农民说:"没错没错,这东西我和它打了几十年的交道,哪会认错?不信您掂掂,两个分量不一样。"

直播现场一片哗然。

主持小姐灵机一动,问农民:"您说这件是您拿来的,您有证据吗?"

农民一时不知怎么回答,抓着头皮想了想,问主持小姐:"我家的鸡能认,这算不算证据?"

"什么?"主持小姐饶有兴趣地问,"你家的鸡能识宝?"

农民说:"这算什么能耐?这东西你们把它当宝贝,我在家里可是把它……"他话还没说完,就被主持小姐当机立断打断了。主持小姐觉得这是扩大直播影响千载难逢的好机会,立刻请示在场的台领导,然后当众宣布:"电视机前的各位观众,咱们今天的征宝活动出现了戏剧性的场面。在归属难辨的情况下,节目组决定:明天上午十点整,'征宝节目'继续现场直播,欢迎大家到时收看。"

直播暂时告一段落,两件青铜器轮轴饰品都由电视台专人保管,第二天再见分晓。

这一晚,冯老一夜都合不上眼,直觉已经让他开始后悔自己做下了糊涂事。

果然第二天上午十点整,只见电视屏幕上,主持小姐手持话筒出现在农家院里,一脸的兴奋和好奇:"各位观众,各位观众,我们征宝节目小组现在来到了昨晚来献宝的农民家里,大家可能已经注意到了,两件轮轴饰品现在都已放在了阶沿上,现在我们就请这位农民大叔家里的鸡来作证,到底哪一件轮轴饰品是他送来的。"

这时,只见电视屏幕上,一群活蹦乱跳的鸡争先恐后地从鸡舍里飞出来,那农民用小木棍先在一件轮轴饰品上敲,清脆悦耳的声音好听极了,可那些鸡三三两两地伸了伸头,然后就像没听见似的,没有一点反应,在院子里走开了八字步。农民不动声色,拿起另一件轮轴饰品敲了起来,只见那"扑扑扑"的声音刚响起,那些走八字步的鸡们就像接到命令一样,飞也似的扑到鸡食盆里啄起食来。

结论不言自明!不过主持小姐还是想征求一下冯老的意见,可是找遍整个现场,哪里还有冯老的影子……

(张 湃)
(题图:王申生)

真假运气

最近,李铁可以用四个字来形容自己的心情——喜忧参半。喜的是女友翠儿怀孕了,预产期就在下个月;忧的是几天前翠儿因为贩毒被抓,因怀有身孕,警方为她办了取保候审。出来的当天,翠儿就买了北上的火车票,决定逃走。

这天,李铁收到了一条短信,是翠儿发来的,短信上说她已经顺利到了北方,这是她的手机新号码。

李铁打通翠儿的手机,简单地问了一下情况,然后说:"亲爱的,昨晚我又赢了两千多块,你放心,安排好手头的事儿,我就过去伺候你。还有,今儿上午警察来过了,说打你手机不通,我跟他们说,你出去了,手机可能是没电了。"

"那我爹那边呢?"翠儿有些担心地问。

李铁赶紧嘱咐道:"你千万别把新手机号告诉你爹!你也知道,他不同意你逃走,可我们也不能眼睁睁地等着坐牢不是?再说,我认识一个朋友,她和你一样,在外面躲了五六年,不也没事吗?不用担心,我最晚明天就过去陪你。"

挂了电话,李铁正准备出门,手机响了,是铁杆赌友胡三打来的。胡三虽说压低嗓门,但仍掩饰不住那股子激动,说:"铁哥,我在洪天棋牌室,来吧,我找到了一个冤大头,看样子是个外地的生意人,咱哥俩好好赢他几把。"

一提麻将,李铁浑身来了劲儿,说:"你等着,我马上就到。"

李铁来到洪天棋牌室时,胡三和两位牌友都已坐好,只等他了。李铁坐下来,胡三给他使了个眼色,看来,坐在李铁对面的就是那个冤大头了。李铁打量了他一下,此人五十多岁,留着一撮小胡子,衣着考究,倒像一个生意人。

几个人挤出笑,彼此点点头,算是打了招呼,接着,开始垒长城,李铁偷偷地观察了对面小胡子的手法,僵硬呆板,很明显是个新手,这么说来,今儿送钱的真的上门了。

几圈下来,胡三赢了不少,估计有两千多块,其中,有李铁故意让他"和"的三把。

李铁和胡三一直靠这种手法赢钱,在麻将场上,他俩装作彼此不认识,其实,经过一年多的磨合,他俩一个眼神,就知道对方要吃啥牌。当然,私下里,他俩赢的钱都会二一添作五——平分。

牌桌上输赢都挺快,小胡子的钱包很快就瘪了。此时再看小胡子,额头上渗出了汗珠,摸牌的手也开始颤抖……李铁估摸着,再过几把,小胡子的钱包就彻底空了,到那时候借机收了,这大把的银子就进账了。

不一会儿,胡三又和了一局,另一个牌友懊恼地说:"哎呀,我就差后面一张牌就自摸了。"

李铁故意搭话:"人家今天旺着呢。"

这时,小胡子清空钱夹,拿着仅有的五百元钱,说:"再来一把。"

这正合李铁的心意,他给胡三使个眼色,速战速决,然后拿钱去喝酒,可事情并没有像李铁预料的那样,小胡子突然来了个自摸,这样,一大把的票子又回到了小胡子的手里。

这一局好像是翻身仗,小胡子开始时来运转,随着赌注越来越大,很快,胡三桌上的钱输光了,紧接着,李铁的钱也见底了。

此时李铁赌红了眼,钱夹里是空的,他就在口袋里乱摸,希望能摸出个三百五百的,也好再战,但摸索了大半天,仅仅摸出一部手机,他把手机放到桌上,说:"这手机我刚买的,三千多呢,就当五百块,再来一把。"小胡子笑着点了点头,算是同意了。

四人开始洗牌,码牌,仅仅打了没几圈,小胡子又和了,赢了李铁的手机。小胡子拿过李铁的手机,说:"我去趟洗手间。"

李铁愣了好一会儿,才缓过神来,这时,坐在李铁右手边的这个牌友说,打牌到现在,他一分钱也没亏,一分钱也没赚,而李铁和胡三的钱全输光了。也就是说,李铁和胡三的钱全被小胡子赢去了,而那牌友却一分也没少。

刹那间,李铁猛地想起了一个人:赌王何石鸿。

这些年,李铁混迹麻将场,听人说,十多年前,在这个小城有个赌王,他神出鬼没,所向披靡,只不过十年前,赌王金盆洗手,再也没有出现在赌场——而刚才那个小胡子,莫非就是赌王何石鸿?

李铁看了看胡三,说:"刚才这个人……"

胡三说:"我也在想这个事儿,可我听说,当年赌王说过,永不复出;再说,人家就是复出,怎么会和我们这种小虾米玩呢?"

两人正说着,小胡子回来了,他来到桌旁,拍了拍李铁右手的那个人,说:"兄弟,今天你没输,没输就是赢。"然后转向胡三,说:"你是胡三吧,常和李铁在这里赌博,你是不是和李铁在长江大桥上合过影?"胡三听了一脸吃惊。

小胡子又走到李铁跟前,很神秘地笑了笑,说:"还有你,是不是好几次把衣服都输给人家了?我就知道,你没钱后会押上手机,现在好了,我的任务完成了,给,这是你的手机,还有你们的钱,一共一万二,全拿去吧。"

李铁怔住了,他怔怔地看着小胡子走出洪天棋牌室,心想:任务?什么任务?这时,胡三拉了李铁一下,说:"铁哥,今天撞邪了,我们走吧。"

李铁想了想,说:"不是撞邪,那个人肯定去了翠儿老爹那里。你忘了,在他家里,有我俩的合影,就是在长江大桥上照的那张。走,我们去那儿。"

他们刚进门,翠儿的老爹就质问李铁:"你小子,说,翠儿是不是逃走了?"李铁还想忽悠老爹,说:"不是,她手机没电了……"

"不要说了!"老爹打断李铁道,"我看了衣橱,她连过冬的衣服都带走了,你还说不是逃走?"就在这时,李铁的手机响了,是翠儿打来的,一接通,翠儿就说:"刚才你是不是把手机输给一个人了?"

李铁说:"是啊,不过,他又还给我了。哎,你怎么知道的?"

翠儿说:"这就对了。刚才一个警察给我打了电话,让我赶快回来,明天是礼拜一,他们局里传我有事儿。李铁,我这就去买票,到时候,你别忘了去火车站接我,知道吗?"

"你疯了!"说完这句话,李铁突然想到,那个小胡子赢过去手机后,查看了短信,然后找到了翠儿刚换的手机号码,但是这么想着,李铁又说,"你千万不能回来,你刚逃出去,怎么就……"

"你不要说了!"翠儿打断李铁的话,说,"今天我必须回去。你知道那个警察怎么跟我说的吗?取保候审,是要保证随传随到的,如果这事儿发生在明天,我的犯罪性质就变了,就会受到更严厉的处罚。那个警察怕我逃走,就趁礼拜六休班时间私下联系了我,没想到我的手机真换号了。照道理说,他应该把这事上报的,可是想到我是个孕妇,就想给我一次改过的机会,于是他托了朋友帮忙,赢了你的手机,要到了我的手机号,叫我在明天局里联系我之前回来。对了,你肯定知道逃走会受到严厉的处罚,为啥还让我逃走?"

李铁委屈地说:"我这不是不想让你坐牢吗?"

翠儿叹了口气,说:"你有所不知,那个给我办理取保候审的警察,是个新警察,没经验,那天他忘了告诉我。事后他想起来了,就赶紧联系我,今天他有公务在身,就安排一个朋友找你,他刚才还对我说,他不想因为他的失误,而让我受到额外的处罚,那样他会良心不安的。"

李铁似乎明白了什么,说:"赢我手机的那个人,是不是赌王?"

翠儿说:"这个我倒没问,只听那个警察说,他那个朋友戒赌很久了,这次是为了帮他,才出山的。"

(张维超)
(题图:张恩卫)

铲地皮

刘亦守喜欢收藏,平时眼勤脚勤,有工夫就跑偏僻乡下,专门去"淘"自己喜欢的宝贝,俗话把这叫"铲地皮"。数十年来,靠着这铲地皮的办法,刘亦守陆陆续续搜集到了三百多件藏品,其中尤以价值七位数的金胎紫铜香炉为最。渐渐地,他在圈子里有了名气。

这天,刘亦守和往常一样,吃罢早饭就甩腿去古玩市场,在那里转悠。转到一个拐角处时,突然发现那里的地摊上有一块青玉令牌,这玩意儿是自己藏品中没有的,于是便蹲下身来细看。

这是一块民国时候由某省都督签署的一笔上亿资产的解冻令牌。按说民国时候的东西收藏价值应该不是很大,但既然能补自己家中藏品的空缺,为何不买下它呢?于是刘亦守便和铺主讨价还价起来,最后居然"杀"到原价的三折,以150元钱成交。

付了钱,拿过令牌,刘亦守一边悠悠地继续在市场里转,一边不时得意地停下步子,端详手里新觅来的东西,周围人都以为他得了什么宝贝,纷纷拥过来看。有个年轻人也上来凑热闹,谁知只一瞥,就顿时大惊失色道:"先生,您这块令牌卖多少钱?您开个价,卖给我吧!"

刘亦守抬头一打量,这个年轻人三十来岁年纪,一脸斯文样,不禁笑道:"小伙子,东西自然是喜欢了才买下来的,怎么能转手就卖了呢?我不卖的!"说完,他就把青玉令牌揣进怀里,甩开大步朝市场外走去。那年轻人不死心,跟在后面一路追着说:"先生,您就开个价嘛,出多少钱我都愿意买啊!"

刘亦守原本买下令牌只是给自己补个收藏的空缺,现在被小青年这么一追,心里不由打起了"咯噔":莫非这令牌有什么来头?那就更不能轻易卖了。他收住脚,回头对年轻人说:"你死了这条心吧,我说过不卖就不卖,别缠着我好不好?"年轻人还是不肯停步。

街边正是一家茶馆,年轻人对刘亦守说:"先生,您能不能赏脸进去小坐片刻,让我给您说说我为什么非要买您手里这块令牌的理由,好吗?"刘亦守看他的神情,不像开玩笑的样子,心想:也罢,就是不卖给他,听听关于这块令牌的来由,总也没有什么不好啊!于是就跟着年轻人进了茶馆。

年轻人要了两杯龙井,和刘亦守面对面地坐下来,一边品茶一边就开始讲述起来。其实,关于这块令牌的来由并不复杂,这年轻人姓华,叫华为,华为的曾祖父当年就是这个都督手下一个师的师长,很得都督的赏识,后来有一天,都督私下里交给华师长这块青玉令牌,让他去国库提款,孰料返回途中,华师长手下一个军官竟监守自盗,深夜带人窃取令牌和钱款悉数潜逃，于是后来众人都说，是华师长故意伪造都督的令牌去国库提款。华师长蒙受如此不白之冤，只好饮恨自尽……

华为讲完缘由，神情凝重地对刘亦守说："先生，这块令牌对您的收藏来说也许无关紧要，可对我们华家来说，它的意义就不同了。三年前我大学毕业，好不容易在省城开起了一家规模不小的公司，自从手里有了点钱，我就发誓，一定要想尽一切办法找到当年的这块令牌，一定要还我曾祖父一个清白。"说到这里，华为打开随身提包，拿出一张支票，"刷刷刷"填了一个数字，签上了自己的大名，然后把它推到刘亦守的面前。

刘亦守一看，愣住了：支票上的数字是"6"后面加4个"0"，整整有60000！

华为笑笑，说："这笔钱我是早就准备好了的，我做过古玩市场的调查，这种青玉令牌最多不会超过1000元，今天是老天爷让我撞见了您，我用60倍的价买下它，我想您应该不会吃亏了吧？"

刘亦守听了华为的述说，想想自己半天不到的时间，150元居然变成了60000元，这是哪世修来的发财缘分哪！何况这令牌也不是什么真正值钱的东西，这种赚钱的机会谁也不会放弃。于是他嘴里客气几句，就收下了支票，然后把揣在怀里的青玉令牌拿出来，给了华为。

有了这样的机缘，从此刘亦守就主动和华为交起了朋友，常常请华为到家里做客，给他看自己的藏品，总想什么时候再能从这个有钱人手里讨得便宜。华为呢，也好像渐渐对收藏有了兴趣，刘亦守每给他看一样藏品，他都赞叹不已，拿在手里轻轻地抚摩着，显出爱不释手的样子。每每这种时候，刘亦守就得意得心里要发狂，忍不住给华为一一介绍自己是怎么"铲地皮"把这些宝贝给"铲"回来的。

有一天，刘亦守终于把自己的藏品之最金胎紫铜香炉也拿出来给华为看，华为竟惊羡地叫出声来："这么贵重的东西你也能铲地皮铲回来啊？"刘亦守"嘿嘿"一声道："不瞒你说，这是我去宜兴乡下铲地皮的时候，从一个老太婆手里买来的，你猜我花了多少钱？才3000元哪！铲地皮嘛，就是要去铲的啊！"

时间长了，两人的交情一日深似一日。这一天，华为到刘亦守家里来的时候，带了一件明万历款的青花龙纹瓷罐过来，请刘亦守帮着鉴赏。华为有点不好意思地说："这个瓷罐其实是乾隆时期的仿品，是我那年去伦敦考察时，在一个古董商那里买的，当时因为实在喜欢，手里也正好有点钱，所以就花30000英镑买了下来。但因为不是真品，所以一直没好意思拿给人家看，也更不敢向先生提起。现在既然和先生熟了，想来请先生看看也无妨。"

刘亦守接过华为手里的青花龙纹瓷罐，细细打量起来，他越看越发觉手中这个瓷罐其实是真正的万历货，这是一种未载入官方造册的珍贵礼器，起码值1000万！他心里激动得"怦怦"直跳，反复抚摸，断定是华为和那个英国古董商看走了眼。

华为看刘亦守这么神情专注的样子，好像更加不好意思了，说："真是难为情，我这东西和您的金胎紫铜香炉没法比啊！"

看着华为满脸流露出的羡慕神色，刘亦守想到了一步妙棋。他朝华为微微一笑，说："小伙子，你也别小瞧了你的这个瓷罐哪，虽说是仿品，但做工精良，几乎能以假乱真，我看这东西起码也值个80万。"

"啊？能值这么多？"华为简直不敢相信。

刘亦守肯定地点点头："据我所知，这类精仿品存世量非常稀罕，所以升值是早晚的事，说不定数年后会暴涨到和金胎紫铜香炉一样的价钱。"

"真的？"此话出自刘亦守之口，华为惊喜万分，"那我就用这个瓷罐和先生交换香炉了呵！"一听此言，刘亦守心跳立马加速起来，他紧锁眉头，在厅里来回踱着步。华为顿时后悔不已，吐吐舌头说："冒昧了，先生，我只是给您开个玩笑，您千万别当真……"

"不不不！"刘亦守停下来，"我……可以考虑和你交换。"

"您说什么？"华为疑惑着问，"先生，我只是开个玩笑而已，绝没有真要和您交换的意思啊！"

刘亦守沉思着说："对我而言，香炉是至宝；对你而言，这个瓷罐同样是至宝。我的藏品虽说五花八门，什么都有，但从内心来说，其实我更喜欢收藏的是瓷器，因为我觉得瓷器最能反映我们民族极其精湛的制作技艺，你看，连高仿品都做得这么逼真，所以我乐意和你交换。"

如此出乎意料的结果，华为惊喜的程度可想而知。不过，他还是有点不放心："先生，您真拿定主意要和我换？"

"那还有什么假的！收藏嘛，本来就是做自己喜欢的事，不就图个开心嘛！"于是，华为惊喜万分地捧着金胎紫铜香炉走了；而刘亦守呢，喜悦的程度绝不亚于华为，因为他心里十分清楚，自己用金胎紫铜香炉换来的，是一件真正的万历货啊！

但奇怪的是，就此以后，华为就再没有来登过刘亦守的家门。起初刘亦守还以为是他怕自己反悔，故意躲着，可打电话过去老是没人接，就觉得挺纳闷。这天，邮递员送来一封信，刘亦守接过来一看，是华为寄来的，他一边拆信一边嘀咕："这小子，什么事情电话里不好说，还搞得这么复杂？"

等打开信，一看内容，刘亦守顿时脸色灰白！

华为在信里这样写道：刘亦守，我今天是要告诉你，我不叫华为，我讲的故事是假的。你告诉我你在宜兴铲地皮，只花3000元就从一个老太婆手里买到了那个金胎紫铜香炉。你知道吗，你说的那个老太婆，恰恰就是我奶奶！当时你看家中只有我奶奶一个人，就连哄带骗硬把我们传家之宝抢走，你用了什么手法，我后来从爷爷那里都听说了，我爷爷从此一病不起，半年后就撒手人寰。为这事，我奶奶一直觉得对不起全家，抑郁到现在……

如今，我拿回了本就属于我们家的东西，我想这不算过分吧？至于那块青玉令牌，我为什么要付给你这么多钱，现在你应该明白了吧！至于那个青花龙纹瓷罐，你可以把它放到水盆里浸泡一下，这样就会知道它到底是个什么货，要不要继续收藏，这当然得由你自己来决定了。也许，你会问我是怎么找到你的，我想细节就没有必要在这里一一说了，只想告诉你的是，我在大学里学的就是考古专业，课余时候，我还是我们学校话剧团的团长……

刘亦守恨恨地看罢信，沮丧地从橱里捧出那只用金胎紫铜香炉换来的瓷罐，盯着它愣愣地呆了半晌。随后，他不甘心地走进厨房，小心翼翼地把瓷罐浸入水中，结果真看到了令他恐怖的一幕：瓷罐的罐底接触水之后没多久，就慢慢开始褪色，最后整块所谓的瓷片也剥落下来……

"怎么可能？怎么可能会这样……"刘亦守瘫倒在地上，失魂落魄地叫骂着。

（东　流）
（题图：刘斌昆）

没有找错门

我通过考试进了县国税局,被安排在办公室,做些接收文件之类的跑腿活。

一天上午,办公室的几个人正在闲聊,忽然门口响起了脚步声,我们都以为是哪个领导来了,急忙刹住话题,坐正身子。

哪知等了一会儿,门口出现了一个老汉的身影,畏畏缩缩地往里面张望。我们立刻松了口气,同事李大姐嗓门大,笑着问:"哎,你有什么事?"

那老汉一脸傻乎乎的笑容,听李大姐问他,迟疑了一下,蹑手蹑脚地走进来,却不停地摸着腿,不说话。我客气地问:"大爷,您有什么事?"

老汉这才开口说:"同志,你们领导在吗?我想找他。"

我们局长就在楼上的办公室,但我可不能随便让他上去。我问他找领导有什么事。

老汉顿了顿，絮絮叨叨地说了起来。原来这老汉姓王，是清水乡的，前几年捡了个女娃娃。今年本来可以上学了，可学校却不接收，说孩子没有户口。派出所也不给入户口，说他没有收养手续，得让民政局补个手续。而民政局那边呢，却认为他不符合收养条件。在乡里解决不了问题，他只好跑到县里来了……没等他话说完，一屋子人全乐了。

李大姐哈哈大笑，说这档事跟咱国税局简直是风马牛不相及，老汉却糊里糊涂找上门来了。一屋子人，就我没笑，心里还有点隐隐发酸。这王老汉一看就是个老实到家的庄稼人，不会向人打听，嘴里虽然在说着困难事，可脸上始终在笑着。这让我想起了乡下憨厚老实的老父亲，怎么也笑不出来。

王老汉眼见别人在笑，有点不知所措地跟着呵呵地笑。我有些难过地对他说："大爷，您找错地方了。我们这儿是国税局，这件事您应该去找教育局、民政局或者公安局才对啊！"

"哦，找错了！"王老汉听了我的话，仿佛被点了穴似的，顿时怔在原地，脸上的笑容也慢慢地消退下去了。他喃喃自语地说着："找错了，找错了……"脸上十分失望，却没有转身走出去，而是茫然地站着，然后又用求助的眼光望着我。

我正想再向他解释一下，正好这时，局长来了。李大姐快人快语地代替王老汉说了来意。局长听罢，也不禁微微一笑，对王老汉说："大爷，我们这里是国税局，管税收的，没办法解决你的问题。"

王老汉愣愣地点点头，却还是傻乎乎地站着。局长想了想，又说："你去教育局问问吧，我派个同志带你去。"

这样的跑腿任务自然落在了我这个新人头上。教育局只隔了一条街，我带着王老汉慢慢走过去。来到教育局大门口，王老汉忽然站住了，摇摇头说:"这里我来过了。"

我一愣:"您来过了?人家怎么说的?"

王老汉脸上一阵迷惘,喃喃说道:"他们叫我去找什么局,另一个地方也是叫我去找什么局。这个局那个局的,我也记不清了。反正都说我没找对,让我去别的地方。"

我一下怔住了。原来还以为他是头一次进城来办事,这才误进了我们国税局,照他这么说,在这之前不知跑了多少趟了,那几个相关单位肯定也都找过了。

王老汉退到大门旁边的一个角落里,蹲了下来,不知所措地望着街道。我过去在他旁边蹲下,又问了问他,这才知道,他早就跑遍了几个相关单位,都被人打发了出去。后来他听了别人的指点,跑去县政府上访,得到的答复是去找有关部门解决。这几天,他天天都在城里找有关部门,结果可想而知。

我明白了,他是一只皮球!一只不知被多少人踢了的皮球!可怜的是,他还不知道自己被人家当球踢。望着这个老实巴交的老人,我心底直泛酸。可自己一个刚入行的小小办事员,又能怎么办呢?

我陪他蹲了一会儿,说:"大爷,先别想了,我带您去吃饭吧。"

王老汉受宠若惊,连说不用不用。最后,还是拗不过我的热情,跟着我走进了对面一家小饭店。我点了两个菜,然后把账结了,对他说:"大爷,您慢慢吃,我还得回单位上班。"

王老汉一下站了起来,脸上既焦急又惶恐:"我、我……"

我顿时一阵羞愧。我明白,他已经把我当成一个可以信赖的人了。在他找单位的这些天里,也许我是他碰见过的最好说话的人。

我红着脸说:"大爷,您的事还得找教育局,您再找他们试试吧。真的,我、我帮不了您。"说罢,我一狠心,扭头走出饭店,快步往单位走去。一路上,我在心里反复地念叨着:大爷啊大爷,不是我不想帮你,我是心有余而力不足啊!我能做的就是请你吃顿饭了。

回到单位,同事们听我把情况一说,一下子沉默了。接着,办公室里一片唏嘘之声。

过了一会儿,我要到街上买点办公用品。回来时刚走到大门口,就看见王老汉蹲在一旁。见了我,他一下子站起来,急迫地冲我喊:"同志!"

我愣了愣,问他:"大爷,您去过教育局了吗?怎么又回来了?"

"没、没去。"王老汉摇摇头,眼神里充满希望地望着我,"我、我想找一下你们领导。"

我心里难过极了:他实在是没有地方可找了,把我们国税局当成了最后的希望。或许他找了那么多单位,根本就没见过一位领导。而在他的意识中,见了领导,问题就能解决了。

我一时不知道说什么才好,王老汉用手抓着我的肩膀,恳求道:"同志,帮帮忙,带我找一下你们领导,行吗?"

"大爷,您找我们领导没用。"我觉得自己的眼眶都湿了,"您真的找错门了。我们虽然很同情您,可是没办法,这里是国税局,解决不了您的问题。"

王老汉慢慢地松开我的手,失魂落魄地呆了一呆,眼泪刷地流了下来,如泣如诉地说着:"我没找错门,我没找错门,为什么都说我找错门了啊?为什么都不给我办事啊……"他全身颤抖着,越说越激动,不由自主地在门口绕着圈子,仿佛疯了似的。

忽然,王老汉指着大门上方大声说道:"我眼睛没有瞎,还看得见!这是国家的东西,这里就是国家的机关……"

我抬头一看，心底猛地一颤，他指着的竟是挂在大门上的税徽。接着，他又指着上面的字说："我认识的字虽然不多，但我认得这上面有'人民'二字！这是给人民办事的地方，可为啥就没有人办事啊……"

我突然明白了，他之所以闯进国税局来，全是因为他认定挂着这种徽章和写有"人民"两个字的地方，就是为老百姓办事的国家机关。他哪懂这是什么局，那是什么局呢！

我再也忍不住了，走上去抱住王老汉，大声说："大爷，您没有找错门！我这就带您去找领导！"可他似乎已经听不清我的话了，仍然不停地自言自语。

我放开王老汉，撒腿跑上了楼，敲响了局长办公室的门。局长听完我一番话，沉吟了几秒钟，轻轻一拍桌子说："走，我去看看！"

走到大门口，一看王老汉还在对着大门指手画脚地说个不停。局长叹了口气，快步走上前去，用力握住了他的手："大爷，你这件事就交给我吧！走，现在我就带你去找县领导！"

由于局长亲自出面，以及县里领导的批示，仅三天时间，王老汉的问题就得到了圆满的解决。让我们想不到的是，半个月后，王老汉送来了一封感谢信。读罢，却令人有些不是滋味：衷心感谢国税局帮助我解决孩子的收养手续、入户口和上学问题……

(唐　门)

(题图：安玉民　梁　丽)

做人的尊严

这天,我穿过熙熙攘攘的人群,来到车站旁边的小卖部,买了瓶矿泉水站在那儿喝。没一会儿,一个中年男人领着一个十来岁的小男孩走进来,说:"老板,买包五块钱的烟!""好嘞!"老板应声扔出了一包烟。可那男人翻遍了口袋也没找到钱,只听他自言自语地说:"糟了,我的钱包让人偷了,这该死的小偷!"

老板是个五大三粗的年轻人,见状不屑地把扔到柜台上的烟往回拿。"慢!"男人犹豫了一下,然后解开裤带,原来他的短裤里面有个口袋藏着钱,他拿出一张五十元钞票递给老板,老板背转身,从抽屉里找好零钱,然后用食指和中指掐着几张纸币的中间部分,递给男人。

男人也自然地用食指和中指接过钱,数了数,是四十五元。就在他要把钱放进口袋的时候,突然他改变了主意,把钱一张一张地摆上柜台,不料,刚刚还是四十五元,现在就成了三十五元。男人疑惑地对老板说:"这钱不对啊,少了十块钱。"

老板的脸色变了。其实,这是他惯用的把戏,他把其中一张十元钱对折起来,递钱时暗示对方拿钱的中部,这样对方就很容易把一张十元钱数成两张,他就偷梁换柱"偷"了人家的钱。没想到这个男人居然如此细心,当场发现了他的伎俩。

老板是这儿的地头蛇,骗不成就来硬的,反正到这儿来买东西的大多是外地人。他摆出一副凶神恶煞的样子说:"刚才你还正好呢,现在就少了?蒙谁啊?是不是欠揍?你要是知道好歹的话,赶紧滚蛋!"

老板凶相毕露,看样子随时会扑上来打人。小男孩吓得直哆嗦,拉着男人的衣襟小声说:"爸爸,咱们快走吧。"

男人轻轻地推开小男孩的手,对老板说:"把钱还给我,然后道歉,不然,我就报警。"

老板狂笑起来:"还没见过这样不知死活的人呢,让我道歉?疯了吧你?大爷什么时候给人道过歉?"

男人不理他,转过头对我说:"兄弟,能不能借手机用一下?我要打电话报警!"我犹豫了一下,说:"不就是十块钱嘛,算了吧,这点小事不值得,赶紧走吧。"

男人摇摇头,这时又有几个人过来要买东西,男人拦住他们说:"别在这儿买东西,这是家黑店,刚刚骗了我十块钱不认账。"

那几个人听了他的话,互相看了看,转身就走。老板见他坏了自己的生意,破口大骂起来,冲出柜台扑向男人,小男孩吓得哭起来。

我有点看不下去了,就掏出十块钱递给男人,悄悄地说:"这钱我给你,你惹不起人家,快走吧。"

男人毫不犹豫地拒绝了。他大声对小男孩说:"儿子,咱不怕坏人,今天他要是不还钱,咱跟他没完。"

"你他妈还真有种啊!"老板刚要发火,一转眼又有几个人走过来,心想纠缠下去会耽误生意的,口气软了下来,塞过来十块钱说,"我服了你了,给你钱,快滚吧!"

男人接过十元钱,却不动弹,绷着脸说:"你还没道歉呢!"

老板差点气死,可是瞧这男人的犟劲,自己要是不道歉,他是不会罢休的,事情闹大了对自己也没好处,于是他勉强笑了笑说:"好好好,老哥,我给你道歉,对不起你了——快走吧。"男人脸上露出胜利的微笑,领着小男孩儿走了。我想了想,拔腿追了上去,就问男人:"十块钱又不是什么大数字,你为什么不依不饶,还一定要老板道歉呢?"

男人轻轻说:"钱是小事,可如果我让步了,我在儿子心里的地位就垮了。我必须保住爸爸的尊严。"

我看着小男孩儿,他正冲着爸爸竖大拇指哩!男人说得没错,如果他向老板屈服了,他儿子小小的心灵里就会种下失败的种子。

这样的人值得敬佩!我友好地拍拍男人的肩膀跟他告别,同时神不知鬼不觉地将从他那儿偷来的钱包放回到他的口袋里。

说句实话,我就是那个"该死的小偷",不过,这一瞬间我决定金盆洗手,因为我也有儿子,在儿子心里,我是天下最棒的爸爸,我不能让儿子把一个贼当成榜样。

(唐雪娟)
(题图:安玉民)

一条走失的狗

阿亮最近在城里找了个活儿,就是给有钱人当保安。他的老板叫杨富贵,听说以前也是穷光蛋一个,这些年发达了,光是他家养的那条进口名狗乐乐,价格就不菲。

这天,杨富贵忽然把阿亮叫到他家去,说自己临时有事,让阿亮帮他遛狗。阿亮见老板对自己这么信任,简直有点受宠若惊了。他小心翼翼地拉着乐乐来到街上,变着法子让乐乐玩得高兴。可没想到才一会儿工夫,就出了意外。

乐乐碰上了一个蓬头垢面的流浪汉,这家伙不知在哪儿捡到半块烧饼,正津津有味地啃着呢。也不知咋回事,乐乐平常在家吃香的喝辣的,见了那半块烧饼,居然眼馋起来,扑上去要抢,任阿亮怎么拉也拉不住。

那流浪汉自然不干,一边躲闪,一边抢起石头,照着乐乐就是一通猛砸。阿亮一看吓坏了,忙上前挡住石头:"别打别打,要打打我!"

乐乐显然也被惹火了,张开大嘴没头没脑地乱咬。流浪汉哪晓得抢他烧饼的是条名贵的狗,他毫无畏惧地与乐乐展开了对攻。阿亮虽然冒着危险拼命拉架,却一点儿不管用。一人一狗还是撕扯成了一团,一眨眼工夫,人和狗身上都挂了彩。

大战几个回合后,流浪汉不愿恋战,于是且战且退。乐乐却步步紧逼,那流浪汉分明狂怒了,猛地一声怪叫,狠命抱着乐乐一咬。乐乐痛叫一声,掉头落荒而逃,并留下了一路血迹。流浪汉身上也血肉模糊的,他用袖子抹了抹脸,也是掉头撒腿狂奔。

阿亮两手空空地站在原地,有点蒙了,等回过神来,乐乐已经跑没了影。他大喊一声,向着乐乐逃跑的方向拼命追去。

可阿亮一直追过了三条街,连乐乐的影子也没见着,地上也没了乐乐留下的血迹。阿亮只觉得脑袋嗡嗡作响,完了完了,自己这回死定了!他跌跌撞撞地跑回老板家,脸色惨白地说了句:"乐乐跑了……我真该死!"然后结结巴巴地把经过说了一遍。

杨富贵大吃一惊,挥挥手说:"你竟然还跑回来,还不快去给我找!"说罢,风风火火地跑了出去。

阿亮此时已是六神无主,晕头转向。不用说他也知道,这条狗在老板的心目中有多么重的分量,听说已经跟了老板很长时间了。如果乐乐找不回来,卖了自己也赔不起。一走了之吧,又舍不得这份工作。思来想去,自己的前途命运紧紧地系在乐乐身上,只有找到乐乐这一条路可走。

想明白之后,阿亮发疯般跑了出去,像无头苍蝇般在街上四处寻找乐乐。他不吃不喝地在街上走了整整一天，直至夜幕降临，还是没有发现乐乐的一点蛛丝马迹。

阿亮不敢再回公司宿舍里，这时候，全公司肯定炸开了锅，他不想看见同事们可怜他的目光。在街上胡乱对付了一晚，天一亮，他就接着找乐乐了。

半天过去了，阿亮依然一无所获。忽然，他在一根电线杆上发现了一张寻狗启事，仔细一看，果然是老板贴出来的。后来，他又在报纸上和电视里看到了寻找乐乐的消息。

阿亮只感到压力越来越大了，找到乐乐的心情也更加迫切。他想，自己不单要找到乐乐，而且还得抢在所有人的前面，那样才会对老板有个交代。

可是，阿亮差不多把这座城市跑遍了，仍然没有找到乐乐。看看天色已经暗了，阿亮感到一阵绝望。他决定放弃了，三十六计，走为上计。考虑了半天，阿亮给老板杨富贵打了最后一个电话："我找不到乐乐……对不起，老板，我欠你的，只有下辈子还你了……"

杨富贵不等他说完，就大喝一声："阿亮，你这两天到底死哪儿去了？"

阿亮一哆嗦："我、我找乐乐……"

"你还找什么乐乐？"杨富贵命令道，"你现在马上到医院来！"

放下电话，阿亮又喜又忧。喜的是估计乐乐已经被人找到了，忧的是乐乐可能受了重伤。

阿亮忐忑不安地来到医院，在急救室外面，见到了老板。杨富贵见他来了，就把手中一个鼓鼓的纸袋塞到他怀里，匆匆叮嘱道："你在这里守着，里面有五万块钱，医生叫你交钱就交钱。这是给你一个赎罪的机会，你要再乱跑，我饶不了你！"说罢，跑出去开车走了。

阿亮呆了半响,不禁又惊又喜。看起来,老板似乎并没有怪罪他的意思,相反,还是一如既往地信任他。

阿亮紧紧搂着钱袋,焦急万分地盯着急救室的门,上面显示手术正在进行中。忽然,有个护士走了出来,阿亮凑上去,颤抖着打听:"怎、怎么样?还、还有救吗?"

护士说:"命是保住了,不过,由于送来的时间晚了点,伤口已经烂了,有一条腿肯定保不住了。"

阿亮的心顿时一沉。乐乐性命无忧,可失去了一条腿,老板会怎么样?他一边想着,一边不由自主地盯着自己的两条腿,脑子里蹦出个荒唐的念头来,真愿意把自己的一条腿给乐乐接上去。

等了好久,杨富贵又急急忙忙地赶回来了,一见就问他怎么样了。阿亮不敢看老板的脸色,低着头说:"还、还没出来……护士说,命可以保住,但、但要截掉一条腿。"杨富贵重重地叹口气,转而恼怒地盯着他,说道:"阿亮,这事你得承担全部责任。做完手术,你得好好照顾他,得当爹当妈一样侍候着,将功赎罪!"

阿亮一听,松了一大口气,听老板的话,分明已经原谅他了。他一时间感动得说不出话来,突然扑通跪在老板脚下,感激涕零地说:"老板,我对不住你,是我害了乐乐。这辈子我就是做牛做马,也会把它侍候好的,我、我……"说着,又是悔恨,又是感动,热泪滚滚而下。

杨富贵把他扶起,瞧瞧他,没说话,在一张椅子上坐下来,沉吟半响,这才问道:"阿亮,你真的把自己看得这么贱吗?竟然连一条狗都不如?"

阿亮怔了怔,羞愧无比地说:"老板,我算什么啊,就是把我卖了,也不值乐乐一个脚指头。我知道,我欠你的一辈子都还不清……"

"行了行了。"杨富贵有点不耐烦地挥挥手,看着他意味深长地说道,

"我当年要是像你这样,把自己看得连狗都不如,也就不会有今天了。"

阿亮张着嘴巴,听不懂老板说这些话是什么意思。杨富贵想了想,吩咐道:"你等会儿出去,把我车子后备箱里的狗先送回我家,找个地方埋了。"

"狗?"阿亮吃了一惊,"什么狗?"杨富贵瞪了他一眼:"乐乐!"

阿亮脸色发白,失声叫道:"什么?乐乐死了?那急救室里面……"

杨富贵淡淡地说:"这不关你的事,我刚才买了点老鼠药拌在狗粮里……不结果它,还不知道要给我闯多少祸。我到处发寻狗启事,也是怕这狗再咬人。再说,你也不想想,这大医院怎么可能救一条狗?"

阿亮瞠目结舌,仿佛不认识一样傻看着老板,忽然扑通又跪了下来:"老板,这都怪我,这都怪我啊,你怎么处罚我,我也愿意!"

杨富贵把阿亮拉了起来,说:"乐乐的死,我不怪你。可要是人死了,我不怪你,天也会怪你!出了事,你为什么不马上找那个受伤的乞丐?整整两天,你不找人,居然拼命去找一条狗,要不是我在一辆垃圾车里发现了他,现在恐怕已经没命了。这条人命,就得算在你头上!"

阿亮只觉得头脑一片空白,茫然不知所措地盯着急救室的大门。杨富贵叹息着说道:"你要是及时把他送来医院,人家这条腿能废吗?人命关天,你竟然把狗看得比人命还重,你这辈子也就这样了。"

阿亮失魂落魄地走出医院,打开老板小车的后备箱,看见了乐乐的尸体。突然间,他百感交集,再也控制不住自己的眼泪,把乐乐紧紧抱在怀里,无声地哭了起来。

(宾 炜)
(题图:谢 颖)

地球人都知道

传宗接代历来是中国人家的头等大事,谁家生孩子都是件大喜事,更别说是几代单传得了个大胖孙子了。

如今,这个好运落到了殿前村的老嘎家,一家人高兴得都不知咋办好了!老嘎想了半天,决定在孙子满月那天摆它几十桌酒席,邀全村的人一块儿乐一乐,可没想到他去请村主任顺子的时候,才知道顺子的腰扭了。

顺子是全村一百七十户人家的领路人,平时村里无论谁家有个红白喜事什么的,都是顺子坐首席,可现在顺子的腰扭了,不能来喝酒了,按以往村里人的说法,顺子不到,这酒席不能算作酒席的。这可怎么办呢?

在炕上像月婆子一样偎着的顺子笑老嘎:"都什么年代了,办事别那么死板好不好?我不去,你们酒席照样办。"

可老嘎总觉得心里空落落的。

顺子看老嘎苦着个脸,就给他出主意说:"要不,那天让小玉替我去?"

老嘎眼睛一亮:这倒是个办法呀,小玉是顺子的老婆,让小玉替顺子坐第一把椅子,替顺子致祝酒词,替顺子喝酒,总之,那天凡是请顺子办的事都让小玉来办,不就行了?老嘎的心放了下来。

日子过得飞快,终于到了嘎家大胖孙子满月的那天。小玉打扮一新,被老嘎一家簇拥着坐上了首席,一切步骤在老嘎的安排下有条不紊地进行着,顺子虽然没到场,可小玉倒也替得有模有样。

看着院子里热热闹闹的景象,老嘎真是打心眼里感激顺子替他出了这么个好主意。他突然想到:这会儿顺子会在干什么呢?顺子平时还有小玉陪着说说话,解解闷,现在小玉来我这儿了,那顺子一个人在家里该有多寂寞啊!再说了,我这里鸡鸭鱼肉的什么都有,顺子在家里吃什么?老嘎一想到这,赶紧拾掇了几样菜肴,拿了一瓶好酒,乐颠颠地悄悄朝顺子家走去。他心里还有一个小九九:趁着顺子喝酒的空儿,正好可以让他给自己的宝贝孙子起个名字。这事儿也请小玉代理,总不太合适吧?

顺子家的院门虚掩着,老嘎推门走了进去,发现院里堂屋的门关得挺紧,推一下没推开。他刚要再推,却分明听到有一个女人在里面哭,边哭边嗔怪说:"你怎么不注意点,腰扭得咋样了?我又不方便过来看,一直等到今天。唉,你那天给我打个电话,我不就会给你留门了,干吗要攀墙呢?"

老嘎听出来了,这是村里小寡妇久久的声音。天哪,原来顺子的腰是这么扭伤的!

只听顺子在劝她:"别哭,我不告诉你我去,还不是想给你一个惊喜?没事儿,你看,我现在这不跟没扭腰的时候一样?"

老嘎听不明白了:顺子明明扭了腰,怎么又说跟没扭腰一样?他不好意思再推门进去,就悄悄猫着腰溜到窗根下,想看看顺子的腰到底是怎么回事。他抬眼往屋里一打量,却臊得脸都红了:顺子和久久正在干那最风流的事。老嘎赶紧转身就走。

回到家,自家的院子里依然一片喜庆,可老嘎却再也高兴不起来了,他恨自己刚才干吗非要到窗根下去瞅呢,这不,就瞅出事儿来了!村里也不知哪辈子传下来的说法,谁要是亲眼见着了这种事儿,谁家就会倒霉,养猪猪死,养鸡鸡亡,自己得病,人丁不旺……虽说有解霉运的办法,就是赶快把这件事说开去,知道的人越多霉运就会离你越远,可眼下这件事牵涉到的是顺子,顺子是一村之长啊,这种事能随便出去乱说?万一日后被他知道了,嘎家还会有好果子吃?

老嘎心里一团乱麻。送走了客人,老嘎把事儿给嘎婶一说,这一夜,两个人都没有合眼,好容易盼星星盼月亮盼来了这个大胖孙子,万一有个闪失,怎么向祖宗交代?

两个人思忖了整整一夜,天亮了的时候,嘎婶下决心说:"我看咱就悄悄出去把这事儿说了,这种事向来传得特别快,反正传到最后,谁还会去问第一个看见的人是谁?到那时,大家只关心顺子和久久的事了。再说了,谁让他顺子自己做下这种事了,就是全村的人都知道,也怪不得我们呀!"

老嘎一听,心头仿佛一下子开朗了许多,说:"老太婆,你说的还真有点道理呢,我听你的。"

嘎婶点点头："你一个大老爷们，出去传这样的事不合适。算了，你假装不知道，这事我去说。"

嘎婶果然出去说了！

不出三天时间，殿前村的男女老少都知道在老嘎孙子满月酒那天，村里有人在背地里干那种最浪漫的事儿，越传越有细节，越传越生动。

老嘎的大胖孙子呢，果然平平安安的什么事也没有，老嘎一家也安然无恙，老嘎两口子心里的石头这才落了地。不过他们有时想起顺子来，心里总觉着有点对不住他，顺子虽说做下了那种事，可他毕竟是帮了自家的忙啊，所以就不好意思再去顺子家了，就是平时碰到小玉了，也是能躲就躲得远远的。

这天，嘎婶在街上老远就瞥见小玉，又想避开呢，谁知小玉三步两步过来，悄悄把嘎婶拉到一边，神秘兮兮地说："嘎婶，有件事我不知该不该对你说，告诉了你怕你生气，可不告诉你又不忍心看你蒙在鼓里，怪可怜的。"

嘎婶一听，心里"怦怦"直跳：莫非他们知道是我说出去了？可听小玉这口气，好像又不像。她疑惑地问："你说啥事儿呢？"

小玉凑上来，贴着嘎婶的耳朵说："在你们家孙子喝满月喜酒那天，嘎叔和那个小寡妇久久在一块不要脸，让人家给撞见了！"

嘎婶一听就愣在了那里，一句话也说不出来，难怪这几天她总觉得人家看自己的神情有点怪怪的。

小玉又补充了一句："真的，嘎婶，地球人都知道！"

（路一歌）
（题图：安玉民）

二手车那些事

刘科最近辞职下海,自己当起了小老板。因为业务需要,他准备买辆二手车。

这天,岳父递给他一张名片,道:"买二手车是个技术活儿,不懂的人只能认栽,我替你找了个懂行的帮帮忙。"刘科接过一看,上面写着"万东汽车维修部冯二虎"的字样。

刘科马上拨通了电话。这个冯二虎当时便自告奋勇说明天就有空,于是两人约在第二天中午,南环二手车市场碰头。

第二天准时准点,刘科见到了冯二虎:皮肤黝黑,身板结实,一双小眼睛,浑身上下透着股机灵劲。不多会儿,两人就热络起来。刘科报出了自己的心理价位,冯二虎马上爽快地说:"没问题!"刘科还想多交代几句,冯二虎拍拍他的肩膀,又指指自己随身带着的工具包,说:"放心吧,兄弟,包在我身上。"

这时候,刘科才注意到,冯二虎右手的小拇指断了一截。他小心地问道:"兄弟,你这手是……"

冯二虎先是一怔,接着摇头笑了笑说:"没啥,修车这活儿危险着呢,这也是前一段修车时不小心弄伤的。不过你可别小瞧我手有残疾,不信你去打听一下,我在咱们市修车这一行里名号到底如何。"刘科听了,嘴上虽然没吱声,可心里却嘀咕起来:这家伙靠谱吗?

冯二虎却似乎没感觉到刘科的犹豫,乐呵呵地催他赶紧挑车去。两个人绕着市场才逛了一圈,刘科就挑花了眼。

多亏了有冯二虎在,根据性价比,最终帮他选出了两辆中外合资的二手车。这两辆车,从外观到内饰都差不多;再看里程数,都跑了五万多公里,价钱也不相上下。

刘科又开始纠结了:买哪辆好呢?只听冯二虎笑道:"看我的吧!"说罢,他绕着其中一辆车转了一圈,掀开了前盖,仔细查看了一番。随后,他便把刘科拉到一边,小声说:"这辆车太旧了,不能买。"刘科将信将疑地问:"不对啊。我看里程数显示只有五万多公里,轮胎也挺新。你怎么说它太旧?"

冯二虎嘴一撇:"你不懂其中门道,这二手车吧,所有东西都可以作假。比如这辆,先换了轮胎,再把行驶里程调低十来万公里,加起来不过两三千块钱的事儿。可我刚才根据其他部件的损耗程度一盘算,这车起码开了十五万公里呢。"

刘科听后,惊得瞪大了眼睛。冯二虎笑了:"还有更牛的呢!"说完指着角落一辆车,悄声说,"瞧,那辆车其实就是把报废车的零件组合加工，拼出来的！"说完，已经钻到另一辆车下去了。这时，刘科才打心眼里佩服起冯二虎来。

不多会儿，冯二虎一骨碌钻了出来，发动了汽车，又打开前盖，一双小眼睛死死地盯在发动机上。突然，他笑着对卖主说道："你这车排气筒有些问题，你好好看看吧。"卖主听了，一边说着不可能，一边转身向车后走去查看。

说时迟那时快，冯二虎马上从包里拿出一套听诊器，把耳塞戴上，再用一块毛巾包住另一头，按在发动机上面听了起来。

没一会儿，只见卖主从车后转过来，一把推开冯二虎，嚷道："听什么听，我不卖了，哼，还给我玩调虎离山计！"

冯二虎笑了："大哥，不要生气，你不卖我还不买了呢，这车的发动机有啥问题，你不希望我在这里嚷嚷吧？"那卖主一听，马上转成一副笑脸，递给冯二虎一根烟说："看来今天我遇到懂行的了，行行好，你可别嚷嚷。"

冯二虎摇了摇头，便拉着刘科离开了。刘科赶紧问："我说冯哥，你这又不是医院看诊，还拿个听诊器做啥？"冯二虎压低了嗓音解释说："汽车发动机的一些杂音，光凭耳朵是听不出来的，非得靠这听诊器不可。这不，刚才我就用它听出来，这辆车气门的声响很不对劲。"

刘科听了连连点头，可又无奈道："这车不好，那车不好，我上哪儿买车去啊？"

冯二虎答道："呵呵，你不要急。这好车啊，可遇不可求，得靠缘分。"正说着，只听他突然失声喊道，"小李，嘿，你怎么也来了？"说着，朝角落里一个年轻男子招起手来。

那个叫小李的年轻人也发现了冯二虎，迎过来，说："是啊，我来卖车。"说着向身后一指。刘科这才发现小李的身后也有辆车子，而且和刚才发动机有问题的那辆车竟是相同的型号。于是，他便感兴趣地走上前去。可一看，他心里不免有些失望：车子虽说乍一看还成，可再看行车里程表上，竟然显示跑了十五万公里。

再一听小李的报价，刘科连连摇头，心想这车都跑成这样了，怎么好意思要价还那么高。谁知冯二虎一听，问也不问刘科，竟自顾自地还起价来："小李，你看都是熟人，再便宜五千块怎么样？"小李面露难色，道："你们等等。"接着掏出手机跑到一旁打电话去了。

过了一会儿，小李领着一个中年男子走过来。那人听完情况，点了点头说："行，就这价格成交吧，小李你跟着他们办手续去，我还有点事去办，记着把钱带回来就行。"说完便离开了。

刘科刚想说什么，冯二虎暗地里拉拉他的衣襟小声说："别吭声，这车绝对超值，听我的没错，快交钱吧，省得别人变卦！"说完便拉着小李去交易厅办手续。

就这样，刘科稀里糊涂跟着冯二虎进了交易厅。不过交了钱后，刘科越想越觉得哪里不对劲儿，尤其看冯二虎和小李谈笑风生的样子，刘科更疑惑了。他立即警惕起来，忽然想起自己有个表哥在外地做洗车生意，便趁冯二虎和小李去厕所的时候，给表哥打了个电话。

表哥一听，马上在电话里骂道："我的蠢弟弟啊，你怎么那么傻啊，肯定是那个冯二虎事先安排好了，今天给你演双簧呢。最后好把这辆最破的车塞给你。你怎么这么糊涂啊，车都跑十几万公里了，差不多都要散架了！"

听了表哥的话，刘科越想越窝囊。刚撂下电话，他就发现冯二虎和小李回来了，一边走，小李还一边小声说："晚上请你喝酒啊！"

待小李一走,刘科就黑着脸说:"冯哥,这车都跑十几万公里了,都快报废了,我出这个价太吃亏了。"

冯二虎先是一愣,随后哈哈笑起来:"刚才光顾着抓紧时间买车,没多解释。你有所不知,小李是我的老相识了。这车其实只跑了五万多公里,是几个月前他跑过来让我调成十几万公里的,哈哈。"

刘科听了哪里肯信,嚷道:"咋还有把公里数调高的,傻不傻啊?"

二虎忙做了个噤声的手势,小声道:"哼,当然有啊,你不知道吧,这个小李啊,是水利局前任局长的司机,刚才另外那个是他们办公室主任。据说他们新任局长不喜欢上任的座驾,这才委托他们来市场处理掉。"刘科点点头"哦"了一声,又纳闷了:"那他把里程数调高图的是啥?"二虎眼一瞪:"图的是啥?图的是在单位骗汽油补贴呗!"说到这里,冯二虎叹了口气,"从他们局长骗油补这件事儿,我就知道这人不是啥好鸟,果不其然,前不久被查出问题,撤职了!"

"原来如此,二虎兄弟你懂得真多!"刘科这才回过神来,竖起大拇指说道。

只见冯二虎轻轻摇头,把手抬起来悠悠道:"兄弟,实话说吧,我这手指不是修车弄伤的。其实是因为前一段有个人找我调低了里程表,又把车卖给了一个老板,结果那老板的家人开车出车祸了。那老板也不是个善茬,查来查去,查到我这里,找人把我骗去一顿毒打,还把我小拇指给弄断了。从那以后,我发誓再不干那勾当,老老实实修车才是正道啊……"

(曹景建)
(题图:谢 颖)

绝对宝贝

鉴宝

梁文成是个古董迷,在收藏界混了两年,经常参加鉴宝活动。这天,梁文成准备去一个鉴宝现场,这次来现场的鉴宝专家可是举国上下妇孺皆知的大人物,此人名叫羊田,五十多岁,和其他鉴宝专家不一样的是,羊田鉴定器物,总是能将它所蕴藏的历史和故事讲得明明白白,如同面对一位刚从历史的风云中走来的饱经风霜、阅历无数的老人,令人尊崇、敬畏。

和以往一样,梁文成装扮成工作人员,混进了鉴宝现场。这个城市的藏家太多了,宝物也太多了,门外排着长长的队伍,大家都小心翼翼地搂着、抱着自己的藏品。

从羊田一进鉴宝现场起,梁文成的两眼就没离开过他。大半个上午过去了,梁文成还没从羊田的脸上看见什么喜色,对于那些藏友们恭恭敬敬送来的藏品,羊田的鉴定并不仔细,都是粗看,表情也很平静,说的都是些含混话:"还行"、"不错"、"收起来"、"放好",大概是因为外面排的队太长了,需要鉴定的东西太多了,羊田才不得不走马观花地看看,再则,可能确是没有什么好东西出现。

梁文成并没灰心,他知道,惊喜总在不经意的时候出现,他继续紧盯着羊田的脸,注视着他鉴定器物时的眼神。

梁文成明白,在鉴宝现场,鉴定的专家面对古玩,往往不会把话说死,因为把话说满了,说透了,说绝了,总是会给自己惹来麻烦的,要是人家十万八万淘的东西,你愣说这玩意儿是近仿的,不值几个钱,那还不出人命?再说无论哪个专家,他再有能耐,也有知识经验不全面的地方,所以,那些专家往往都是含糊其辞,话留七分。要知道那东西究竟怎么样,你得从他看东西时的眼神、表情等各个方面去揣度,这是第一感觉,第一感觉往往差不离。

梁文成很善于捕捉鉴宝专家的眼神和表情,只要专家一见那古玩眼睛有神的,多看两眼的,表现出浓厚兴趣的,他都要撵着那古玩的主人,问人家卖不卖,啥价儿。

临近中午,鉴宝现场进来一个二十多岁的小伙子,老实巴交的样子,裤腿上还有泥水,看样子是从乡下赶来的。小伙子抱着个包袱,手里拿着票签,走在堂皇的大厅里,整个人显得有些畏畏缩缩的,很胆怯似的。

有人朝那小伙子喊道:"嗨,小伙子,走快点儿,还有人等着呢。"

那小伙子走到羊田跟前，怯怯地问："你是叫羊田吧？是电视里的那个羊田吧？"

羊田说："我是羊田，是电视里的那个羊田。"

那小伙子把包袱放在桌子上，小心翼翼地打开，取出一个碗来，就在那刹那间，只见羊田两眼"嗖"地闪过一道光芒，那光芒并未消失，而是亮闪闪地照耀在那碗上，叫梁文成感到惊奇的是——羊田接过那碗的时候，两手都在哆嗦！

羊田问话的嗓音都是颤抖的："这……这碗，哪里来的？"

那农村小伙子答道："我奶奶的。"

羊田又问："你奶奶呢？"

"死了，去年死的。"农村小伙子说，"我奶奶特别喜欢看你的鉴宝节目，她临死的时候给了我这个碗，说实在没钱了，叫我捧着这碗来找你，说只有你才晓得这是个宝贝。"

羊田点点头，认真地看着那碗。

在一旁的梁文成看得清清楚楚，羊田显得很激动，他拿着那碗看了好一阵子，才恋恋不舍地归还给小伙子，说："这碗你保管好，在门口等着，等我这会儿忙完了，我们好好谈谈。"

那小伙子很高兴，把碗揣进包袱，高高兴兴地出去了。

梁文成心头暗喜，他得赶紧溜出去，要抢在羊田前面，把东西弄到手，就在这时候，羊田起身了，说是去上厕所。梁文成看得出来，羊田找了个借口，因为他把放在一边的手机拿到了手里，于是就多了个心眼，悄悄儿跟了去，果然不出梁文成所料，羊田躲在角落里打电话。

因为时常参加这样的鉴宝会，梁文成很清楚一些鉴宝专家的卑劣做法，他们遇到真正的宝贝，并不告诉你真相，只是敷衍了事，有时候甚至还说些叫你丧失信心的话,说什么这是赝品啊,不老啊,但是接下来他们就赶紧招呼朋友去捡漏。

梁文成真不希望羊田是这样的人,但他还真是,羊田的电话大概是打给助手的,他问助手在哪,那个助手大概跑得比较远,因此羊田很生气,责问助手跑那么远干什么,要他赶紧回来,到鉴宝现场的大门口,找一个年轻的小伙子,说那个小伙子手头有个宝贝……就在羊田详细地跟助手描述那小伙子长相的时候,梁文成赶紧走了,他得抢在羊田的助手之前下手!

捡漏

梁文成来到鉴宝现场门口的时候,那个农村小伙子正坐在台阶上,抱着他的包袱打瞌睡,看样子他是从很远的地方赶来的,显得很疲惫。

梁文成上前叫道:"嗨,朋友。"

那小伙子看看梁文成:"咋了?"

梁文成问:"等钱用吧?"

小伙子反问:"你咋知道?"

梁文成笑呵呵地说:"不等钱用,你会把你奶奶的碗拿出来卖?"

"我奶奶没说要我卖,只是叫我给羊田看看。"

梁文成又问:"他不是看了吗?你怎么不回去呢?"

小伙子憨厚地一笑,说:"他叫我等着。"

"他叫你等着是要买你的碗。"梁文成顿了顿,看看小伙子的表情,笑眯眯地问,"你卖不卖?"

这问题叫小伙子犯难了,他疑惑地打量着梁文成,久久没有开口。

"你不缺钱吗?如果不缺钱,你会拿这个碗跑这么远?"梁文成上前拉起小伙子,说,"走吧,我看你也饿了,咱们先去吃点东西,边吃边说,价钱合适,你就把这碗卖给我。"见小伙子一脸犹豫,梁文成催促道:"你等他,你看看这长队,都是等着请他鉴宝的呢,你要等到猴年马月啊!走吧走吧,我看你连早饭都没吃吧,瞧你饿得,嘴巴都瘪了……"

梁文成成功地把小伙子带走了,带进了一家偏僻的小酒馆,要了两瓶啤酒,喝起来。一边喝,一边闲聊,一会儿,话就多了起来,小伙子告诉梁文成,他是从一个叫老王沟村的地方赶来的,这碗,是奶奶给他的遗物,如果不是两个弟弟今年考上大学,缺学费,他也不会拿出来去找羊田。

闲扯了一阵,梁文成就把话题转到了价钱上,他捧着那碗看来看去,问那小伙子心头有没有个价格。

小伙子扒拉着饭,说了一句实话:"没有。"

"你估计值多少呢?"没等小伙子回答,梁文成像是自言自语似的说,"这碗品相不好,粗瓷的,还钉过,破得可不轻啊……"

小伙子放下碗筷,眼睛直愣愣地看着梁文成,生怕他不要了似的。

梁文成问:"你认为值多少?"

小伙子看着梁文成,吞吞吐吐地说:"你说呢?"

梁文成沉默了,他又将羊田拿到这碗时的表情、神态在脑子里过了一遍,咬咬牙,盯着小伙子,吐出了一句话:"一万块!"

小伙子愣住了。

"你如果认为这价钱不合适的话,我就没办法了。"梁文成苦笑说,"实话告诉你,我刚刚下岗,老婆也没工作,还有个娃娃也刚刚考上大学,我是真喜欢这碗,才舍得出这一万块的,嗨,这一万块,可是我们家的救命钱啊,要是生疮害病,医院都没法子进了……你要觉得我这朋友可以,就爽利点卖给我!"说到动情处,梁文成不禁眼泪汪汪。

"大哥,你别说了,我卖给你!"小伙子哪里受得了梁文成这表演的功夫,哽咽着把碗捧给了他,就这样,梁文成得了这宝碗。

得了宝碗那几天,梁文成白天捧着看,晚上捧着看,真是怎么也看不够啊,可看来看去,这碗究竟什么朝代的?出自那个窑口啊?梁文成觉得有必要搞清楚,于是找来图谱,对着看,却从没在图谱上发现过类似的。

难道这是世上仅存的孤品?梁文成真是越琢磨越兴奋,如果真是孤品,那这宝碗可真的是价值连城了!

估价

听说梁文成一万块钱捡了个稀世的大漏,一些藏友都跑来要赏宝,梁文成也很得意,自然是要拿出来炫耀的,可是大家看来看去,总觉得不太对劲。宋代的五大名窑中肯定没这玩意儿,那么这是哪个朝代的?汉唐明清?肯定不是啊,于是都议论纷纷,说是一件真正的文物,起码得说得清楚历史,什么朝代都说不明白,那还叫文物?所以,大家都认为梁文成多半打眼了。他们还说,就这品相,极有可能是小地方产的土瓷,而且就这说不清楚、道不明白的玩意儿,顶多也就值个三五块钱。说的人一多,梁文成心头也有些发毛,该不会真是捡了个瞎活儿吧?

就在梁文成拿着那宝碗狐疑不决的时候,有人给他吃了颗定心丸——

这天傍晚,一个外地人突然来到梁文成家门口,说是听说梁文成新得了个宝碗,很想长长见识,还说自己是大老远来的,而且找他很费了些工夫,希望梁文成能满足这个愿望。

见来人说得诚恳,梁文成就拿出了那个宝碗,那人捧在手上,看了看,就问梁文成愿不愿意出让,梁文成一听愣了,因为到他家来看这碗的人多了去,这还是头一回有人提出要买呢。梁文成心想,他既然想买,必定是清楚这碗的底细,何不听他报个价格,以此来判断自己是不是打眼了,于是就表示:如果对方真喜欢,也不是不可以出让,但是对方得给个实诚价。

"不是我喜欢,是我的一个朋友。"那人告诉梁文成,他这朋友近来非常忙,但是知道这碗,很想收藏,因此就托他来了,"听说你出价一万得的,我的朋友愿意给你一万五。"梁文成一听暗暗高兴,却不露声色地说:"我不管你是自己买还是给你朋友买,一万五肯定不成,因为它根本就不止这价!"

那人沉思片刻,咬咬牙,说道:"好吧,你说个数吧!"

梁文成斩钉截铁地说:"六万!少一个子儿都不行!"

那人沉吟了一会儿,说:"两万吧!"

梁文成微笑着摇摇头:"不行。"

那人很失望,临走的时候,他要了梁文成的电话,看样子他并不死心。送走那人之后,梁文成一拍脑袋,觉得自己真是太疏忽了,怎么也该跟那人搞清楚一件事情啊,就是这碗他凭什么出两万块钱,他肯出这价,肯定知道这碗的底细,真是遗憾!不过梁文成还是满心欢喜,因为这次没成功的买卖证明了自己不仅没有打眼,而且确实捡了个漏!

过了一段时间,那人又来了,这回他愿意出三万,但是梁文成还是不肯卖,他固执地要六万,少一个子儿也不行。那人叹息一声,说:"实话告诉你吧,你最好卖了。"

梁文成一听这话觉得奇怪了:"为什么啊?为什么我最好卖了?"

那人说:"因为它根本就不是你想象的……那样值钱!"

梁文成"哈哈"大笑起来,从一开门看见那人,梁文成的心头就暗自得意,而且做好准备,不管今天是不是能交易成功,他都要来人好好说一说这碗的底细,现在,自己还没就这碗的底细扯开话题,他倒先说起来了,正好。梁文成问:"为什么它不值钱呢?"

"因为它不是什么宝贝!"

"不是宝贝?那是什么?"梁文成忍不住还想笑,这人啊,为了得到想要的东西,真是会不择手段啊!

"它就是一个破碗!"那人急了,"我看你根本就不懂收藏,你就没看过陶瓷图谱?你看哪里记载过这样的东西?实话跟你说了,它不是什么宝贝,只是个破碗。"

"破碗?破碗你会三番五次来,还开价两万三万?"

那人见梁文成有些生气了,就叹息一声,说:"好吧,你真想知道,我就告诉你。"

故事

那人告诉梁文成,这碗和著名的鉴宝专家羊田有关系,而他,是羊田最要好的朋友。要说这碗和羊田究竟有什么关系,这还得从三十五年前说起——

三十五年前,羊田在一个叫老王沟村的地方插队落户,老王沟村是一个偏僻、贫穷的小山村,只有二十多户人家。村上帮羊田盖了间屋子,还给他置办了锅碗瓢盆。每天,羊田和大家一起出工,一起回他的小屋,做饭睡觉，生活一天天就过去了。

　　一天傍晚，突发了洪水，洪水席卷了整个老王沟村，还引发了泥石流，泥石流将羊田的小屋冲毁，除了一只粗瓷大碗，什么也没留下。为了给羊田盖这个房子，村里已经耗费不少，眼下大家都遭受灾难，也没能力再给他盖房子了，于是就安排他住在村上的牛棚子里。那么吃呢？不仅粮食没了，锅碗瓢盆也全没了，吃饭的家什就剩下这么个粗瓷大碗。看着那只粗瓷大碗，大家商量了一下，决定每人家轮流管羊田一天的吃喝。一个月三十天，只有二十多户人家，那么月末剩余的几天又怎么办呢？有个叫王大娘的说，她家里人多，月末几天，就都由她家来管吧。

　　从此，那只粗瓷大碗就在村子里各家各户之间转悠，一日三餐，都由大家送到牛棚子里，端到羊田的手上，等他吃过了，空碗捧回去，下顿又满碗饭菜端来，大家给这样的管餐叫转转饭。这样的转转饭羊田整整吃了一年，那只粗瓷大碗，在村里每家每户手里也转悠了十二天，当然，王大娘家要除外，因为月末几天都是她家管着，所以那碗在她家里要多转几个十二天。

　　王大娘家人口多，但是劳力却少，因此负担更重，但是王大娘的心眼却特别好，轮着王大娘管饭，那粗瓷大碗里的饭菜要特别多些，特别好些，这真叫羊田很是感激，他一直在想着，该怎么报答这家人。

　　这一天，又轮着王大娘家管饭了，早上，王大娘家小儿子来端碗的时候已经告诉羊田了，中午吃玉米干饭，可是等到午后了，饭还没送来，这是怎么回事呢？又等了一阵，还是没等到，羊田就饿着肚皮出工去了。晚上，羊田刚一回到家，王大娘就站在门口等他，请他到家里去吃。

　　到了那里，王大娘做了一大锅玉米干饭，一边招呼羊田吃，一边向他赔不是，羊田连忙说："怎么了？大娘，你给我赔什么不是呢？我感激你都还来不及呢。"

王大娘不好意思地指指羊田手里的碗,羊田这才注意到,自己端的饭碗,不是原来那只粗瓷大碗。

"你那个饭碗,我不小心打碎了,成了两瓣。"王大娘尴尬地笑笑说,"本来是想赔你一个新的,可是没钱买,也买不到那么大的,只有找人给你补了,到时候你别嫌它破就是了。"

羊田笑了:"大娘,赔什么呀,你这里这么多碗,我借一个用用,等到啥时空了,再去集镇买就是了。"

"不行,我们家的碗你不能用。"王大娘说,"你瞧,我们这些碗,比你那碗要小一号。"

羊田满不在乎地说:"小就小,有什么关系呢!"

"那可不行,孩子,这碗小啊,人家给你盛的饭菜就少,咋够你吃呢?"看着王大娘关切的眼神,羊田真是感动万分。此后两天,羊田一直在王大娘家吃饭,直到王大娘找补碗匠把那只粗瓷大碗补好。

一年之后,羊田离开了老王沟村,临走那天,他是在王大娘家吃的饭,那天王大娘做了丰盛的饭菜,却是用那只粗瓷大碗盛给他的。因为就要离开这里,羊田这顿饭吃得真是五味俱全,想想这一年来所受过的苦楚,乡亲们对自己的感情,再想想未来的生活,羊田难以抑制地想要哭泣。

吃完饭后,王大娘抹了抹湿漉漉的眼窝,说:"孩子,晓得我为什么要用这只碗给你盛饭吗?"

羊田泪眼蒙眬地看着王大娘,没说话,王大娘告诉羊田,用这破碗给他盛饭,为的是要他别忘记在这里受过的磨难,今后无论生活怎么样,遇到什么困难,都要想到自己吃转转饭的日子,咬咬牙,坚强地应付。

"孩子,这碗你吃过了我就会给你好好收起来,谁也不给用!"王大娘哭着说,"大娘这么做,是要叫你明白,要真有什么困难你熬不过去了,咬牙也应付不了了,就记得回老王沟村里来,这里还有你一个饭碗,你可以继续吃转转饭,我们还养你!"

羊田大哭起来,他给王大娘、乡亲们磕头道谢,走出了村庄……

梁文成虽然听得两眼泪花,却不相信这故事是真的,他长时间地看着那人,那人还沉浸在自己讲述的故事里,表情凝重,不停地掏出手帕来擦拭眼角的泪水。

梁文成问:"你说羊田一直没回过老王沟村?"

"是啊,羊田从老王沟村出来后到了工厂上班,然后考上大学,读书,毕业,继续工作,结婚生孩子……最后研究文物,搞收藏,成了如今人人知晓的羊田。"那人告诉梁文成,羊田其实一直也想回老王沟村去看看,帮助乡亲们做点什么,可是太忙,直到他看见这只碗,听到王大娘早已去世的消息,才知道自己犯了不可弥补和不可原谅的错误。

梁文成听到这里,鼻子里"嗤"的一声,笑着说:"你以为我会相信你说的吗?"

那人急了:"我说的千真万确,确实是羊田让我来帮他买回去的。"

"如果这故事是真的,那么我倒要问问你——王大娘已经死了,羊田也早就把当年的生活忘到了脑后,为什么还要这个破碗?还要拿两三万来买?这两三万可不是什么小数目啊!你告诉我,为什么?"梁文成盯着那人,一字一句,一句一问,一问一逼,逼得那人支支吾吾的,回答不上来了。

梁文成冷冷地笑了笑,说:"要是羊田真想要这碗,你回去告诉他,八万块,少一个子儿也不行。"

"这……这碗哪里值得了这么多!我已经告诉你了,这碗不是什么文物,不是什么宝贝,只是个粗瓷大碗,对你没什么……什么意义的。"那人满头大汗,因为着急的缘故,话语也不利落了。

"如果真是你说的那样,对他羊田也照样没有什么意义,你说是不是?"

那人唉声叹气,却不知说什么是好了。

胜券

梁文成的几个朋友知道这事后,有的说他过分,有的说他傻,要知道这样的东西拿在他手里,还真是没什么意义,没意义,自然也就没价值了。但是,梁文成却显得胸有成竹,他告诉大家,他现在拿着这碗,还真等于是坐拥了一件宝物,如果这真是一件年代久远的瓷器,没准儿它还值不了八万,但是关键现在它和羊田有了那样复杂的关系,所以,八万的价码一点不高。

"如果那故事是真的,羊田就绝对不会放弃这碗的。你们想想,这碗里头,装的是他的什么?记忆,情感,怀念,良心!关键是良心!"梁文成笑起来了,"八万块对于一个著名的鉴宝专家来说,算得了什么呢?所以,要不了多久,他还会回来!"

但是这一回梁文成失算了,三个月过去了,羊田的那个朋友再也没来,半年过去了,羊田的那个朋友还是没来。不仅如此,羊田似乎也从公众的视线里消失了。一年过去了,羊田的那个朋友仍然没来,而且羊田也好像销声匿迹了,因为没有谁再从电视里看见过他,报纸上也没消息,上网搜索,同样没有……

就这样过去了三年,这三年时间里,梁文成发生了很大变化,因为对收藏的痴迷,而且舍得下功夫琢磨研究,他已经成了这个城里有名的文物收藏家和鉴赏家,还开办起了一家有名的古玩店,那只粗瓷大碗,被他供奉在正堂的玻璃柜子里,旁边贴了张价目标签,上面赫然写着"人民币10万元"。很多人前来古玩店,都被那个玻璃柜子里的粗瓷大碗和它的价格吸引住了,纷纷跟梁文成打听它的历史,梁文成却笑着告诉大家,目前他还说不清楚。

有人好奇地问:"既然说不清楚,凭什么就证明它值十万块呢?"

"因人而异。"梁文成说,"这世界上有很多东西你看起来一文不值,但是别人拿在手里却愿意用性命呵护。我说不清楚它的历史,是因为它的历史只属于某些人,甚至某个人,我把它放在这里,是在等说得清楚它的历史的人来。"

梁文成的话叫大家感到深奥难懂,他却微笑着不愿意再多作解释。

有一天,梁文成的古玩店里来了一个人,他对这只碗感到很好奇,愿意出五万块钱买下它,梁文成却不肯卖,还问人家:"你为什么要买下它呢?"

那人说不清楚。

梁文成笑着说:"你不懂它,它就不属于你。"

那人说:"我好奇啊!"

梁文成更是觉得好笑,说:"你总不能拿五万块来满足一个好奇啊!"

那人很失望就走了。朋友们得知消息后,都问梁文成的脑子哪里出了问题,这玩意儿摆着三四年了,却从来没有谁买,现在人家开出五万的价格,为什么不卖呢?难道你还在等你所谓的八万吗?

"不,是十万,涨价了。"梁文成微笑着,一切都好像胸有成竹似的。见朋友们很想知道他究竟有什么打算,梁文成犹豫了片刻,告诉了朋友们。原来，自从羊田从公众的视线里消失之后，他就觉得不对劲，于是到处打听，费尽心机，终于打听到了羊田的下落：羊田回老王沟村去了，他卖掉自己的所有藏品，告别了收藏界，带着钱，悄无声息地回了老王沟村，在那里修公路，建学校，办养殖，搞种植……梁文成说，根据他最近获得的消息，羊田把那个老王沟村天翻地覆地变了个模样，自己也成了大富豪。

"他为什么会那样做？"梁文成指着那只粗瓷大碗，说，"就因为它。因此，这碗对于他羊田来说有多重要就不言而喻了，你们说他会放弃这碗吗？而且他现在有的是钱了，会在乎十万块吗？"

无价

事情还真如梁文成所预料的那样发展了。这一天，古玩店里突然闯进一个西装革履的小伙子，一进门就直奔正堂的玻璃柜子，然后站在柜子边大声吆喝："老板呢，老板呢？"

梁文成走过去，眯着眼一瞧，嗨，这不就是当年卖给自己这碗的那个来自老王沟村的小伙子嘛，瞧这打扮，名牌西装，领带，锃亮的皮鞋，黑亮的头发，大款派头，果真是发达了，有钱了。

梁文成问："啥事？"

小伙子也认出了梁文成，他指着那碗，说："赶紧给我取出来，我要将它物归原主！"

梁文成伸出手指，轻轻地点了点柜子边上的标签，示意小伙子瞧瞧，小伙子瞧了一眼，吓了一跳，惊呼起来："十万？"

梁文成点点头。

"你这不蒙人吗？一个碗，十万？"小伙子瞪大眼睛，再把标签看了一遍。

梁文成微笑着问："你不也是一万块钱卖给我的吗？"

"好吧。"小伙子想了想，取下挎包，拉开拉链，让梁文成看了看包里的钱，"这是十万，你把碗给我吧！"

梁文成看着挎包里塞得满满的钱，问道："谁叫你来买的？"

"我自己。"

"你为什么要买它呢？"梁文成说道，"十万块，这可是一大笔钱啊！"

"我知道。"小伙子说着，脸色显得悲戚起来。

梁文成又问："你买去干什么呢？也是收藏吗？"

"摔了它！"小伙子说出这三个字时，已是泪水涟涟了。

梁文成关切地问："究竟发生了什么事？为什么要摔了它？"

小伙子哽咽起来，梁文成忙将他拉到旁边的书房里，给他倒了杯开水，请他坐下。小伙子告诉梁文成，当时他拿着卖碗得来的一万块钱，把两个弟弟送进了大学。刚回到老王沟村不久，羊田就找来了。乡亲们认得羊田，都热情地招待他。羊田告诉他们，这次来老王沟村，有两件事，一件是想买回那只碗，第二件是想帮助大家，看他能帮着做点什么。小伙子告诉羊田，那只碗已经被人花一万块钱买走了，羊田听了，也没说什么。乡亲们见到羊田，都很高兴，说哪里要你什么帮助，你能回来看看，大家就都高兴了。

那次羊田是哭泣着离开老王沟村的，因为他听说了王大娘的事。王大娘生了很久的病，但是一直不肯吃药，更不肯进医院，因为她怕花钱，她的几个孙子读书都要花钱，而且家里那么穷。她一直说自己生病是因为老了，老了就要死。老人在临死的时候很惦念羊田，很想见见他。

没过多久,羊田再次来到了老王沟村,从此就再没离开过。他变卖了在城里的所有资产,他要帮助老王沟村的人民富裕起来,他修公路,建学校,带领大家养鸡养鸭,栽树木种药材,最后组建了土特产商贸股份公司,老王沟村的村民人人都是股东……因为劳累,羊田患上了严重的疾病,但是他一直瞒着大家,他不想大家为他担心。因为太忙,从患病到实在撑不住倒下,羊田从来没进过医院,他一直在老王沟村……

梁文成听到这里,心里酸酸的,眼里湿湿的,他问:"羊田现在怎么样?"

"死了。"小伙子抹了把泪水,"三天前去世的。"

梁文成怔住了。

小伙子告诉梁文成,如今的老王沟村,已经是远近有名的富裕村,家家户户住上了楼房,很多人家还买上了小车……为了感激羊田的恩情,大家商议:一定要找到那只粗瓷大碗,在羊田出殡的时候摔了它!

梁文成疑惑地问:"为什么一定得摔了它呢?"

"如果没有这只碗,他就不会记得老王沟村,他就不会回老王沟村,当然也就不会累死在老王沟村了。"小伙子说,"而且他在临死的时候,也很惦念那只碗,说真想用那只粗瓷大碗盛碗饭吃吃……于是我们就到处找,没等找到,他就死了,现在终于找到了,就该让他带走了……"

"如果你买它是拿去摔,我是不会卖给你的。"梁文成说,"十万不卖,二十万也不会卖!"

小伙子听了,脸上满是惬意:"可是你拿着它有什么用呢?它又不是什么宝贝,只是个碗!"

梁文成冷冷地反问了一句:"既然只是一只普通的碗,你为什么要花十万块钱买它呢?"

小伙子不知如何应答了。

梁文成最终没有满足小伙子的愿望,他没有卖掉那只碗,而是重新做了柜子,水晶的,里头铺垫了金丝绒,那只粗瓷大碗摆放在柜内,在水晶柜子的四个角落,搁置着四盏漂亮的射灯。晶亮的水晶柜子,明亮的射灯,把那只碗映衬得璀璨夺目。只要是一进古玩店的,没有谁不被那只碗吸引过去的,没有谁不开口问这碗卖多少钱的。

每当这时,梁文成就会微笑着说:"无价之宝!"

"究竟什么来头,竟然敢称无价之宝?"

于是,梁文成就将羊田和这只碗的故事讲了一遍,每一个听完故事的人,都禁不住泪眼蒙眬,都会认为这确是无价之宝。

(安昌河)
(题图:杨宏富)

愿夜里有人为你留灯,愿你爱的人能住进你的人生。

真情·灵魂篇
zhenqing linghunpian

考 验

几年前,马里奥还是个以偷盗为生的小混混,而今却成了洛克市首屈一指的房地产商人。眼下,经过一番异常惨烈的竞标,他又独揽了托特市市政大楼的改建工程。

此时,天色已暗。马里奥正兴奋地驾驶着他的黑色奥迪 A8,全速行驶在从托特市返回洛克市的路上。

当他驶到一个爬坡路段时,突然听到了一阵轰鸣声,从后视镜看过去,只见一辆轿车正从后面飞驰而来,到了这个险段,不仅没有减速,反而左摆右晃,像是喝醉酒的莽汉。

就在这个当口,一辆摩托车从对面开了过来,只听"轰"的一声巨响,摩托车连人带车被撞得飞了起来,骑车人重重地摔在了路边的岩石上。而那辆肇事轿车居然只稍停了一下,便一溜烟消失在茫茫夜色中……

马里奥被眼前的一幕惊呆了!很明显,这是一起肇事逃逸事故。只可惜光线太暗,他并没有看清肇事车的车牌,但可以肯定的是,这是一辆和自己这辆一样的黑色奥迪A8。

再看那个被撞的骑车人,只见他脑浆四溅,早已不动弹了。马里奥叹了口气,却没有报警,正所谓事不关已高高挂起。

一个小时之后,马里奥顺利到达了洛克市区。街旁的店铺早已关门打烊,可当他路过"本杰明心理诊所"时,却发现里面依然是灯火通明。

对于马里奥来说,这是一个亲切的地方,因为只有在那小小的治疗室里,他才可以毫无戒备地稍稍放松一下。这几年,激烈的市场竞争,几乎压垮了他脆弱的神经,所以他一直靠心理治疗,来不断调整自己。

望着亮着灯的窗户,他下意识地放慢车速。

本杰明已经是马里奥的第二个心理医生了。此前,他有过一个心理医生,叫安妮娅。他曾是那么地信任她,常常将自己工作、生活中的烦心事,毫无保留地讲给她听。可让他没有想到的是,在不久前的一次竞标中,安妮娅竟然不顾职业道德,将他在心理治疗时透露给她的标底,以高价卖给了对手,害得他一夜之间损失了近千万!后来,在朋友的介绍下,马里奥才找到了本杰明。

虽然本杰明名声在外,几次接触之后,也给马里奥留下了不错的印象,但曾经的伤痛,还是让马里奥对这个心理医生心存芥蒂。望着亮着灯的窗户,马里奥慢慢停下了车,一个近乎疯狂的主意,涌上了他的心头。

马里奥从车中取出一瓶白酒,猛灌几口,然后一摇三晃地走到诊所门前,轻轻摁响了门铃。"马里奥先生,你怎么来了?今天可不是我们预约好的见面时间呀?"本杰明说着,把他让进门来。

马里奥哆嗦着嘴唇,却说不出话,脸上露出极度惊恐的表情。本杰明一看不由一惊,急忙拉他进了心理咨询室,锁上了房门,然后开口问道:"马里奥先生,是不是发生什么事了?"

马里奥神情凝重地说:"今天我去托特市签了一笔合同,在答谢酒会上多喝了几杯。晚上从托特市往回赶的路上,不小心将一个骑摩托车的人撞死了。我,我害怕受到处罚,就驾车逃逸了……"

听完马里奥的讲述,本杰明沉思了片刻后,拍了拍马里奥的肩膀,缓缓说道:"马里奥先生,作为一个守法的公民,我本该劝你去警察局自首。可是我不能这么做,因为你是我的病人。既然人已撞死,你也构成了逃逸的事实,那么就让这件事悄悄地过去吧,我会为你严格保守秘密。你所要做的就是,尽量放松,不去想这件事……"

从诊所里出来,马里奥脸上的阴云不见了,嘴角浮上了一丝轻笑:这只不过是他对本杰明的一个考验,看本杰明是否真的如人们传说的那样,是个严守病人隐私的心理医生。如果这一切都是真的,他才会毫不设防地与他进行交流;即使他向警察告了密,自己也不会有太多麻烦:因为没有确凿的证据和现场目击证人,是很难将他治罪的……

几天后,当马里奥翻开当地报纸时,他一眼看见一则悬赏公告:"吾儿瑞恩,于本月五号晚上,在洛克市赶往托特市的路上,遭遇车祸,不幸身亡,肇事者逃逸。现悬赏一百万,急寻目击证人。提供线索者,请与洛克市警察局联系!"

看完公告,马里奥不禁哈哈大笑起来:这几天,他正为如何进一步考验本杰明而犯难呢,现在这则悬赏无疑是雪中送炭呀!

这天早上,马里奥驱车经过洛克市警察局时,突然发现本杰明戴着一副大墨镜,正急匆匆地向警察局走去。他的心一下揪紧了:难道是本杰明看了悬赏公告后要到警察局报案?

这可是马里奥最不愿意看到的结果!要知道,心理医生对患者进行治疗时,都要进行现场录音。虽然这盘录音带不足以将他治罪,但考虑到这段时间,他正在参加一个投资上千万的工程投标,如果被这桩无中生有的官司缠身,那么自己公司的信誉将大打折扣,他很可能会失去这笔大买卖!这么一想,马里奥不禁为自己当初的荒唐行为而后悔不已。

思来想去,马里奥决定,晚上到本杰明诊所走一趟,他想如果那盘录音带已被本杰明送到了警察局,那他也只好自认倒霉;如果那盘录音带还在,就将它偷走,以免留下后患。

这天晚上,马里奥面罩黑纱,身穿黑衣,早早潜伏在本杰明诊所外面的花丛中。几十分钟后,诊所里的灯终于熄灭了,一脸疲惫的本杰明走出了诊所,钻进汽车,朝家的方向驶去。

马里奥四下打量了一番,在确定没有什么异常情况后,悄悄钻出了花丛,轻手轻脚地来到诊所门外,拿出早已准备好的万能钥匙,拧开诊所的门。他闪身进去,很快就找到了那盘录音带。

就在他刚掩上诊所门的时候,只见一道亮光射来——本杰明的那辆白色福特车居然又开回来了!

马里奥一见,迅速转上公园的小路撒腿就跑。而他身后的本杰明一边喊"抓小偷",一边也追了过来。

马里奥不敢回头,只是拼命狂跑,可始终也甩不掉身后的本杰明。不知不觉,竟跑到了穿城而过的维拉河边大道。马里奥只觉得身子发软,速度也渐渐地慢了下来。

眼看着就要被抓个人赃俱获，马里奥突然使出了一招金蝉脱壳——甩手把录音带扔到了维拉河里。时值隆冬，河里的水早已结冰，录音带在冰面上"嚓——"滚动了十几米，最终停在了河中央。

一见失物被丢到了冰面上，本杰明马上调转方向，直奔冰面。他几乎是连滚带爬地冲到河中央，拿到了录音带。可是就在他转身返回的瞬间，他的脚下突然一滑，整个人"噌"地一屁股坐到了冰面上。巨大的惯性使原本就不太结实的冰面，"哗啦"一下子断裂开来，本杰明还没来得及挣扎，就落入了冰下滚滚的暗流中……

本杰明医生下葬这天，洛克市下起了鹅毛大雪。马里奥怀着十分愧疚的心情，来到了葬礼现场。头发花白的老牧师宣读完悼词，又小心翼翼地掏出一个日记本，异常庄重地宣读道："这是本杰明医生生前的最后一篇日记！'亲爱的儿子瑞恩：虽然我已经知道将你撞死的凶手是谁，可我却不能将他的名字告诉警察，因为他是我的一个病人。为病人保守秘密，是我们心理医生最起码的职业道德；可是面对你的惨死，面对警察的无能为力，我不得不用悬赏公告的形式，来向你表达一个老父亲的无奈，但愿这能为你的死讨一个说法……'"

马里奥再也没能控制住自己的情绪，一头跪倒在本杰明医生的墓碑前，悔恨的眼泪喷涌而出……

（曲育乐）
（题图：佐　夫）

老师不走

大学毕业后,我到一个山区小学当支教老师。没想到,才来几天,女友就千里迢迢跑来,给我两条路选择:要么跟她回去,要么两人就此拜拜。我们关在屋里说了半天,最终各退一步,以三个月为限,到时我还不回去,女友决不等我!

送别女友,我刚回到自己的小屋,门外就有人轻轻地敲了几下门。我请他进来,等了一会儿,敲门的人才怯怯地走进屋内。我一看,原来是个学生,名叫何小山,上三年级,是这儿个头最大的男同学,长得有点憨头憨脑,我第一天来就记住了他。

我问他有什么事,何小山低着脑袋嗫嚅了一阵,一仰头大声问道:"老师,你要走了吗?"

我一怔,勉强笑了笑:"谁说我要走?"

何小山一指窗外说:"大家都这么说的。"

我往窗外一看,只见外面空地上,几十个孩子都站在那儿,眼巴巴地盯着我的窗户呢。我心里好不惭愧,自己曾经亲口在孩子们面前许诺,要在这里教他们三年,可没几天,我就食言了。

我回过头,脸上禁不住一阵发烧,幸好何小山并没看出来。我咳了几下作掩饰,然后有些心虚地对他说:"老师不会走的,老师怎么会走呢?"

何小山却一脸不相信的神色:"老师,你骗人,你一定会走的。以前来的几个老师都是这样,老婆一来找,就走了!你的老婆不跟你了,你肯定会走的!"

我忍不住笑出了声,想了想,厚着脸皮对他说:"老师肯定会走的,但不会很快就走。至少,这三个月都不会走,我向你保证!"

"哦!"何小山一脸既高兴又有点失望的表情,低着头慢慢地走了出去。

我的支教生活就这么尴尬地开始了。日子一天天过去,离三个月的期限越来越近,我恨不得每天上十八个小时的课,在有限的时间里,把自己的知识全部传授给孩子们。

晚上睡觉时我一直在苦想,我不能就这么离去,或者在离去之前,我要尽自己的能力,至少要给这里的孩子带来点什么,以此作为自己违背诺言的一点补偿。要不然,我真不知道到走的那一天,自己该如何面对这些孩子们。

这天,何小山跑到我的屋里,问我一道数学题。我给他解答完后,一低头,看见他的两只鞋子,心里不禁一酸。何小山的鞋子是一双烂得不成样子的解放鞋,而且尺寸特别大,估计是他父亲让给他穿的,整个鞋也就只剩下一个鞋帮了,露出一大截脏兮兮的脚,还被冻裂了几个口子,又是泥又是血的。

我难得不知道说什么好:这地方实在是太穷了,天气这么冷,可孩子们脚上穿的鞋,比在垃圾堆里拣出来的还要烂,不是露出脚指头,就是露出脚后跟。几十个孩子,我就没看见有一个穿袜子的。

"小山,"我心里一热,随即涌起一阵难以抑制的冲动,转身拿出照相机,"来,我给你拍张照!"

何小山一听两眼一亮,可随即直往后躲:"别拍,别拍,我衣服太旧了!"

我眼眶一热,说道:"傻瓜,我就是想拍你这个样子,我要把你们拍出来,告诉外面大城市里的人,在这里还有这样一群穷孩子,这是他们想象不到的!"

何小山瞪着眼,半懂不懂,又低头看看自己的鞋,脸红红的。

我先给他拍了个上半身,然后再给他的脚来了一个特写。拍完后,我把相机里的照片放给他看,他看了一下,很不好意思地转身就跑了。

到了星期六,我一大早带上相机,赶了近百里路,到了县城,然后钻进一个网吧。我在以前经常光顾的一个论坛里,发了一个帖子——《山里有这样一群孩子》。我把自己在学校里拍的照片精选了几张,贴了上去。第一张,就是何小山那双看了令人心酸的鞋。

接下来的几天,我心里一直惦记着自己发的帖子,不知道有没有人看,看了之后会有什么反应,他们信吗?

这天,邮递员送来了一张包裹单,我一看,上面写的竟然是鞋子,寄件人自称是"一个看过帖的人"。我激动不已,这说明我那个帖子没有白发，已经引起了大家的关注和共鸣，甚至还有热心人寄来了鞋子，这是我所意料不到的。

我兴奋地拿着包裹单跑回教室，大声说道："同学们，你们很快就有新鞋子穿了！"

第二天，我又收到两个包裹单，寄的都是鞋子。我高兴极了，马上叫上何小山和几个男同学，带领他们去邮政所把鞋领回来。

回学校的路上，何小山好像还不敢相信，问我："老师，这鞋子真是我们的吗？"

"嗯，是真的！"我哈哈一笑，"回去你们就能穿了！"

何小山他们仍然不明白，七嘴八舌地问："他们为什么送给我们呀？他们怎么知道我们没有鞋子穿呢？"

我乐了："记得我给你们拍过照片吗？我把你们的鞋子拍下来了，发到了网上去，大城市里的人打开电脑，就会看到你们穿的鞋子。这个世界还是好人多呀，这些好心人看到你们的照片后，知道你们没有鞋子穿，就给你们寄鞋子来了。"

"啊，这是真的？"何小山和几个同学都惊奇地瞪大了眼睛。

借这个机会，我就给他们讲起了网络的神奇作用，告诉他们网络可以让陌生人之间相互认识、交流和帮助。我还激励他们读好书，将来去大城市上大学，把这些山里的孩子听得一愣一愣的，眼神中充满了好奇和向往。

鞋子运回了学校，每个孩子都分到了一双新鞋，那一天，孩子们就像过年一样高兴，因为他们都是头一次穿上新鞋呀！

第二天，所有的孩子都穿着新鞋来上学，我拿出相机，一个个给他们拍照，说要把相片洗出来送给他们留念。孩子们大多是头一次照相，可把他们乐坏了。拍完了,何小山说:"老师,我也要给你拍一张!"

我一笑,把相机递给他,教会他摁按钮,然后站在那间破旧的教室前拍了一张。何小山眼巴巴地问道:"老师,你能把你的相片送给我一张吗?我想永远都看到你!"我笑着答应了。

等到下一个星期天,我又来到县城找了间网吧上网,打开我的帖子一看,帖子被置了顶,跟帖的人至今仍络绎不绝,大部分的人都对这里的孩子表示震惊和同情,还有很多人对我的行为表示敬佩和支持。我既感动,又羞愧,看完帖子,早已泪眼模糊了。我又上传了几张孩子们穿上新鞋的照片,替孩子们感谢所有的好心人。

从网吧出来,我又去冲印了相片,特意把自己的相片印了三十多张,给每个孩子都发了一张。

一眨眼,离女友的三个月期限仅剩十天了,我的心再次激烈地摇摆起来,说真的,我舍不得这里的孩子。

这天放学后,我刚回到屋里,何小山忽然跟了进来。我问他还有什么问题没弄明白,何小山没说,只是站着一个劲儿地傻乐。再问,他才说道:"老师,你不用走了!"

我一时间不知怎么回答,叹了口气道:"其实老师也不想走!"

"那就好啊,老师,你永远都不用走了!"何小山高兴地跳了起来,十分肯定地说,"真的,永远都不用走!"

我一怔,忍不住奇怪地问:"为什么?"

何小山一脸抑制不住的兴奋,说道:"因为你很快就会有老婆了,而且会有很多很多!"

我又好笑又奇怪:"你说什么呀?"

"真的!"何小山神秘兮兮地凑上来,小声说道,"我昨天拿着你的照片到城里去，请一个叔叔把照片放到网上去了，很快就会有人看到啦……"

"是吗？"我的眼睛一下子湿润了，猛地把他搂进怀里，哽咽道，"谢谢……好，老师永远都不走！"

（韦　强）
（题图：安玉民）

寂寞英雄

卡罗尔年纪轻轻的,便已经是一家公司的老板。他的业余爱好是登山,曾经攀登过好几座高山险峰。

卡罗尔有个女朋友,叫琳达,是一个舞蹈演员。这天晚上,卡罗尔驱车来到琳达家,佣人告诉他,琳达和查理一起出去吃饭了,卡罗尔的心不禁"咯噔"一下。

查理是个很有名望的游泳运动员,曾经在奥运会上拿过金牌。半年前,查理开始疯狂地追求琳达,没想到,琳达今天居然和他约会去了……

正在这时,只听"嘟"的一声,一辆车缓缓驶来,卡罗尔瞪圆了眼睛,原来坐在车上的不是别人,正是琳达和查理!只见两人有说有笑地跳下车,分手时,查理还在琳达的脸上轻吻了一下。

卡罗尔实在忍不住了,他冲上去一把抓住查理,冷冷地说:"先生,琳达是我的女朋友,请你以后不要再来找她!"

琳达眉头一皱,刚想说话,查理却笑着制止了她,说:"卡罗尔先生,我们都有公平追求琳达的权力,不是吗?而且我认为,琳达跟我在一起,更可以享受世人尊敬的目光,从这个意义上来讲,我比你更像一个男人。"

卡罗尔呆住了,张了张嘴,却什么也没说出来。的确,查理是世界冠军,站在世界的顶尖处,自己又能拿什么来与他比?

琳达不悦地瞪了查理一眼,略带歉意地对卡罗尔说:"对不起,亲爱的,我们只是一起吃了顿饭而已。你不要介意他说的话,在我心里,你是个了不起的男人!"

琳达是想安慰卡罗尔,但卡罗尔却感到了深深的耻辱。他大声说:"亲爱的,我也能让你享受世人尊敬的目光,否则,我不配你的爱情!现在,可以让我和查理单独谈谈吗?"

琳达犹豫了一下,还是转身进屋去了。

卡罗尔紧盯着查理,挑衅地说:"在温室里游泳,又算得了什么?我倒觉得,能站在冰天雪地、氧气稀薄的高山之巅,那才是真正的男人!"

查理一愣,随即笑了:"比如说……超过8000米的高山之巅?带着氧气瓶、登山索,雇一些人帮你搬运补给?还是算了吧,有了这些,我也能站在世界之巅。"

卡罗尔也愣了,他没有想到,查理居然对登山如此了解。

世界上有14座超过8000米的山峰,这个高度的山峰被人们称为"死亡地带"。医学家们认为，在这个高度上，空气太过稀薄，人类根本不可能存活。当然，也有人登上了这些山峰，但他们使用了氧气瓶、登山绳索，或者是采用了在中途建立营地、借助向导帮助等办法，没有人能够独自不借助任何工具而登顶。

查理肯定了解这些，所以才会说出刚才那些话来打击他。

卡罗尔突然大笑起来："早在两年前，我已经用单人无氧的方式，攀登过好几座7000米的高峰。查理，我还能以这种方式登上8000米以上的高峰。历史上，还没有人能够做到这一点，我要攀登南迦帕尔巴特峰，你信吗？"

查理脸色一变，大声说："南迦帕尔巴特峰？据我所知，已经有人单人无氧冲顶成功，你登上去也不是世界第一。"

"如果我登上去了，我就是世界第一！"卡罗尔说，"你应该知道，五年前有人说登上去了，但最后被证实是狂妄之言。他没有任何证据证明自己站在了峰顶。可是我能，你信吗？"

查理摇了摇头。

卡罗尔说："那我跟你赌一场，如果我冲顶成功，请你以后不要再来骚扰琳达；如果我失败了，我从此不见琳达。你敢赌吗？"

不知为什么，查理的脸竟然逐渐失去了血色，他盯着卡罗尔，沉吟了好半天，才慢慢地说："你可考虑清楚，7000米和8000米，那是生与死的区别！当然，如果你真的那么想证明自己，我是没有理由拒绝的。"

卡罗尔毫不犹豫地伸出手，跟查理的手重重地握在了一起。

从那天起，卡罗尔就把公司交给手下打理，自己则全身心地投入到训练当中。经过三个月的魔鬼训练，卡罗尔已经有信心登上任何一座高峰。

位于巴基斯坦境内的南迦帕尔巴特峰，海拔8125米，是世界第九高峰。如果卡罗尔能够如愿登上峰顶，他将打破医学家所谓人类极限的神话，在登山史上留下不朽的声名。

卡罗尔准备单人无氧登顶的消息很快传开，各大媒体纷纷报道。但是，所有人都断言他不可能成功。

直到这时，琳达才知道卡罗尔和查理的赌约。她连夜赶去南迦帕尔巴特，请求卡罗尔取消这次冒险行动。

但卡罗尔拒绝了，他说："在爱人的眼里，伴侣一定是最优秀的，如果我做不到这一点，即使你选择了我，我也会郁闷终生！"

卡罗尔决心已定，不顾众人的劝阻，只身带着冰镐、冰爪和帐篷出发了。

一路艰险，卡罗尔终于登上了6100米处，在这里建了一座营地。营地就建在巨大的冰墙下面，当阳光照射下来的时候，冰墙会把吸收的热量反射出去，就像一个大炉子一样。卡罗尔呆在里面，可以感到强烈的热度，这样，他就不需要耗费体力去对抗寒冷，能够得到充分的休息。

休整了十多个小时后，卡罗尔继续向上艰难地攀登。最后的1000多米才是真正的挑战。

卡罗尔磕磕绊绊地向前走着，他能听到自己剧烈急促的喘息声，心脏像打鼓一样。他知道，在这种高度上，自己可能会得肺水肿，或是脑出血……一切意外都可能发生。但他努力坚持着，并尽量用相机拍下更多的照片，这是他单人无氧冲顶的证据。

在最后的100米，卡罗尔的力气几乎消耗尽了，他手脚并用，几乎是爬上去的，但他终于站在了南迦帕尔巴特峰的峰顶上。

虽然身体极度不适，但卡罗尔兴奋极了，他掏出相机，把周围的景色全部摄入。就在这时,他突然发现在一块岩石上,放着一个四四方方的东西。因为峰顶风大,积雪都被吹散了,那东西裸露在空气中,卡罗尔一眼便认出,那是一个金属盒子,登山者经常使用这种东西。

盒子的底部被冰冻住了,卡罗尔判断,一定是有人在上面浇了水,才使得盒子跟岩石结成了一体。到底是什么人费那么大力气爬上来,冻住这盒子的呢?

卡罗尔敲开坚冰,打开盒盖,看到里面有一张纸条,上面只有一个日期和一个签名,日期是五年前,名字是约翰逊。

卡罗尔看着纸条,呆住了。他想起来了:五年前,毫无名气的约翰逊突然宣布,他将单人无氧挑战南迦帕尔巴特峰,消息一出,引起舆论一片哗然。当约翰逊返回到地面后,因为冻伤,他被迫截去了八根手指和十只脚趾,而且智力也严重受损,只说自己登上了峰顶。但他的相机里面,没有任何峰顶的照片,顶多只有 7500 米处的景象。人们指责他狂言欺世,并不承认他冲顶成功。

以前,卡罗尔也以为约翰逊是在说谎,可是看了这张纸条,他终于明白了,约翰逊的确成功了。但是,由于相机损坏,他没能拍下峰顶的照片,为了证明自己,他留下了这张纸条,只是,没有人相信他。

卡罗尔突然感到一阵虚弱,身体第一次有了濒临极限的感觉。

卡罗尔默默地静坐了一会儿,然后将纸条收好,开始下山。

当他回到地面时,那里已经聚集了许多记者、登山爱好者,还有他的爱人琳达和情敌查理。

卡罗尔取出相机,向人们展示他冲顶成功的证据。就在大家欢呼雀跃的时候,卡罗尔却突然放声大哭起来,泪水滑过脸上的冻疮,他感到一阵钻心的疼痛……

这疼痛来自他的心底：如果他接受了世人仰慕的目光，那就违背了自己的良心，伟大的约翰逊将再也没有被承认的机会，历史在铭记自己的时刻，也将记录下虚伪的一页……

琳达吓坏了，只知道紧紧地抱住卡罗尔。

卡罗尔低声说："亲爱的，对不起！"说着，他推开琳达，慢慢拿出了那张纸条，大声说，"真正的英雄不是我，而是约翰逊！早在五年前，他已经完成了极限挑战，约翰逊应该得到原本属于他的一切！"

接着，卡罗尔向大家讲述了事情的经过。在场的人都惊呆了，这样的结果是大家都没有想到的。

卡罗尔苦笑着对琳达说："对不起，我没能实现我的承诺，我输给了查理！可是，如果我用谎言来赢得你，我会一生良心不安。请原谅我……"

然后，卡罗尔对着站在远处的查理大喊："我输了，从今天起，我不会再见琳达！"查理却像是没听到他的话，脸上一副难以形容的表情。

琳达一下子扑进卡罗尔的怀里，泪流满面地说："或许，你永远都不会成为世界第一，但在我心里，你就是我的英雄！请不要再什么赌约了，我是一个人，不是谁的赌注，我们结婚好吗？"

这时，查理慢慢走上前来，说："我为我的狂妄失礼道歉，我必须承认，你比我更像一个男人！我们的赌约到此为止吧，我不会再去找琳达。"

卡罗尔心里一阵狂喜，跟琳达紧紧拥抱在一起……

两个月后，卡罗尔和琳达举行了婚礼，那天宾客云集，场面十分盛大。查理也来了，在他的身边，还跟着一个痴痴傻傻的男人。

查理说："卡罗尔，我来介绍一下，这是我的父亲，约翰逊。"

卡罗尔大吃一惊，说："约翰逊？约翰逊是你的父亲？"

"是的。"查理轻声说,"五年前的那次登顶,让他的大脑永远失去了思考能力,现在,他只活在自己的世界里。"查理顿了顿,又说,"我真的谢谢你,卡罗尔!我没想到,面对荣誉,你会选择证实我父亲的清白。今天我带他一起来,就是要他为你祝福,愿上帝保佑你和琳达!"

一旁的约翰逊目光迷离,却仿佛带着一丝激动与欣喜,望着身边的人们,就像望着峰顶那冷酷却动人的风光……

(唐雪嫣)
(题图:佐 夫)

千里追债

浩东大学毕业留在大城市工作好几年了,几年来他铭记一件事:还李大爷的债!浩东是个孤儿,是邻居李大爷资助他八万元钱读完高中、大学的。李大爷资助浩东有两个条件:一是浩东要读完大学,二是浩东毕业挣到钱后必须还钱,为此浩东还打了一张欠条。

浩东有了工作后,慢慢存折上攒够八万元,他正要还债,谁知这时女友横插进一杠子,要他赶紧买房,说得很坚决:"没有新房我是绝对不会嫁给你的!"无奈,浩东安慰自个儿说,反正李大爷有退休工资,也不急等着这钱用,这钱以后再还吧。这么一想他便拿这钱交了首付。

当浩东再次存够八万元的时候,他的心态又有了些微妙的变化。存下这八万元钱比起以前难多了,工作越来越辛苦,社会变得更复杂,没钱的日子从小到大过够了，太可怕了。思来想去，浩东一狠心做出一个决定：债再拖上一拖，李大爷孤身一人，要那么多钱干什么用？再说、再说……李大爷都七十多了，还能活多长时间？说不定一觉醒来人就没了，那时就用不着还债了。浩东这么狠心地想着，随即更换了手机号码，这样一来就不怕李大爷找自己了。

有一段时间，浩东到外地出差，回来得知，有个姓李的老大爷，这些天天天来公司找他，见左右等不到就走了，临走时还留下一封信。浩东吓了一跳，李大爷从千里之外找上门，肯定是来要钱的!

浩东提心吊胆看完信，果然不错，李大爷正是要钱的，信内只有一句话：孩子，还记得那张欠条吗？

李大爷以前经常这么叫他，现在这一声久违的"孩子"差点弹出了浩东的眼泪，可片刻工夫他又心硬起来：李大爷，钱来得太难，我真的不想还你了。回过身浩东就辞了职，这样一来李大爷就彻底找不着自己了，反正这破工作也不值得留恋。

浩东辗转来到另一个城市，又找了一份新工作。可在夜深人静之时他却常常醒来，然后眼望天花板整宿整宿地睡不着觉：李大爷打我的老手机号码了吗？他到老单位找我了吗？他是不是真的急需钱用？对不起……

就在浩东无数次祈祷李大爷忘了这事时，意外出现了，一个偶然的机会，浩东在居所附近的电线杆上看到一则寻人启事，上面写着：浩东，我的孩子，你在哪里？你忘了那张欠条吗？

难道李大爷曾经在这地段见过自己？浩东越想越紧张，决定再换工作、搬家，这座城市这么大，人口这么多，不信李大爷就能找到自己。

这么着浩东就又伤筋动骨地辞工作、找工作、退房子、租房子，大费周折了一番,谁知还没安稳多长时间,李大爷又出现了。

这天晚上浩东正看着晚报,忽然一个激灵全身一抖,像是给钢针狠狠刺了一下,手中的茶杯砰然落地。原来在晚报夹缝里看到一则寻人启事,写的是:浩东,我活不长了,你就不能见我一面吗?

李大爷如此不惜钱财、大动干戈地寻找自己,看样子这钱他是非要不可了!浩东不停地喘气,终于想和李大爷来个正面交锋。

浩东按晚报上留下的电话号码拨通后,还没来得及改变自己的声音,就听电话那头是个陌生人声音。那人自我介绍说是律师,浩东大惊,李大爷这是要通过法律手段索债?

谁知律师淡淡地说了一句:"你是浩东吧?李大爷走了,刚刚走的。"

浩东听了张口结舌,脑子一片空白,原先想好的假话一句也说不出来,一时间不知道是悲伤、惭愧,还是庆幸,这时律师又说了:"李大爷临走时留下一封信,让我转交给你,你能告诉我你的地址吗?我好寄给你,要不,我当面交给你也成。"

浩东猛地回过神来,慌忙说:"我忙得很,不方便收信,这样好了,你就读给我听吧。"电话那头律师一下子听出了浩东的话里话,他从鼻子里哼了一声,说:"你放心好了,我根本不是引你出面要钱,李大爷已不要那钱了,现在我就把信读给你听。"

律师低沉地读了起来:浩东,我老了,离死不远了,可就是放心不下你,我是看着你长大的,你是个苦孩子,我喜欢你,也可怜你,所以当年资助你上学,到现在我还是不后悔。现在我千里迢迢地找你,确实是为了要钱,可也并不完全是为了要钱,我都是要走的人了,要那么多钱干什么用呢?我只是想告诉你一个做人的道理,那就是言而有信。孩子,你未来的道路还很长,一定不能昧着良心做人!

信一字一句地读完了,律师最后意味深长地说:"浩东,告诉你一件事,李大爷确实不跟你要钱了,欠条他也当着我面烧了,可他还是留下一句遗言,就是希望你还债。他要我给你三天时间考虑,到时候你想好了还打这个电话。浩东,记着李大爷信里最后一句话,一定不能昧着良心做人啊!"

浩东手握话筒好半天没回过神来,而接下来的三天时间更是度日如年、寝食难安,李大爷的遗书如冬日阳光、如涓涓细流,使他温暖如见亲人,有一种想痛哭的感觉,钱真的该还了,不能再拖了,再拖下去自个良心真的过不去啊!

谁知就在这时,未来的丈母娘出面了,她说:为了体面地让女儿出嫁,浩东必须拿出十万元!浩东一下子崩溃了,要知道房贷还月月压在肩头哩……三天的时间到了,浩东走投无路,他一拨通律师的电话,就失态地叫道:"律师先生,我真的拿不出这笔钱,我没办法,我对不起李大爷……"律师听了半晌无语,然后长长叹了口气,说:"你太辜负他老人家了!对了,李大爷还留了个遗嘱,他说如果三天后你还钱的话,钱你还是收回,并且,老家县城他名下估价四十万的房产也赠送给你;如果你不还钱的话,他将把房产赠送给县慈善协会,作为寒门学子的助学金。李大爷说他这辈子没有小孩,所以最喜欢小孩,最见不得孩子受苦,他永远不后悔对苦孩子的资助……"

放下电话,浩东抱头号啕大哭,他悔啊,揪心的悔,可这回真的不是因为房产,不为钱,只为债,因为李大爷的债他这辈子也还不清了。

(童树梅)
(题图:安玉民 梁 丽)

第三个答案

黑牛的三舅在驾校当教练,黑牛打算学开车当司机,自然就找到了三舅。学习结束,黑牛很顺利地通过了考试,拿到了驾照,并且通过三舅的老关系,在一家运输公司找到了工作。上班前一天,黑牛左手提酒,右手拿烟,特意到三舅家拜访。一来嘛,自然是谢师;这二来,黑牛也想向三舅讨教几招。谁都知道,开车是个危险活,一出事儿可就完了,三舅这几十年车开下来,一直顺风顺水,肯定有啥绝招。

三舅见外甥兼学生登门,十分高兴,几杯酒下肚,满脸红光,已有了五分醉意,忽然拍拍黑牛的肩膀说:"黑牛呀,三舅想最后考你一次,看看你能不能出师,这道题在学校里是没有的,不是自己人不能考!"

黑牛一听,三舅大概要教自己绝招了,正求之不得呢,赶紧给三舅添上酒，聚精会神盯着三舅的嘴巴。

三舅却又一抹嘴，客气起来："今天是个吉利的日子，有些话本来不该今天说的，可话又说回来，未进山先寻出路，未学打人先学挨打，三舅想来想去，这句话还得跟你说！"

黑牛一个劲地点头："三舅您说，我听着哩！"

三舅把嘴巴凑了过去，神秘兮兮地问道："黑牛，我问你，万一你哪天撞了人，而又没人看见，你咋办？"

黑牛一愣：三舅咋考起这个来了？他不假思索地回答："三舅，我马上停车救人！"

三舅呵呵一笑，对他摇摇头："出去这样说是对的，可在咱们自己人面前，这可就错了。你把他送去医院，你就得负责治好他，倘若撞了个残废，这辈子你就得背着这个包袱，这车你就算白开了，挣再多的钱也不够填这无底洞的呀！"

黑牛脸一红：谁都知道，撞了人要救人，可答案不会这么简单，三舅考这个肯定有他的深意！他认真想了一会儿，犹豫着说："三舅，那我就当不知道，连车也不停？"

"错！"三舅含笑连连摇头，"你跑得了一时，跑得了一世吗？我有个朋友，就是撞了人逃跑，过了七年被受害者家属抓住的，结果还是得坐牢。再说了，你这一跑，就是个逃犯，你还能好好地开车吗？不出三天，你还得再出事儿！"

"这……"黑牛一时糊涂了，救人也不对，逃跑也不对，难道还有第三种选择吗？一看，三舅别有深意地盯着他，似乎在等着他的下一个答案。这么说，还真的有第三种选择呢！

黑牛挠挠脑袋，实在想不出啥来了："三舅，我想不出来了，只好请您老人家指点。"

三舅点了点头:"托祖宗保佑,我开了一辈子车,这样的事倒没遇上过。但我知道,一旦遇上了,就得这么办!黑牛呀,三舅希望你也一辈子遇不上这种事,所以正确答案是啥,今天我就不跟你说了,万一哪天真遇上了,记住,一定给三舅打电话!"

黑牛满腹疑惑,但一听三舅这么说,也只好点点头。告别三舅,黑牛回家给祖宗烧了几叠纸,祈求祖宗保佑自己,开车顺顺利利,千万别遇上三舅出的那道题。

一晃过去了几个月,黑牛的车开得还算稳当。这天他送完货掉头往回跑,公路上静悄悄的,只有他一辆车在跑。眼看天就要亮了,黑牛忍不住打了个呵欠,精神有些放松下来。就在他打第二个呵欠的工夫,前面突然出现了一个人影。黑牛大吃一惊,一个紧急刹车,可还是来不及了,车头重重地撞上了前面的人。

黑牛往前面一看,没人。再往后一看,也没人。可他刚刚看得清清楚楚,确实是个人,而且挑着个担子,可能是赶早进城卖菜的农民。黑牛只感到一股凉气从心往外透,脸刷地白了:那个人就在他的车底下呢!刹那间,黑牛全身的血液像冻僵了一般,只有脑袋在轰轰作响:完了,完了,到底遇上了!

猛然间,他想起了三舅的话,赶忙拿出手机,全身哆嗦着,一连拨了三次才把三舅的号码拨对。谢天谢地,电话响了两下三舅就接了。

"三、三舅,我遇上你出的题了……我撞人了……"黑牛语无伦次地说,"正确答案……是啥?"

三舅大吃一惊,第一句话就问他:"有人看见吗?"

黑牛往前后左右一张望:"没、没有!我、我该咋办?"

三舅在那头咬牙道:"你把车往后倒一下!"

"什么?"黑牛打了个颤,"那个人就在我车底下……"

三舅镇定地说:"黑牛,你听着,这就是正确答案!你懂不懂,你这样把他送去医院,麻烦就大了,没有十几万你别想干净,你倒一下车,最多就送他一副棺材,三万五万的,一次了断……"

黑牛一下懵了,万万没想到,三舅的正确答案竟是这个。三舅往下说的话,他一个字也听不到了。只听到三舅大吼一声:"黑牛,快,听我的,倒车!"

黑牛下意识地"哦"了一声,放下手机,去抓方向盘。可他两只手抖得厉害,脑子里一片空白,居然忘了怎么操作。怔了一下,他又拿起手机:"三舅,不行,我忘了,我不会倒车了……"

三舅在那头急坏了,压低嗓门吼道:"傻瓜,这个时候你一定要冷静,千万别慌,你倒了车,然后就打电话报警,千万别跑,等警察来处理,神不知鬼不觉!"

黑牛全身颤抖着,几乎要哭出来了:"我不行,我不行,我……"

"那你就等着倾家荡产吧!"

"我……我……"黑牛深吸了口气,强迫自己稍稍镇定一些,闭上眼睛,脑子里飞快地搜索着,把倒车的程序默念了几遍。正当他想伸出手时,却发觉手脚都僵硬了,完全不听自己的使唤。

一时间,他方寸大乱。正在这时,他听到车底下传来一声微弱的呼喊:"救命……"

黑牛全身一震,一咬牙,打开车门跳了下去。往车底下一趴,只见底下躺着个老汉,正拼尽全力仰起头,伸出一只血淋淋的手在喊:"救命……"

老汉全身血迹，恰好躺在前边的左轮后。黑牛一看之下，浑身冰凉冰凉的，刚才只要自己稍往后倒一下，这老汉肯定就成一张肉饼了。他也来不及考虑了，伸出手要把老汉拉出来。没想到，老汉的手忽然一翻，竟然死死地扯住了他的衣袖。老汉两眼怒瞪，眼神充满了怨恨，猛地喊了一句令人心惊胆战的话："你别跑，我做鬼也不放过你！"

这一喊，黑牛的心反倒定了下来，头脑也清醒了许多。他既不挣扎，也不喊，任那老汉抓着自己，平静地说："老叔，你放心，是我撞的你，我现在就救你！"老汉死死地盯住他，渐渐地，眼神缓了下来，手也慢慢松开了。黑牛再也不敢耽搁，把老汉拖出车底，抱上了驾驶室，然后一踩油门，向着城里狂奔。

没到城里，忽然他的手机响了起来。黑牛一手抓方向盘，一手抄起手机，一听还是三舅："黑牛，咋样了？"

黑牛专注地看着前方，回答道："人伤得很重，我现在正把他送去抢救！"

三舅怔了一下，接着怒骂起来："你傻蛋！我叫你倒车，你咋不听？我告诉你，你这么做是错的，以后你就后悔莫及了！"

黑牛说："三舅，有人看见了呢！"

三舅又一怔："谁？刚才你不是说没人看见吗？"

黑牛看了一眼老汉，忽然间鼻子酸酸的直想哭："三舅，被我撞到的人啊，他和你一样年纪！"

电话那头一阵沉默，只听见三舅呼哧呼哧的喘气声，过了一会儿，三舅叹道："唉，我不管你了，选哪个答案，你自己决定吧！"接着，三舅就挂了电话。

"三舅，我选的是正确答案！"黑牛大声说完最后一句，放下手机，脚下加大了油门。

忽然他感到腿上搭着一只手,低头一看,原来是老汉把手放到他腿上:"谢谢你,你、你放心,我就是死了,也不会去……找你的……"

黑牛头上又冒出一层冷汗,想了想,顿时泪眼模糊:"老叔,我不想给自己的良心背一辈子的债,我宁愿给你背一辈子的债,我、我差点就选错了……我只知道,凭良心去选择,永远都不会错的!"

(宾 炜)
(题图:魏忠善)

另一种报答

俗话说得好，有啥别有病，没啥别没钱。大山十年前还是个百万富翁，可自从儿子生了怪病之后，口袋里的钱就像自来水一样哗啦啦流了几年，终于流成了一个穷光蛋。房子卖了，车子卖了，最后连值钱的家具首饰也拿去当了，好歹救回儿子一条命。可接下来还得用药物治疗一段时间，费用大着呢。

这天一大早，大山就到街头去揽零工。他在寒风中饿着肚子坚持了半天，终于等来了一个年轻的女人，说要改造一下卫生间，问大山会不会弄。大山忙不迭地说会会会。

女人又左右瞧了瞧，问要不要再找一个人。大山慌了，连忙给她拍胸脯:"这点活我一个人干就行了,最多两天就好!"

女人一笑,把他带到家里。大山估算了一下,再次保证说两天内一定完工,之后和女人说好工钱,就准备给她写下要买的材料。

女人挺热情,招呼他在气派的沙发上坐下,还端来一杯水,让他慢慢写。大山喝着水,无意间发现茶几上放着一封信,上面收信人的姓名写着"刘元宵"。

大山一怔,眼睛立刻定格了,这个名字好熟悉呀!他把目光往下移,当看到寄信人的地址时,他的心猛地一跳,这个山西的地址他肯定见过。闭上眼飞快地在脑海里搜索一遍,大山差点喊出声来,这个地址他不但见过,而且还亲手写过多次。写在哪儿?写在一张张的汇款单上。

十年前,大山有钱的时候,曾资助过十几名大学生。每次汇钱,他都不肯留下自己的真实姓名和地址,在汇款人一栏里,总是填一个"吴需报"。大山取这个假名字的用意,就是想让受帮助的人明白,不必知道他是谁,自己也不希望他们来报答他……

大山竭力使心情平静下来,抬头问那个女人:"您爱人叫刘元宵吗?他老家是哪里的?"

女人点点头,说:"是呀,他老家在山西农村。"女人还说,老公以前家里特别穷,差点上不了学,现在,老公在某个局里上班,总算熬出头了。

大山的心又是猛地一跳,真是太巧了,自己竟然遇到了一个当年受他资助的大学生。对这个资助对象,大山的印象还特别深,因为他的名字特别好记,而且从他上高中时就开始资助了,整整七年时间,大山已经记不清填过多少张汇款单了。

大山不禁四处打量起这个屋子,看得出来,这是个富裕的小家庭。女人有点奇怪地问:"怎么,你认识他?"

大山忙说:"不不不,我只是随便问问。"说着,低头飞快地在纸上列好需要的材料。正要告辞时,女人的老公回来了。刘元宵十分年轻,一副意气风发的模样,让人一看心里就有种感觉:嗯,这人一定活得很滋润!

刘元宵跟大山说了句客套话:"师傅,那请你多费心了。"大山张了张嘴巴,想说点什么,结果还是没说出来,扭头匆匆走了。

回到家,大山一口气啃了三个大馒头,咕嘟咕嘟灌了一肚子水,一抹嘴巴,把遇上以前资助学生的事对老婆说了。

老婆一听,疲惫的眼睛里顿时闪出一丝光亮,她盯着大山的脸犹豫地说:"咱们现在这么困难,他家要是过得好,能不能找他……咱们不说要他还,也不说报答,只是、只是……"

大山耷拉着脑袋,抓了抓头,这事儿太为难他了。怎么找?难道就明明白白地告诉他,自己就是资助他的吴需报,然后请人家帮自己渡过难关吗?他以前用这个名字,意思明摆在那儿,现在要是找上门去……大山心里就像有道坎似的,迈不过去。

大山闷声不响想了半天,抬起头坚决地说:"不行,我就是去借,也不能去找人家要。"

老婆长叹一声:"你到哪儿去借?"大山立刻又耷拉着脑袋不吱声了。是啊,这几年,他们把能借的地方都借遍了,也把能借的人都借怕了,哪还有什么地方可借?

第二天一早,大山带上工具去刘元宵家,进了门,他默不作声,只顾低头干活。两天不到,活儿就干完了,却没再见过刘元宵。女人说,老公总是那么忙,一天到晚都不在家。这女人倒是不错,不但端水递烟,还管了他两顿午饭。

拿了工钱出来，大山忍不住又回头看看，心里百感交集。刚好女人开门出来，问他："师傅，还有什么事吗？"大山忙说没事，掉头走了。

过了几天，大山的难关眼看马上又要来了：再过半个月，就得带孩子上医院检查，加上买药，需要好几千块，可他手里攒的钱还不够一半呢。为此，夫妻俩整天愁眉不展。

这天老婆出去借钱，晚上两手空空回来，饭也吃不下，抹着泪冲大山哭："为了咱们的儿子，你就去找我那个刘元宵吧，算我求你了！过去你捐这个，帮那个的，我从来不说半句，现在轮到你需要帮助了，怎么就……"

大山盯着一旁的儿子，一咬牙，说："别说了，我去找刘元宵。"

天亮后，大山径直就往刘元宵家走去。谁知到了门口，他又犹豫了，在门外徘徊了半天。最后，他硬着头皮伸出颤抖的手，在门上"咚咚咚"轻轻敲了三下。敲完他想，如果里面没人，我就走了。

可门立刻就开了，女人一看是大山，有点惊讶地问："师傅，是你呀，有什么事？"大山的脸涨得通红："有……嗯嗯，没有。"女人呵呵一笑，打开门请他进去。

大山坐下一看，还是没见刘元宵。女人说，刘元宵出差去了。说着给他端来一杯水，笑着问他："师傅，你有什么事呀？"不知咋的，大山心里一下子虚了，他支支吾吾地说："没事，没事，我、我先走了。"说着站起身来。

女人奇怪地看着他："师傅，你一定有事吧，有事你就说嘛！"大山挠挠头说："我刚好路过这儿……"情急之下，他撒了个谎，说这两天找不到活，就想来他们家看看还有什么活。

女人"哦"了一声，想了想说："我家现在没有什么活要干的，不过你可以留个电话,一有活我就通知你。"

大山现在哪有什么电话,他在纸上写下了自己的地址,女人提醒他还得留个名字。大山拿笔的手抖了几下,如果在这儿写下吴需报这个名字,也许刘元宵就会知道他是谁了。想是这么想,写完了一看,还是清清楚楚写成了自己的大名吴大山。

大山回到家,老婆迫不及待地问他:"跟刘元宵说了没有?"大山在路上早想好了,说:"没见到他,不过我已经告诉他老婆我是谁了。他老婆说,等老公出差回来,就跟他说。"

老婆怔怔地望着窗外,喃喃自语道:"希望这个人有点良心,知恩图报,反过来能拉我们一把。"

过了两天,老婆出去摆夜摊了,大山在家正就着开水啃馒头。忽然门外走进来一个人,大山一看,不由得又惊又喜,来人居然是刘元宵。

大山一下子站起来:"你……你……来了!"刘元宵笑着说:"大山师傅,我今天刚到家,听老婆说了你的事,一想我们局里刚好有点活要找人干,我就顺便来通知你。"

大山一听,不禁大失所望。他还以为刘元宵认出了他的笔迹,猜出了他是谁,特意找上门来呢。

刘元宵站在屋里,四处打量一番,又看看一脸病容的孩子,问道:"这孩子怎么啦?"

大山长叹道:"别提了,说出来你也许不信,我以前,也算是个有钱人。"接着,他就把因为给孩子治病而变成今天这个地步的事说了出来。

刘元宵听了,果然十分惊讶,连连感叹。大山一边说,一边注意他的神色:"我以前有钱的时候,也做过不少善事,资助过不少大学生,唉,没想到自己今天会变成这样。"

大山眼巴巴地盼着刘元宵接过他的话头,说说以前家庭贫困接受资助的事,这样一来,也许说着说着刘元宵就明白了,眼前的人就是当年资助他的人。可刘元宵一句也没提自己以前的事,只是安慰他几句,匆匆地走了,叮嘱他明天就去干活。

大山望着他的背影,张着嘴巴,想喊,最终还是没喊出来。他狠狠地给了自己一巴掌:"算了,算了!就当我们没遇上吧!"

忙乎了两天,大山把活干完了,刘元宵亲自把工钱交给他,并且说以后一有活就会通知他。大山叹了口气,回家了。

一回到家,儿子就举着一张纸冲他喊:"爸,有人给咱们寄钱了!"

大山一愣,从儿子手中接过一看,天哪,竟是一张汇款单,数额是一万元,汇款地址就在本市。再看汇款人的名字,他不由得大吃一惊,上面赫然写着"吴需报"。儿子说:"爸,附言栏里还有字呢。"

大山仔细一看,上面写着几行小字:吴需报不是我,他资助了我七年,而我却没有办法报答。我想用他的名字帮助你,算是对他的一种报答吧。

(宾 炜)
(题图:谭海彦)

谁也别忘记

俗话说：树有根，事有因。可是最近，住在市区文化路的张建却碰到了一件没头没脑的事情。到底是啥原因呢？事情还得从头说起。

张建今年三十多岁，当年他鲤鱼跳龙门，考上大学，从山沟里走了出来。毕业后，张建在市里找了工作，成了家，再加上父母去世得早，渐渐地就和老家断了联系。这些年，张建拼命工作，可还是蜗居在三十多平米的老房子里，为此，妻子经常和他怄气。前段时间，张建一咬牙，决定砸锅卖铁买房子。

这天，张建正在一个刚竣工的楼盘看房子，不知道从哪里跑来一个民工，一把拉住他的胳膊，惊喜地叫道："你是建娃吧？刚才我还不敢认哩!这一晃都多少年了!"张建一愣,只见那人模样脏兮兮的,他用力甩开胳膊,后退几步,说:"你是谁?"那人笑道:"你牛明哥啊,忘了没?"张建仔细一瞧,终于想起来,是老家村西头的。他连忙点头,表示认出来了。

牛明顿时高兴得哈哈大笑,突然他想到什么,一把将张建拉到旁边,悄声说:"买房子吗?我告诉你,房子的好坏你别问开发商,他们打死不会说真话;更不用问建筑商,人家死老鼠也说是活大象!这里面有门道儿哩!"张建一听,疑惑道:"那问谁?"牛明用手指了指自己。张建说:"问你?"

牛明点点头:"是哩,问建筑工人!楼里用多少钢筋,有多粗,混凝土比例多少,量足不足,咱盖得多,心里清楚得很!"张建想想还真是,就来了兴致:"好,牛明哥,就听你的,咱不要楼脆脆,楼歪歪,楼倒倒!"

于是,两人东奔西跑看了不少楼盘,这些楼盘都是牛明和老乡们以前做过活儿的。不久,张建终于挑选到了一套满意的房子。牛明告诉他:"建娃啊,这房子的质量我可以打包票的,你就安心过好日子吧!"张建却心想:这房子好是好,但超出了原先的预算,这下首付就成问题了!接下来的几天,张建是求爷爷告奶奶地到处借钱,可还差了两万多哩!咋办啊?

这天,张建愁眉苦脸地正准备出门,远远地就看见有个人正在向邻居打听什么。他走过去一看,那人不是别人,正是老家的牛明。

见张建来了,旁边的人忙指着他说:"这不是你找的人嘛!自个儿来了!"牛明转过头一看,喜出望外地扑过来,又是激动又是责怪道:"哎呀,建娃啊,总算找到你了!你看你,那天走得急,连你住哪里都没告诉我。幸好我听你说过什么文化路,只得一座楼一座楼挨个儿打听过来。"

张建这才注意到牛明胡子拉碴的,满头都是大汗,连忙不好意思道:"都怪我,都怪我!"话还没说完,牛明抢过去又说:"还怪啥,这不是找到了嘛!咱赶紧说正事吧!"张建好奇道:"啥事啊?"牛明不回答,却低下头,把手伸进怀里摸索了好一阵子,才从里面摸出个信封递给张建。见张建一脸的莫名其妙,牛明又笑道:"自己打开看看!"张建打开一看,顿时愣住了,里面是一沓钱!

张建疑惑地看着牛明,牛明笑呵呵地说:"还愣啥?都是给你的!可不是我一个人出的,这是咱村十二户人家专门托我转交给你的,一户两千,总共两万四。都知道你要用钱哩!你点点!"张建更糊涂了,心说:自己和老家多少年都没联系了,这平白无故地送这么多钱来,到底是为啥啊?

牛明看出了张建的疑惑,抬手拍着他的肩,说道:"甭瞎琢磨了,这钱本来就是属于你的,大家给你存着哩,你就安安心心地用!对了,这是十二户人家的名单,你收着,我得赶紧去工地干活儿了。"说着,他递给张建一张纸条,便转身急急忙忙地走了。张建摊开纸条,只见上面用不同的笔迹写着十二个名字,每个名字的上面还按了手印!张建稀里糊涂地捧着钱站在那里,百思不得其解。等他回身上楼的时候,才想起来,自己还没请牛明哥到家里坐坐呢。

这些钱就像及时雨啊,虽然疑惑,但张建还是忍不住把钱用上了。他心想:日后再还上不就行了?这下问题都解决了,张建放心了,妻子看他也越来越顺眼。可是,没多久,张建又碰到了一件莫名其妙的事情。

这天下班,张建刚走到大门口,门卫大爷就冲他高声喊道:"哎呀,张建啊,乡下有亲戚就是好啊!咱城里最缺的就是绿色无害的粮食,你快过来看看,人家整整送来六大麻袋啊!"

张建连忙走进门卫室,一看还真是,一袋袋整齐地码在那里。他愣愣地问道:"真是给我的?谁送的啊?"门卫大爷一摊双手说:"这我哪能骗你啊!一个胡子拉碴的农民用车子推来卸在这里的,说得清清楚楚就是给你的。这不,他还留了个纸条。"

接过纸条一看,张建明白了,又是牛明送来的!纸条上依旧写着十二个名字,按着十二个手印。张建仔细看了一眼名字:第一个是张喜来,住在村西,自己应该叫他叔;第二个是牛四清,住在村东,应该管他叫三哥……看着这一个个名字,张建的脑海里立刻浮现出他们的样子,一瞬间,他突然觉得特别亲切。可是,自己已经很多年没回去了,不知道他们现在都什么样了啊。

这天晚上,张建一夜无眠。第二天一大早,他就急急忙忙地买了回老家的车票,心想:自己应该回去一趟,问个究竟。经过几个小时的颠簸,张建终于回到了离开多年的老家。一下车,他发现村子里已经模样大变,土瓦房全换成了小楼房。

张建第一个敲开牛明家的门。一看是张建回来了,牛明先是一愣,接着兴冲冲地说:"哎呀,喜来叔说得没错,你真回来了!"张建一愣:"喜来叔知道我要回来?""是啊,不知道为啥,但他跟我说过!走,咱干脆都到喜来叔家,一块儿喝一盅。"

一见到张建,喜来叔高兴得不得了,一个劲儿拉着他的手不松开。几个人热热闹闹吃了饭,张建早已迫不及待地想把这些日子以来的疑问弄个水落石出,便问道:"喜来叔,咱村里又是给我送钱,又是给我送粮的，这到底是为啥啊？我感激乡亲们对我的这片心意，但也得弄个明白啊！"

喜来叔一副不以为然的表情，缓缓说道："感谢啥啊，那是你应得的，本来就是你的嘛！"见张建还是满脸疑惑的样子，才又说，"我这话可一点不假啊，这钱啊粮啊都是你家集扇儿集出来的，我们本就该给嘛！"

张建听糊涂了："集扇儿？啥叫集扇儿啊？"喜来叔愣住了，突然想到什么，连忙说："你还不知道？我以为你知道哩！哎呀，我好好给你讲讲吧！咱农村啊，以前家家困难，逢大事，像红白事儿啊盖房子啊，单凭一家拿不下来，于是，几家十几家就联合起来。你家办事，别家就无条件添米添面添物件添人手，等下一家办事，别家一样办，等这些人家的事儿都办完，就算集完一扇儿。有话说得好嘛：'集扇儿，集扇儿，集一个圆儿，集一个圈儿，家家户户都过坎儿！'咱这十二家就是集了一个盖房扇儿，你爹娘去得早，其实啊，他们早把别家的集完了，大家都等着给你集哩！建娃啊，我说这是你应当收的，不错吧？"

张建听喜来叔慢条斯理地说完，恍然大悟似的点点头，然后看看一边的牛明，说："所以，牛明哥看到我要买房子，就立马回来跟大家说了，大家就赶紧又是送钱又是送粮还我这个扇儿？"牛明点点头："那是哩，大家都惦记着哩，咱吃了你家的扇儿，咋能不还？那可不是咱村里人的做法儿啊！"

张建突然又觉得不对劲，他皱着眉头说："喜来叔，那也用不着给这么多钱和粮啊？"喜来叔笑了："咋啦？俺们都还嫌少，觉得对你不公平哩！那时候的每家一百块钱、30斤粮，你算算，现在物价涨了多少倍？"

听完这话,张建感慨不已。他长长地舒了一口气,看看满头白发的喜来叔,又看看胡子拉碴的牛明哥,动情地说:"大家都惦记着我,惦记着这件事,我已经过意不去了。那些粮我收下,钱我还得送回来!牛明哥,你早就应该跟我说明白啊!"

"是我不让牛明说的!"喜来叔突然抬高声音打断了张建的话。

"为啥啊?"

"为啥?要是说明白了,你今天还会回来这一趟吗?建娃啊,多少年了,虽说你爹妈去世得早,可这里是咱的家咱的根啊!大家没忘你的扇儿,你也不能忘了家啊!没事的时候,多回来走走啊,要不都生分了!"

张建愣住了,他细细地品味着喜来叔的话,重重地点了点头。

(冯海鹏)
(题图:谭海彦)

我们一样爱他们

  天堂村小学地处偏远山区，交通不便，偶尔才有慈善家跑来捐款。每次，全校师生都会倾巢出动：学生们站在山岭上，手舞野花一路欢迎；而校长方子儒会亲自带队，用一个树藤扎成的土轿子抬客人上山。

  这天，天堂村小学迎来了一个特别的客人。这个年轻人不声不响，独自走了两个小时的山路。由于道路崎岖，他沿途还摔伤了膝盖。当他一瘸一拐地出现在方子儒面前时，完全没有了城里人的光鲜形象。

  "对不起！"年轻人显得有点尴尬，"我……想资助你们10名特困生。"

  方子儒非常高兴。这里是全县出了名的贫困乡，这送上门来的好事，正求之不得呢。可是，他为什么要说对不起？方子儒殷勤地招呼道："要不，您先洗漱一下？我让学生们列队欢迎？"

年轻人慌乱地摆摆手："千万不要……我不想耽搁，捐了款就走！"

方子儒点了点头。

15分钟后，方子儒恭敬地送上了一份资助名单。

年轻人看也没看，说："校长，我想您误会了！"

方子儒愣了愣，以为他突然变了卦，着急地说："可是，这是我们千挑万选出来的学生。他们品学兼优，将来一定是国家的栋梁之材！"

年轻人沉默了一会儿，说："校长，我能亲自挑选资助对象吗？"

"当然！"方子儒长舒了一口气，"这是您的权利！但……他们绝对是最好的学生！倘若您不信，可以翻看他们往年的成绩单！"

年轻人笑了："我当然相信，但请给我所有贫困生的名单！"

方子儒虽然感到奇怪，但还是找来了所有30名贫困生的名单。年轻人要了一张白纸，小心地撕成一张张小纸条。然后，年轻人开始在纸条上写上每一个贫困生的名字，写完一张，就揉成团丢在一个盘子里。

方子儒终于看出了端倪，疑惑地问："您……是想抓阄决定资助的对象？"

年轻人点了点头："是的，我觉得那样才公平！"

方子儒着急地说："不行，那样您会不小心抽到坏孩子的。他们生性顽劣，整天爬树打架，几乎每门功课都考不及格！"

年轻人停下手中的笔，问："那他们逃过学吗？"

方子儒想了想，说："这……倒没有！他们只是功课不好，其他，没什么两样！"

年轻人坚定地说："在我眼里，从来没有一个坏孩子，我们一样爱他们。谁又能知道，调皮捣蛋的孩子将来一定不会有所作为呢？他们一样天真无邪,他们的心里一样编织着最美丽的梦想……"

3分钟后,年轻人抽出了10个名字。果不其然,其中有4名学生原本不在方子儒的推荐之列。

方子儒执意要举行一个公开的捐赠仪式,这是学校的惯例。年轻人却摇了摇头,说:"校长,能否替我向其他的20名贫困学生道歉?"方子儒的脸上满是惊愕,以为自己听错了。

年轻人的眼睛有些湿润,满怀歉意地说:"对不起,我还没有能力资助所有的贫困生。他们之所以没被选上,并不是不够好,只是运气差了些!总有一天,我会回来弥补他们的遗憾。"

年轻人没有告诉校长,在15年前的一个穷山沟,他也是这样幸运地得到一位老华侨的捐助。当时,他是村民眼中不折不扣的坏孩子。可是,老华侨的一句话改变了他的一生:"在我眼里,从来没有一个坏孩子,我们一样爱他们!"

(张春风)
(题图:安玉民)

永远的白房子

最后一位旅客

阿良在省建筑设计勘察院工作，这天刚上班，就接到一个出差任务：他参与的省西北地区兴建大型水电站的项目，遇到点难题，要他前往协助。接到任务后，阿良简单收拾收拾，打了辆的士，直奔省城长途汽车站。

等阿良买了票，上了车，发现车里差不多坐满了，只剩下最后一排的两个座位，阿良拎着包，走到最后一排。刚坐下，车就开了，不久，汽车上了省道，只要再上高速，四五个小时就到目的地了。这时，阿良透过挡风玻璃，远远看见一辆警车闪烁着警灯停在一个丁字路口，车旁站着两个警察。眼见大客车驶近，其中一个警察举起手，示意大客车停下。

大客车慢悠悠地停了下来，就在阿良感觉意外的时候，从警车的后座上下来一个剃着光头的男子。光头长得人高马大，背着个大大的帆布包，手里还拎着个旧提包。光头下车后，先给警察鞠了个躬，然后同警察握了握手,一转身上了大客车。

这时,满车的人都明白过来了,车停在这里,是要接一个刚刚刑满释放的囚犯!其实,这是省监狱和长途汽车公司正在搞的"手拉手"共建活动——免费接送刑满释放人员重返家乡。

光头一上车,阿良不由得紧张起来,眼下,满车就剩下他身边这个空座,果然,光头上车后扫了一眼,就径直向车后面走来。事已至此,阿良只好主动把自己的包从空位上拎起,光头走过来,一点也不客气,一屁股就坐了下来。

客车调转头,重新上路,有些乘客闭起了眼,打起了瞌睡,阿良虽无睡意,可身边坐着这么一个人,多少有些别扭,便也跟着把眼睛闭上了,也算是"眼不见为净"吧。

车摇摇晃晃地开了半个多小时,阿良实在睡不着,就把眼睛睁开了,一扭头,发现身边的光头男子,正满脸兴奋地盯着他看,四目对视,阿良只好尴尬地点点头,主动问道:"瞧你这么年轻,没犯什么大事吧?"

不料,那光头神情立刻严肃起来,小声地说:"其实我杀了人。"

见阿良满脸惊讶,光头赶紧补充道:"我是过失杀人,是无意的,唉……"

见光头言语很朴实,说的几句话又都情真意切,阿良不由得来了兴趣:"大哥,能说说你是怎么犯事的吗?"

光头叹了口气,一五一十把过去的事说了出来……

光头名叫王大远,五年前,他和刚结婚不到一年的妻子,用起早贪黑挣的那点钱,加上外借的几万块钱,盖了栋新房子。新屋落成这天,按照风俗,要叫上一些亲朋好友来"暖房",王大远就在院子里摆了四桌酒席,招待前来道贺的亲朋好友。因为高兴,大家就多喝了几杯,其中一个朋友叫二狗子,喝高了,醉醺醺地说,王大远的新房子气派归气派,但风水不太好,两扇后窗冲着江水,这要分流福气和财气的,还会使夫妻不和。

大喜的日子,一听这样的话,王大远自然很不高兴,借着酒劲,两人就争执起来,接着便大骂起来,之后又跌跌撞撞地推搡起来。王大远的妻子赶紧过来拉他,王大远脾气素来很大,他一把推开妻子后,又猛地一使劲,把二狗子摔倒在地。因为刚盖完房子,院子里到处都是石料,二狗子倒地的时候,后脑勺正好顶在一块凸起的石头上,脑骨破裂,白眼一翻,人当场就没气了。就这样,王大远盖好了房子,一天没住,就因为过失杀人,进了监狱。

王大远说完这些,沉默了一会儿,眼神突然充满了十分愉快的光芒:"兄弟,你不知道,我虽然没住过我那新房子,但它是我的恩人,这五年,我在监狱里,熬啊熬,熬不下去的时候,心里就想,自己盖的房子一天没住,这辈子就白活了,无论如何也要熬下去!现在我终于熬出头了,我最大的心愿就是在自己的那栋房子里,安安心心地和我媳妇儿过小日子。"

阿良听了,不住地点头,末了,他顺口问了一句王大远住在哪里。

王大远连忙说:"就在临河区,我那房子特意安了个后窗,站在后窗前就能看到后面的江水和江对岸的青山,可美了!"

听到王大远说出"临河区"这三个字,阿良的嘴巴顿时张得大大的,心凉了半截——原来,临河区因为靠近江边,正好是这次水电站扩建的主要拆迁区,几个月前,阿良就看见那片区域的各种建筑陆续被夷为平地。想到这里,阿良赶紧问:"对了,王大哥,你这次回来告诉你妻子了吗?"

王大远乐呵呵地说:"去年年底的时候,我媳妇儿来探监,我告诉她说,一年后我就可以刑满释放了,她当时很高兴,说一定要好好把家里收拾收拾,迎接我回去。眼下,因为我服刑期间表现好,政府提前半年把我释放了,我就没告诉她,想给她个惊喜。"王大远说这番话的时候,一副眉飞色舞的表情。

阿良试探着问:"你没打招呼就回去,假如你的房子拆了……"

王大远一听,立刻急了:"怎么可能!房子盖了才五年,咱们那里哪一栋房子不住上个几十年的?再说,我媳妇儿答应我了,说新房子我一天没住过,她一定要好好收拾,让我回去住得舒舒服服的。"

见王大远满脸自信、满脸向往,阿良就不好再说什么了,他偷偷掏出手机,给水电项目组的一个同事发了个短信,询问拆迁区的房子拆得怎么样了。

短信很快回复过来了,阿良迫不及待地打开短信,可一看,心头更加沉重了,话很简短:"早拆完了,一片荒芜……"

看着眼前王大远兴奋得手舞足蹈的样子,阿良心事重重,他简直不知道该怎么对王大远说才好,犹豫来犹豫去,最后,阿良心想:算了,还是不告诉他了,哪怕让他多开心一分钟也好,毕竟过去五年里,除了妻子外,这房子是他生活中最重要的一个支撑……

半路杀出程咬金

汽车开了两个多小时,王大远的情绪越来越高涨,他一会儿看看窗外,一会儿又开心地搓搓手,高兴得跟个孩子一样。见到这情形,阿良却多少有些顾虑,是的,再过两个多小时,王大远就会亲眼看到一个残酷的事实……

就在这时,汽车拐进了高速路边的一个休息区,接着,司机招呼大家下车休息、吃饭,不愿意下去的就待在车上。

王大远本来不想下车,阿良把他劝下了车,两人来到休息区的快餐店,随意点了几样小吃,吃饭的时候,阿良问:"王大哥,要不要喝点酒?"

王大远连忙摆手:"我在监狱就发过誓了,从此以后不再沾那东西了,酒可毁了我啊!"

两人边吃边聊,阿良对王大远说:"王大哥,你不知道,过去这几年临河区变化大着呢,造起了很多高楼大厦,你到时找不到怎么办?嫂子她有电话吗?"

果然,王大远一听这话,就开始翻提包,边翻边说:"我媳妇为了省钱,没舍得装电话,她说一个月光月租就要一二十块。她上次探监的时候,把我们邻居家的电话号码告诉了我,说如果有事就打电话找她。"说着,他从提包的夹层里翻出一张皱巴巴的纸。

号码不长,区号外加七位数字,阿良飞快地瞟了一眼,然后默记在心,趁王大远不注意,他赶紧掏出手机,把那个电话号码记下了。

一会儿,两人吃完了,忽然,从快餐店的服务台后面走来一个女人,面容憔悴,没精打采的,她端着盆汤,走向阿良这边,刚走到跟前,女人眼睛忽然瞪大了,接着,她做出了一个惊人的举动,把手中的汤狠狠地泼向坐在对面的王大远!幸好王大远一直注意着这个女人,眼见汤泼来,连忙跳了起来,即使这样,裤腿上还是被泼湿了一大片,王大远气愤地说:"三丫,你想干什么?"

阿良没想到这个叫三丫的女人居然和王大远认识,显然,三丫情绪失控了,她暴跳如雷地嚷着:"王大远你这个杀人犯,你还有脸回来?"

王大远一听这话,脸上陡然变了色,手中的筷子"啪"地扔在桌上,阿良一见,不由得紧张起来,他赶紧伸手去拉王大远。也许是阿良伸手这一拉起了作用,王大远的情绪控制住了,他叹了口气,说:"三丫,其实你知道我和你们家二狗子关系不错,那纯属是失手,为此,我也付出了五年的代价。现在,我只想回到家里,安安心心地住我的房子,和我媳妇一起过小日子……"

没想到三丫的情绪丝毫没有缓和,她冷笑着说:"你还想安心地住你的房子?房子早被政府拆得一根毛也没剩。实话告诉你吧,再过两个月,不仅你的房子没了,整个临河区都要沉到水底去了,你还在这做白日梦,真是可笑!"

王大远一听这话,有些急了:"不可能!"

三丫见把王大远惹急了,更加来劲,阴阳怪气地说:"对了,王大远,你盖那房子还欠了人家不少钱吧,这几年可苦了你媳妇惠芬啦,她忙着挣钱替你还债。你不想想,一个女人挣钱可不容易,不过以前你老婆的相好黄油条,现在是混出来了,成了企业家啦,手里有几千万,惠芬可没少从他那里弄钱使啊……"

一句话说得王大远勃然大怒,他大喊一声:"三丫,你再满嘴喷粪,别怪我不客气!"说着,他就要冲过去。俗话说"骂人不骂短,打人不打脸",原来,王大远和妻子惠芬结婚之前,确实有个外号叫黄油条的混混,死缠烂打,猛追了惠芬一段时间,不过惠芬对他不理不睬,而且很快嫁给了王大远。可谁能想到,这几年,黄油条靠倒腾江里的黄沙,居然很快发了家,现在手下有几十条沙船,又开了几个工厂,是远近闻名的大款。后来,黄油条一见王大远,就一边摆阔,一边挖苦,而见了惠芬,就立刻挤眉弄眼地献殷勤,弄得王大远又气又怕又尴尬。在监狱里这五年，他最担心的就是黄油条这个人，毕竟现在的黄油条有钱有势，惠芬又是一个人过日子，所以，三丫一提这事，正好捅到了他的痛处，情绪再也控制不住了……

阿良一见王大远有些失控，赶紧死死抱住了他，可王大远还是横眉竖眼、不依不饶，拼命往三丫扑去。眼见事情闹开了，快餐店里又走出一个女人，不由分说，把三丫推到了服务台后面。

过了一会儿，这女人又走了出来，她是二狗子的姐，为人心善。她来到王大远面前，说："大远兄弟，你出来了就好，别听三丫乱说，其实你们家惠芬好着呢，这几年她可是吃尽了苦头，什么苦活累活都干，就等着你回去团圆呢。"

王大远感激地看着眼前这个女人："大嫂，其实我知道我对不起你们刘家，当时我一失手，让你们家二狗子他……"

女人一听，眼圈立刻红了，她说："都是过去的事了，虽说二狗子没了，我们日子过得也还不错，就是三丫总也忘不了二狗子。你知道的，他们夫妻俩感情一向好得很，这二狗子没了，我们劝三丫改嫁，她死活不肯，还常常一个人偷偷落泪。我没办法，索性带着她到这里打工卖饭，所以她乍见到你，说了些不该说的，还泼了一身汤，大兄弟，你也别怪她。"

王大远低声说："我不怪她，我有什么资格怪她呢？要不是我当初犯浑，大家的日子都比现在要过得好。"说到这里，王大远鼓足勇气问道："对了，三丫说咱们临河区都被政府给拆了，是不是真的？"

那女人刚想张嘴，阿良赶紧偷偷朝她眨了眨眼睛，又微微摇了摇头，女人反应很快，连忙说："哦，是要拆，不过那么多房子，也不是说拆就能拆的，三丫说的那是气话，你那房子应该还好好地立在那儿呢……"

就在这时,司机开始招呼大家上车,阿良一见,赶紧趁机把王大远扯上了车。

希望破灭之后

再次上车后,王大远的情绪低落了许多,刚才的那种兴奋再也看不到了。过了一会儿,他问阿良:"兄弟,你刚才说你去过我们临河区几次,你说说,我们家那里到底要不要拆?"

阿良想也没想就摇头:"怎么可能?我几个月前去,还高楼大厦的,好着呢。"

王大远苦笑着摇摇头:"我知道三丫刚才说的那些话有的是气话,但有些肯定不是,也许……"

阿良抢过话茬说:"也许什么?你要记住,现在最重要的是你回去和嫂子团聚,房子总归是第二位的。"

听阿良这么说,王大远就沉默起来,瞧这样子,阿良多少能猜测出王大远的一些想法。看来,他有些相信自己的房子已经不在了,而且自己的妻子也许真的和那个叫黄油条的人有些瓜葛。

两人就这么沉默着,过了一会儿,王大远从包里翻出一张纸,递给阿良,说:"兄弟,也许……我一开始就不该回来,我在监狱里表现得好,出来前,政府帮我在省城找了份工作,我当时还有些犹豫,到底去不去?现在看来,假如房子被拆了,我倒真不如一开始就直接去这家公司上班呢。"

阿良听了,心里不是滋味,这时,他突然想到自己刚才留下的那个电话号码,心里立刻想出了一个办法。他拿出手机,给水电项目组里的一个朋友发了条短信,把刚才那个电话号码发给了他,让他务必打通电话,找到那个叫惠芬的女人,告诉她,她男人王大远已经刑满释放,让她无论如何也要到车站去接他。

车往前开着,那个朋友回了条短信"好的",之后,就再也没有回复阿良了。眼见车子离城区越来越近了,阿良急得不行,他几乎每分钟都要掏出手机看看,最后,那条迟来的短信终于到了,阿良赶紧打开,一看,不由得傻了眼:"兄弟,你在开玩笑吧?这是拆迁区的电话,房子都拆没了,电话打不通,我上哪里去找人?这个忙我实在帮不上,对不住了。"

阿良一看最后一线希望破灭,没办法,只能硬着头皮,等着那个谁也无法预料的结局。

不多一会儿,汽车驶进了城区,透过车窗,阿良远远看见,前面路西那片城乡结合部果然已经变成了一堆断砖残瓦。显然,身边的王大远也看到了,他紧张地看着窗外,喃喃地说:"三丫说的是真的,真的拆了,我的房子没了?什么都没了,房子拆了,可惠芬她为什么不告诉我呢?她该告诉我的啊!"

见王大远一副疯疯癫癫的样子,阿良赶紧解释说:"王大哥,这一片是政府拆迁的,因为咱们这里要建一个大型水电站,等水电站建好了,将来这一片都会被水淹没的,所以就都拆了。不过拆迁后,这里的居民都能住上新楼房,比原来的房子要好很多很多,而且还有一笔不少的拆迁费呢……"

王大远突然激动起来,悲伤地说:"怎么会拆呢?还是新房子啊,我一天都没住过啊!"说着说着,王大远盯着高速路边的一个广告牌,呆住了,那是一个年轻企业家的头像,西装革履,很有风度,身旁是他代表自己的企业向各界人士问好的大幅标语。

王大远傻傻地看着那头像，对阿良说道："你看看，这就是那个叫黄油条的人。"说完，他低下了头，"吧嗒吧嗒"开始落起了泪。看来王大远心中的底线完全崩溃了、塌陷了、毁灭了——是的，房子拆了，又见到这么一个广告牌，再加上三丫刚才说的那些话，一个经受了五年牢狱之苦的男人，怎么扛得住这一切呢？

阿良一见，再也不忍心往窗外看了，跟着王大远把头低下来，然后伸出一双手，在王大远的肩上抚摩着，安慰着这个可怜的男人，这样的姿势，两人一直保持到车子进站。

车停稳后，前面的人陆续下了车，王大远却呆呆地坐在座位上一动不动，等人走光了，阿良才拉着王大远下了车。

这时，来接阿良的司机主动迎了上来，阿良试探着问："王大哥，要不你跟我一起走吧，晚上我给你找个住处，明天我和你一起找找嫂子？"

王大远摇摇头，勉强笑笑："兄弟，看得出你是个好人，不用了，谢谢你，晚上的住宿我自己能解决，毕竟我是在这里长大的……放心吧，我这次出来之后，想通了很多事，明白了很多事，啥事也都能看得开了，我会好好过日子的，不会再拖累任何人。"

就这样，无论阿良怎么劝，王大远死活不愿意上车，最后，王大远说："我累了，我先到候车大厅休息休息，过一会儿，我去找我以前一个好朋友，他肯定知道我媳妇在哪，你放心吧！"

说完这番话，王大远头也不回，拎着包走进了候车大厅。

废墟中的白房子

阿良闷闷不乐地上了小轿车，小车驶出汽车站，沿着城市大道，朝水电建设工程指挥部快速驶去。

一路上经历了这些波折,阿良心里像堵了块石头,憋得慌,他把头靠在车窗上,木然地看着车窗外的风景。这时,在西下夕阳的淡淡霞光中,阿良远远地看到一座孤零零的白房子,十分惹眼地矗立在一大片废墟中。阿良不由多看了一眼,等车渐渐驶近了,他又看到这座白房子旁边围了好多人,还有好几台大型拆迁机械停在旁边。其实刚才阿良在客车上就曾路过此处,但当时王大远正抱着头在哭,阿良也正低着头在安慰,碰巧没看见废墟中还有这么一座白房子!

阿良指着那座白房子,好奇地问司机:"那白房子是怎么回事,瞧这样子是要拆吧?"

司机漫不经心地说:"哦,那是拆迁区里的一户人家,里面住着一个女人,男人坐牢去了,可能是受了什么刺激,周围的人家都拆了,她死活不愿意拆。其实,这一片的人都是主动响应拆迁的,毕竟这次拆迁后,大家都能住上新楼房,而且还有一笔安家费。可她死活也不同意拆,不仅不拆,还隔三岔五地买些石灰粉,把房子里里外外刷一遍,弄得跟新房子似的,口口声声地说至少要等她丈夫回来住上一夜再拆,可谁知道她丈夫得关到什么时候才能出来啊?所以,水电建设工程的拆迁办按照规定,决定在今天晚上8点,实行强制拆迁,眼下都过7点了,你看看,咱们设备人员全部到齐了,就等着……"

听到这里,阿良猛然明白过来了,这钉子户,不——这白房子里的女人一定就是王大远的妻子惠芬!

想到这里,阿良顿时觉得有股热血直冲脑门,所有的神经都绷直了,因为过于激动,眼泪不由自主地从眼角溢出,他用手背擦了一下眼角,与此同时,他大喊一声:"快停车!"

阿良这句话说得太突然，弄得司机吓了一跳，赶紧踩了急刹车，一阵刺耳的刹车声骤然响起，司机惊慌失措地问："怎么了？"

阿良激动得手舞足蹈的，哪里顾得上解释，他一边抹着泪，一边语无伦次地说："快，快，调头，马上调头，回汽车站……"

此时，司机还没明白是怎么回事，他握着方向盘，疑惑地问："咋了，你落下东西了？"

阿良急了，几乎是吼叫着让司机赶紧调头往汽车站赶，车调过头后，快速向汽车站驶去，车速很快超过了100迈，可阿良还嫌慢。司机见阿良像变了个人似的，可又不敢多问，只能小心翼翼地把好方向盘。十分钟后，阿良又回到了汽车站，由于车速太快，在车站门口，险些撞上了一辆出站的大客车。

阿良顾不上这么多，车一停稳，他立即跳下车，撒开步子，就往候车大厅里跑。已经是晚上七点多了，候车大厅里人不多，可哪里有王大远的影子？阿良心急如焚，来来去去找了好几趟，可死活找不到王大远，再看看表，此时已经快七点半了，真是急死人，离开这里前后也就不到二十分钟，这个王大远能跑到哪里去呢？

眼见人来人往，车进车出，阿良猛地想起，下车前不久，王大远曾掏出一张派遣证给他看，他这才醒悟过来，心想：王大远不会坐车回省城了吧？想到这里，阿良赶紧跑到售票窗口，挤到最前面，问售票员："请问刚才有没有一个光头男人在这买票？"

售票员看了看阿良，没好气地说："有一个，脾气还很横，不知谁招惹他了，本来票都结了，他非要买一张去省城的车票不可，被他折腾得没办法，只好卖给他了。"

阿良赶紧问："这车是几点的？"

售票员看看表:"五分钟前这车就已经出站了。"

阿良一听,二话不说,跑出车站,跳进小车,对司机说:"快,马上右转,沿着城市大道,上高速,咱们要去追一辆去省城的大客车!"

司机愣愣地看着有些疯疯癫癫的阿良,拿不准眼前这个人究竟想干什么。

阿良急了,大吼一声:"时间来不及了,你还愣着干什么?快追!"

司机见阿良这样,只好发动汽车,一脚把油门踩到底,汽车轰鸣着,顺着城市大道,一溜烟地朝通往省城的高速赶去……

最后的幸福夜晚

幸好大客车离开车站后,要经过一段市区的路,开不快,十分钟后,阿良已经能看见大客车的影子了。在阿良的指挥下,小车顺利地超过了大客车,然后打起了双闪,把大客车生生逼停在路边。

阿良跳下车,大客车司机早把车门打开,不高兴地吼道:"你们找死啊!"

阿良根本顾不上理论,他上了大客车,从前往后找,果然在靠近车厢中间的位置发现了王大远,王大远见是阿良,也感到十分意外。阿良不由分说,一把拉起王大远,嚷着:"快跟我下车,你的房子没拆!"

王大远一听,立刻甩开了阿良的手:"兄弟,得了,我认命了,你就不用这么大动干戈地来安慰我了,我又不是三岁小孩……"

听王大远这么说话,阿良顿时愤怒了,他指着王大远大声吼道:"王大远,你还是个男子汉吗?现在,我告诉你,我像条疯狗一样,到车站去找你,开车来追你,就是为了告诉你一件事,我亲眼看到你媳妇为了你,宁愿当一个钉子户,满临河区的房子都拆了,她还在那里挺着,耗着,坚持着,她还念念不忘去买石灰水,一遍一遍把房子刷白,可你呢,连去看一眼的勇气都没有,坐车回来后,连个屁都没放,转身又走了。现在,我问你,你是相信我,相信你媳妇,还是相信那个三丫?"

由于过于激动,阿良说完这番话,已经开始哽咽了,他见王大远还在沉默,更加气愤了:"我告诉你,现在,还有不到二十分钟,你的房子就真的要被拆了,你的媳妇要是知道你本来可以最后看一眼房子,可又放弃了,她是什么感受?而你,肯定也会后悔一辈子的,下不下车——随你便!"说完,在满车旅客和客车司机惊讶、茫然的目光中,阿良猛地转过身来,朝车门走去,毅然下了车。

阿良下车后头也不回,径直朝停在前面的小汽车走去,也就在这时,身后传来了脚步声,王大远拎着包,快步跟了上来,又真诚又抱歉地说:"兄弟,我相信你,我跟你去看看。"

小轿车重新上路,现在,司机多少已经看明白了,不用阿良吩咐,他已经把油门踩到底了,马达剧烈地轰鸣起来……

七点五十五分,车子终于开到了白房子附近,由于到处都是断壁残垣,离白房子还有段距离,车就开不进去了。司机还在看路,阿良和王大远早一把推开车门,朝那栋白房子跑去。

拆迁指挥部的人已经准备动手了,几台挖掘机的大灯都已打开,把白房子周围照得如同白昼一般,人声嘈杂,现场乱哄哄的。

阿良和王大远跑到了白房子前,看见一个头发凌乱的女人,手里拿着一根弯弯曲曲的木棍,像发疯一般,挡在挖掘机前,声嘶力竭地喊道:"不许拆,这房子谁也不许拆!你们要想拆的话,就先开车从我身上轧过去!"

王大远一见,果然是自己的媳妇惠芬,他扔下手中的提包,猛地推开挡在前面的人,上前一把抱住那个女人,大喊一声:"惠芬,我回来了!"

事情来得太突然,惠芬见有个人冲自己跑过来,又一把抱住自己,吓得尖叫一声,可她再一看,终于看清眼前的这个光头男子是谁,她嘴角哆嗦着,突然,"哇"地大哭起来,把手中的棍子往地上一扔,紧紧抱住王大远,旁若无人地诉说起来:"大远,你可回来了,这房子我给你看了五年,每天我都打扫,要是到最后没给你看住,你该多难过啊……这房子,你可一天也没住过啊,盖房子欠人的钱我都还清了,我在江边挖了五年的贝壳,抓了五年的虾,就等着你回来过日子,你再不回来,我怕保不住这房子了,我怕,我真的怕啊……"

王大远一听,也跟着"哇哇"大哭起来,他一边哭一边打自己的耳光:"我犯浑,我混蛋,我让惠芬你受苦了!"

阿良哪忍心看到这样的场面,他扭过头,不住地抹着眼泪,接着,他赶紧找到负责拆迁的队长,把事情说了,央求破个例,让这房子晚点再拆。正当拆迁队长面有难色的时候,惠芬擦干了泪,主动走过来,对拆迁队长说:"队长,我男人回来了,我的要求只有一个,就是这房子等到明天早晨再拆,拆迁费你说多给我十万,我一分都不要……"

拆迁队长一听,惊讶地张大着嘴巴:"晚拆一夜,少了十万,你不觉得这太不值了吗?"

惠芬说:"值,别说是十万,就是一百万也值!"

听了这话,拆迁队长和现场其他几个负责人商量了一下,最终决定暂缓拆迁,让这白房子再保留一夜,于是,拆迁设备陆续撤走了,现场渐渐变得安静下来。

王大远抹着眼泪,走到阿良面前,感激地说:"兄弟,你是我王大远一辈子的恩人,我们两口子永远都不会忘记你这份恩情,对我来说,你今天所做的一切,就像是救了我的性命一样。"

阿良长长地出了口气,然后同王大远抱了抱,又用力地握了握王大远老婆的手,说:"嫂子,你是我见过的最伟大的女人,祝你们幸福!"之后,阿良一转身,走向不远处的汽车,坐车离开了。

车慢慢地开出了一段距离,阿良让司机停下来,目不转睛地看着远处,他在等待着……时间一分一秒过去了,十几分钟后,一片漆黑的夜色中,王大远那座白房子忽然亮起了灯,不仅亮起了灯,阿良还清楚地听到了王大远夫妇的欢呼声,是的,那是白房子里的灯亮了,断了的电重新送回来了!

原来,阿良见白房子的水电早已停了,便赶紧找到拆迁办负责人,把王大远夫妇感人的故事告诉了他,并央求他把断了的电再重新通上,为这一对分离了五年才团聚的夫妻,为这座矗立在废墟中的白房子,送去一夜光明。那个负责人被王大远的故事深深打动,欣然同意了。

阿良下了车,站在路边,望着远处黑暗里的那束灯光,虽然不是很强烈,但在一望无际的漆黑中,是那么耀眼,那么璀璨,那么温暖,是的,白房子,最后一夜,分离五年的重聚,那真是人间最美的风景啊……

(王兴菜)

(题图:杨宏富)

改变不了活着的事实,就改变活着的态度,只要活着,总有希望。

人生·启示篇
rensheng qishipian

一路好运

王老实是个矿工,五十出头。一天早上,他在矿下干活,突然晕倒了。工友们急忙将他送往医院,一检查,是脑血栓。经过抢救,王老实醒了过来,可左半边身体却发麻,医生说这是偏瘫的病症。

王老实傻了眼,他之所以千里迢迢来矿上打工,就是想挣钱养家,现在偏瘫了,反过来还要别人照顾,这以后该怎么办?

领导得知情况后,考虑到单位里医疗条件简陋,就让王老实回老家养病,并从大病基金里拿出五万块钱,作为他的治疗费用。矿上还举行了募捐,把王老实感动得眼泪稀里哗啦的。那一天,他和工友们依依惜别,上了回老家宜昌的火车。

火车上，王老实想起自己的境遇，不住地叹气，上铺的乘客听烦了，说："一个大老爷们儿，整天叹个啥气？有啥事儿说出来嘛！"同隔间的其他几个乘客听到声音，也不禁都伸出了头。

王老实急忙先道歉，然后把自己的情况说了。大家都很同情他，他上铺的乘客说："世上无难事，只要有恒心。你们宜昌不是盛产脐橙吗？你就做个中介，帮外地客商联系收购，这不累人，而且有赚头，遇到什么问题，给我打电话，我给你想法子。"说完，他把自己的名片给了王老实。王老实一看，这人是襄阳的水果贩子，襄阳和宜昌相距不远，巧，撞上了。

对面下铺的乘客紧跟着说："我是襄阳的一个公务员，你这种情况可以办个低保，每个月有几百块钱，也能补贴一家人的生活费。你回去以后写个申请给村委会，有什么不懂的地方，就给我打电话。"说完，他也把手机号码给了王老实。

公务员的上铺睡着一个老农，他看人家都有表示，心里那个急啊，结结巴巴地说："我、我没本事，帮不了啥，不过，我们村在襄阳的荆山脚下，那里啥草药都有，你要是不嫌弃，想要啥你言语一声。我把村头小卖部的电话给你，你就说找黑子叔，他们就知道是谁。"

王老实感动得说不出话来，只能一再鞠躬。回到家后，他写了个低保申请，交给了村主任，然后就在家里等消息。

这一等就等了大半年，村主任既不说办，也不说不办。眼见带回来的钱花了一半儿，总不能坐吃山空吧？这时，王老实想起水果贩子的话，便出去一转悠，嘿，今年的脐橙收购价只有七毛钱一斤。王老实赶忙从果园场收购了五万斤，雇了辆车，拉到了城里。到了城里一打听，王老实傻眼了，原来今年是大年，各地的橘子、橙子都是大丰收，价格一落再落。现在城里的零售价也不过七毛，这下，王老实亏大了。万般无奈之下，他就给襄阳那个水果贩子打去了电话。

水果贩子接到电话,怔了半晌,这才想起王老实这个人。听完王老实的叙述,他也为难了,能咋办呢?王老实求助无果,看着山一样的脐橙,真是欲哭无泪,顿时就有了死的心。第二天一早,他走上坝尾,准备跳江一了百了。突然,他听到一声喝叫:"你个大老爷们儿,咋像个娘们儿似的寻死觅活呀,给我下来,你的脐橙,我全包了。"王老实一看,竟然就是那个水果贩子,原来那贩子一路打听,从襄阳寻摸着找来了。

水果贩子从包里拿出厚厚一沓钱,塞到王老实手里,王老实急忙问:"你往哪儿销呢?"水果贩子说,他干这行这么多年了,门路广得很,说不定在宜昌就能解决了,实在不行,就运到襄阳去,叫王老实别操心。

两人把五万斤脐橙的事交接完,送走了水果贩子,王老实回到村里,迎面撞上了村主任,他急忙问低保的事咋样了。村主任黑着脸,说王老实的资格不够,乡里把他的申请退回来了。王老实心眼实,一听这话就不问了,可回到家跟媳妇一说,媳妇不乐意了,说是村主任家的女婿伤了大脚趾就能吃低保,你王老实都快残废了还不够格?王老实一琢磨,是这回事儿呀,于是,他想起了那个公务员,立刻打去了电话。

那个公务员接到电话,也想了半天才想起王老实来,电话里一时说不清楚,三天后,那公务员竟然背着包包登门了。他从包包里拿出国家的政策、省里的规定,语气决断地说:"你是符合低保条件的,我带你去找村主任!"两人找到村主任,村主任不理睬;两人又到乡里,乡里的人说他们管不了。公务员那个气呀,一跺脚,带着王老实上城里,直接找民政局。来到民政局便民窗口,工作人员说,下面不报上来,他们是不会主动去审核资格的,除非上头发话。于是,公务员决定找局长。王老实一听,赶忙拉住他:"算了算了,别为我这事儿得罪领导,你也是公家的人,对你以后不好。"

公务员说:"放心,我是襄阳的公务员,他是宜昌的局长,风马牛不相及,他管不了我;再说,你这合情合理的事,怕啥?"说完,他独自一人找到了局长……很快,王老实的低保就办好了,这一来,他的生活稳定了,于是就安安心心地治起病来。有人说,用五步蛇泡酒,每顿少喝一点,可以软化血管,促进血液循环,对治疗脑血栓有明显的疗效。王老实就去城里买,可宜昌本地没有五步蛇,他想起了在火车上碰见的那个老农,电话一打过去,老农答应得很干脆。第二年的六月底,老农就亲自把两坛子五步蛇酒给送来了。王老实要留他住几天,老农说自己在昆明的大孙子马上要放暑假了,在昆明没人照顾,要在老家住到开学,他要赶回去照顾孩子,王老实只得把他送走了。

送走老农后,王老实便安心在家养病。除了每年和那个水果贩子有些联系外,其他人都没通过电话。一晃又是三年过去,王老实竟奇迹般康复了。这年秋天,他决定去看看曾帮过他的那几个人。正巧,水果贩子叫他送一批脐橙去,王老实便备齐礼物,跟车来到了襄阳。

找到水果贩子的店铺,正巧人不在,王老实便坐在铺外等候,这时,他听到铺子里有人在说话:"现在有的老板,心思歹毒着呢!"

店铺里的伙计说:"咱们老板不一样,是个大好人。就拿外边的那人说吧,老板和他不过一面之交,就帮了他很大的忙。"

"是吗?给我讲讲。"

伙计就说了起来:就在王老实盲目收购脐橙的那一年,其实,水果贩子的境遇和他差不了多少,经营多年的一条渠道被别人给抢了,水果贩子亏得一塌糊涂。可就在这时,他接到了王老实的电话,说实在的,那时候的水果贩子是泥菩萨过河,他真的不想管,可他想到王老实身上有病呀，经不起折腾，万一有个三长两短，那自己的良心上怎么过得去？所以，他牙一咬，就把那批脐橙给买了回来。

脐橙买了回来，可往哪儿销呢？正巧有两个河南洛阳的橘子商到鄂西北收购橘子，没买成，正担心空车来回，路费损失不起，于是就买下了这五万斤脐橙，权作试水。没想到这脐橙在洛阳一上市，行情比橘子更牛。两个人一商量，得，以后咱们就改行做脐橙算了。他们当即打电话给水果贩子，双方一拍即合，达成了五年的脐橙购销意向。

伙计津津乐道着："这不，现在咱们生意越做越大，起因呢，就是咱们老板肯帮人。老板常说，好人有好报，帮助别人，也帮了自己。"

王老实坐在外边，听得目瞪口呆！这时，水果贩子回来了，高兴地拉着王老实去吃饭，王老实说，他还想去看看公务员他们，水果贩子便开来车，陪着王老实一起去。

说来也巧，到了那单位，刚进门就遇上了那个公务员，公务员一见两人喜不自胜，热情地把他俩带到了自己的办公室。两人一看，呆住了：这办公室很大，是公务员独用的，敢情他还是个"官"？

原来，这公务员以前不过是一个吊儿郎当的"官二代"，平时学习囫囵吞枣，专业知识只懂个皮毛。那一年接到王老实的电话，有心帮助，可力不从心，他连夜把政策和规定仔仔细细看了好几遍，发现王老实的情况是符合规定的，于是他就请假去了宜昌，没想到就因为这一次，他的人生发生了转折……

王老实和水果贩子听得入神，急忙问怎么回事，公务员说："我当时到了局长办公室，不卑不亢，有理有据，说得局长也不禁动容。可那是在宜昌啊，我想着他管不了我，才会那么大胆，无所顾忌。没想到去年春上，那局长竟调到我们县当了副县长，他一见到我，就说我有正义感，业务也熟,就和我们的局长打了招呼,现在我当上科长了。"

王老实和水果贩子听了不禁感叹起来,公务员问他们这会儿去哪儿,王老实说,想去看看老农,于是三人同行。三人来到一个叫"荆山村"的地方,一眼就看到那个老农正坐在大槐树底下,喝着大碗茶,听着收音机,优哉游哉。四个人意外相逢,那个热乎劲,别提了。

老农一见王老实,一开口就连声道谢,恨不得要下跪磕头。原来,当初老农答应为王老实抓蛇,可老农的小儿子在村里开了一间医疗室,是当医生的,听说老爹要去抓五步蛇,死活不同意。你想,那五步蛇有多毒,万一咬到就性命难保。可老农是个固执的人,答应了人家的事,就一定要去做。最后,他小儿子只得同意了,但是,他提出要先去县城买两支抗蛇毒血清,以备不测。后来,捕蛇的过程很顺利,血清也没用上。

可后面发生的事却出人意料了:老农给王老实送药酒回来,他城里的大孙子也来了。这孩子叫虎子,虎头虎脑,一到农村,啥都觉得稀奇,整日里爬山戏水,玩个不停,不料竟被五步蛇咬了!幸亏家里存着抗蛇毒血清,小儿子赶忙给虎子注射,然后马上将人送到县医院。医生说,这五步蛇蛇毒二十分钟就能置人于死地,幸好及时注射了抗蛇毒血清,要不然这孩子就完了。

老农落着泪说:"虎子是我的命根子呀,当日若不是要去捕蛇,我儿子就不会买血清;不买血清,虎子就会没命,我不谢你谢谁呢?"

"帮人就是帮自己,这话真没说错。"大家听完老农的故事,大为感叹……

(金十三)
(题图:谭海彦)

钱小乾坤大

　　康辉和曹小明都在念高中,是同班好友。这天中午,两人结伴到食堂吃饭,排队到了窗口时,曹小明发现自己钱包忘带了,康辉二话没说,递给他一张十元钞票。曹小明说回教室还钱,康辉随口说:"不就十块钱吗?还提什么还不还的,真不够朋友!"吃完饭后,两人又结伴回到教室,不过曹小明并没有把钱还给康辉,不仅如此,此后一段时间,曹小明也没提还钱的事。

　　一天晚上,康辉和爸妈在一起吃晚饭,说历史老师要收十块钱的资料费,向爸爸康宁要钱。康辉张口要钱时,心里是愧疚的,爸妈工资微薄,平时过日子恨不得一分钱掰成两瓣花,而自己呢,花钱有些大手大脚。他忽然想到曹小明还欠自己十块钱,便随口说道:"嗨,曹小明还欠我十块钱呢,也不提还。"

康宁问怎么回事,康辉便说了事情的经过。康宁听后,皱起了眉头,他明白,家里虽然清贫,但是从来没让儿子受过苦,因此儿子总在别人面前装"大方",不把钱当钱看,这次他一定要改改儿子的坏习惯,想到这里,康宁说:"康辉,你就是这样,初中的时候,有好几个同学向你借钱没还,你都不好意思去要,现在你长大了,应该知道欠债还钱的道理吧?"

康辉有些不高兴了,说:"爸,曹小明是我的好朋友,为了这十块钱撕破脸,有必要吗?"康宁说:"这怎么能叫撕破脸呢?欠债还钱,天经地义,你忍心拿父母的血汗钱去维护自己的面子?"

康辉噘着嘴不情愿地说:"那好吧,明天我要回来就是。"吃完饭,康宁给了康辉十块钱的资料钱,还叮嘱他要回曹小明的钱。

第二天早上,康辉满腹心事地想着:贫穷真是可怕啊,为了区区十块钱,爸爸竟然会不顾及儿子的面子!与此同时,他做出了一个决定,坚决不向曹小明要回那十块钱,历史资料的钱不交了,用这十块钱冒充曹小明的还款。这样,既维系了友谊,又让爸爸以为要回了十块钱,两全其美。

当天晚上,康辉回到家里,康宁主动问他:"曹小明还你钱了吗?"

康辉说:"还了啊!"说着,他从口袋里掏出一张十元钞票扬了扬。

康宁抓过那十块钱,看了一眼说:"康辉,你根本没问曹小明要钱,你是用交资料的钱来冒充曹小明的还债,是不?"

康辉惊讶地说:"爸,你怎么知道的?"

康宁说:"我早料到你会来这一手,特地在这十块钱上做了记号,你看,记号还在。"

康辉不快地说:"爸,你如此煞费苦心,有意思吗?我们家真的穷到没有十块钱就过不下去的地步啦?"

康宁板着脸说:"儿子,你不当家,不知柴米油盐贵,十块钱不会从天而降。这笔账,你要也得要,不要也得要!"

"好,我要,行了吧?"

第二天午餐时,康辉准备拉下面子要曹小明还钱,可是话到嘴边好几次,他又硬生生地把它咽了下去。最后,他想出了一个办法:中午不吃饭了,省下十块钱,冒充曹小明还的钱。当然,为了防止爸爸在钱上做记号,他得和曹小明做一个交换。

想到这里,康辉掏出十块钱,说:"曹小明,我们俩换一张十块钱吧。"

曹小明瞪大了眼问:"换钱干什么?"康辉说:"你就别问了,换吧。"曹小明疑惑地抽出一张十元钞票,和康辉做了交换,康辉揣好钱,说:"我不想吃了,你一个人吃吧。"康辉在曹小明惊讶的目光中,走出了饭堂。

这天放学,康辉回到家里主动掏出钱包,拿出一张十元钞票,对康宁说:"曹小明的钱我要回来了。"康宁"嘿嘿"一笑说:"我不要看,但是我知道,你没有要他的钱,是你中午没有吃饭,省下了十块钱抵债,是不?"康辉惊讶得张大了嘴,好半天,他说:"爸,你怎么知道的?"

"不打自招了吧!"康宁得意地说,"爸爸知道你会这么做,是因为我也曾经干过类似的事情。"

康辉听了,不满地说:"就是啊,你自己曾经为朋友不愿拉下脸,为什么要强求我做不讲义气的事情呢?"

康宁说:"好了,爸爸的小题大做暂时告一段落。你打个电话约曹小明过来,我请你们吃饭,顺便揭开谜底。"

不一会儿,三个人坐在一家饭店的小包厢里。曹小明自然是莫名其妙,这是他第一次接受同学家长郑重其事的请客。康辉更是紧张,唯恐爸爸在曹小明面前提那十块钱的事,令他下不来台。

康宁给两个小伙子各自倒了一杯水,说:"两位先生,我给你们讲个故事吧。从前,有个男人,我们姑且叫他康先生吧。康先生非常讲义气,为朋友可以两肋插刀。有一年,康先生的一个好朋友想做一笔大生意,需要一大笔钱,康先生便瞒着妻子,把家里所有的积蓄20万块钱借给了朋友,连个欠条也没向朋友要。因为康先生觉得,借钱本来就是一件讲义气的事情,如果要欠条,这义气就打折了。可是,令康先生没有料到的事发生了,朋友驾车外出时,连人带车坠入万丈悬崖,尸体都找不到。朋友的大生意当然没有做成,康先生借出去的钱也没了凭据。你们可能会说,人死账烂,但这句话也得看情况而论。就拿康先生朋友来说,虽然他死了,但他留下的遗产有上千万,在这种情况下,他的继承人从情理上讲,应该偿还康先生的债,因为康先生一家人过得并不好,房子都还是租的,但那个继承人因为没有欠条拒绝还钱,康先生只好吞下了苦果。没了那笔钱后,康先生和家人的生活一直处于困顿中。"

康辉听了这故事后,讷讷地问道:"爸,你就是那个康先生吧?"

"是。"

康辉话里有话地说:"怪不得你那么抠门!"

康宁笑笑说:"先不说抠门的话题,听我把故事说完。后来康先生的那位朋友出现在公安局里,原来,这个朋友并没有出车祸,那场车祸,是他制造的假象。他向许多朋友都借了钱,朋友们都没索要欠条,而他拿着这些钱,和情人私奔了、隐居了,直到他被抓后,才真相大白。"

曹小明问:"康叔叔,你和我们说这些干吗呢?"

康宁说:"小明,你还记得你曾经向康辉借过十块钱吗?"

曹小明一脸惊诧，康辉断喝一声："爸！"示意康宁住口。

康宁朝儿子摇摇手，说："听我说下去。小明借十块钱，是小事，我之所以小题大做，就是想让你们明白几个道理：一是要认清朋友的真实意图。比如，你小明问康辉借十块钱，为什么这么长时间不还？是忘了，还是本意上想占这点小便宜？如果是后者，那就不是朋友所为了。二是要记住，朋友之间的义气，一定要融入契约精神。亲兄弟，明算账，兄弟如此，朋友更应该如此。你们马上就是大学生了，很快要走入社会，我觉得，明白这些道理，比那些书本知识更重要。"

康辉明白了父亲的良苦用心，他搂着爸爸的肩膀说："爸，你说的这些道理我能领悟，可我还是觉得向好朋友要回十块钱小题大做了。你就不担心，小明为此和我翻脸？"

康宁说："小题大做的目的是想让你们记忆深刻，而小明真会和你翻脸的话，你们就不是真正的朋友。"

曹小明点着头说："康叔叔讲得对！其实，我没有忘记欠康辉的十块钱，我已经还了。那天我借钱时，是说回教室就还钱的，可康辉说，那样做就不把他当朋友，我就没还。不过我偷偷地给康辉交了十块钱的资料费，过几天等发历史复习资料的时候，康辉肯定有。"

康宁的脸上露出了笑意："看来你们果真是好朋友，不过我还是有个要求，在现在这个场合，小明把欠康辉的十块饭钱还了，然后，康辉再还小明十块资料钱，一码归一码。"

康辉和曹小明相视一笑，说："行！"

（杨　格）
（题图：谢　颖）

三个火枪手

乔克尔曾是个猎手,后来承包了农场,就放下猎枪,拿起了锄头。哪想,头一年就遇上了大旱,农场颗粒无收,眼下生计都成了问题。

这天,乔克尔的好友马丁找到他说:"最近,政府正召集猎人捕杀骆驼,每杀死一头骆驼,就奖励五十元钱。怎么样,跟我一起去吧。"

乔克尔奇怪地问:"不是说要保护野生动物吗?"

"对啊,可是这些年,野生骆驼大量繁殖,与人争夺水源,现在已造成城市饮用水危机,所以政府才想出这么一招。"

听马丁这么一说,乔克尔马上点头答应了。

这天一大早,两人开着小卡车向郊外驶去,他们知道那里有个半干的湖泊，经常有骆驼去喝水。卡车在无人的小路上全速前进，突然，乔克尔发现，前面不远处有个老头正站在路中间朝他们招手。乔克尔赶忙刹车，还好没有碰到老头，他气愤地喊道："你找死啊！"

老头见车停了下来，跑到车窗前，抱歉地说："我的车抛锚了，拦了好几辆车，都没有停下来，所以才站到了路中间。"老头看了看他们的装备，又问道："你们应该是去打骆驼的吧？"乔克尔不耐烦地点点头，老头兴奋地说："太好了！我叫纽曼，也是一个'骆驼枪手'，你们能带我一程吗？"

不等乔克尔答话，马丁就热情招呼道："没问题，上车吧！"纽曼赶忙一边道谢，一边拎起行李上了车。

到达目的地，三人将车停好，就分头行动。乔克尔一路向北，很快就发现了一个水坑。水坑边杂草丛生，是个不错的狩猎地点。他停住脚步，藏在半人高的草丛中，等待骆驼的到来。

转眼半个小时过去了，骆驼还是没有出现，乔克尔不禁有点失望，他点上一根烟，想放松一下。这时，他猛然听到水坑那边传来了一阵轻微的响动，仔细一看，只见一头骆驼正缓缓靠近水坑，一边注意周围的动静，一边大口地喝水。

乔克尔迅速端起枪，瞄准骆驼的头部，屏住呼吸。只听"砰"的一声枪响，骆驼长嘶一声，就倒下了。

乔克尔好不开心，第一枪就打得这么准。他来到骆驼旁边，准备喊马丁来帮忙。就在这时，他发现距骆驼不远的地方，有个人也倒在了地上！乔克尔走近一看，顿时呆住了：这不是纽曼吗？他怎么和自己跑到一块了？此刻，纽曼的头还在流血。乔克尔把手放在纽曼的鼻孔上，发现他已经没有了呼吸！

乔克尔不由倒吸了口冷气：他知道他用的这种猎枪是一种散弹枪，射发后，数十个小弹头会呈喇叭状射出，杀伤面积很大，不用说，肯定是其中的散弹击中了纽曼！乔克尔只觉得脊背发凉，虽说这只是误伤，但也是要坐牢的呀！现在怎么办，乔克尔脑子一片空白，他想去找马丁，先开车回家，逃离这是非之地再说。

好在两人离得不远，马丁见乔克尔过来，奇怪地问："你怎么这么快就回来了，我刚才听你放了一枪，打到了吗？"

"没、没打到……我、我有些不舒服，我们还是回去吧。"乔克尔有气无力地说。

马丁端着枪，说："好，你先坐在这里休息一下，等我打到一只骆驼，我们就走！"

乔克尔点点头，一屁股坐在地上，点上了一根烟。

不多时，只见马丁冲乔克尔打了个手势，小声说道："骆驼来了！"然后就小心翼翼地伏下身子，举起了猎枪。

此情此景，跟刚才自己打猎的场景是多么相像啊。乔克尔看着老实巴交的马丁，心头突然冒出了一个大胆的主意。

又是"砰"的一声，骆驼倒下了。马丁正要去查看猎物，乔克尔叫住他说："我刚才看到一只骆驼朝南面跑去了，你赶快去追，这只死骆驼我替你看着就行了！"马丁顺着乔克尔手指的方向望了望说："是吗？我怎么没看到？"

乔克尔着急地说："你刚才一枪把它吓跑了，再不去追只怕追不到了。"

马丁犹豫了一下说："好，我去找找看。你今天没有收获，要是能抓住那只骆驼，它就归你了！"说着，握着枪朝南边追去。

马丁前脚刚离开，乔克尔便一路小跑，来到纽曼的尸体旁。他摸摸尸体，发现还有些温度，便拖着尸体，来到马丁打死骆驼的地方，放在附近的草丛中，又到水坑边仔细清洗了身上的血迹，然后等马丁回来。

过了一会儿，马丁喘着粗气回来了，显然是没有找到骆驼。他正想说话，只听乔克尔战战兢兢地说："马丁，你、你杀人了！"

马丁疑惑地问："乔克尔，你开什么玩笑呀？"乔克尔指了指不远处纽曼的尸体，哆嗦着说："我也不愿意相信，可这是事实呀！"马丁一看也愣住了，他走到纽曼的身旁，看看他头上的枪眼，又用手试了试他的呼吸，顿时，吓出了一身冷汗，不知所措地念叨着："上帝呀，怎么会这样？怎么会这样？"

乔克尔难过地说："第一眼看到纽曼，我就觉得他有点不正常，一副迎风就倒的样子，哪像个猎手。可你这个人就是喜欢做好事，非叫他上车。这不，他到处乱跑，结果出事了！"

马丁的脸色煞白，抱着头痛苦地蹲在地上："天啊，我怎么这么倒霉，这可是要坐牢的呀！"乔克尔安慰道："你这只是过失杀人，不是什么重罪，要是能投案自首，说不定还能从轻判决。"

马丁的眼泪落了下来，绝望地说："我家的情况你也知道，要是我这一去，家里就没有了经济来源，他们以后还怎么生活呀？"乔克尔拍拍胸脯，信誓旦旦地说："兄弟，你就放心去吧，我会帮助你的家人的。"

在乔克尔的再三劝说下，马丁投案自首了。送别了马丁，乔克尔也放下心来，只要有人顶罪，他就可以继续安心过日子了。

不久，纽曼被误杀的事，引起了野生动物保护协会的强烈不满，他们组织了大规模的游行示威，要求政府停止猎杀骆驼，以免造成更多的伤亡。政府迫于压力，中止了猎杀骆驼的行动。不用说，乔克尔又失业了。

转眼,到了马丁出狱的日子,此时,乔克尔为了生计,已在另外一个城市谋到了一份侍者的工作。

这天,乔克尔给客人送咖啡的时候,发现店里的视频正在播放一部电视纪录片《与骆驼同在的摄影师——纽曼》。看到"骆驼"、"纽曼"这些熟悉的字眼,他的心跳骤然加速,不由停住了脚步。

纪录片讲述了纽曼的传奇经历:原来,纽曼的真实身份是摄影师,他常年跟踪拍摄野生骆驼。因过度劳累,得了肝癌。就在这时,他知道政府正召集枪手猎杀骆驼,他曾多次去找政府交涉,希望停止杀戮,政府却始终不为所动。于是,他决定用自己为时不多的生命,去拯救那些枪口下的骆驼,最后导演了一场被"骆驼枪手"误杀的悲剧。

纽曼死后,律师收到了他的遗书。遗书中,他希望律师去找野生动物保护协会的朋友,让他们以自己的死为由,逼迫政府改变主意。他还说,自己妻子早亡,也没有子女,如果杀死自己的枪手投案自首,自己留下的百万存款,就全部归他所有,也算是对他无辜受牵连的一种补偿。

影片是在纽曼与骆驼的合影中结束的。乔克尔木木地站在原地,后悔不已——那一百万原本是属于他的呀!

(余 乐)
(题图:佐 夫)

得饶人处且饶人

俗话说,借钱容易讨债难。四叔前些年借给别人十万块,结果这几年年底去要时,却一次也没见到欠债人,只留下老婆在家,一年还个三五千的把他打发走。转眼又到年底,四叔这回铁了心,不把钱全部讨回来,誓不罢休。正好侄子阿牛想跟四叔学做生意,四叔就带着他一起去讨债。

欠债人家住在几百里外的一个小村子,阿牛跟着四叔来到那户人家一看,心立刻凉了一半。只见几间破旧低矮的瓦房,窗门七零八落,没一点儿生气。他想,这样的人家能拿得出近十万来吗?

欠债人的老婆见他们来了,并不吃惊,只是淡淡地说:"你们来了?进屋吧。"

四叔点了下头,冲阿牛一摆脑袋,走了进去。不出四叔所料,那小子果然又不在家。屋里就这女人和一个四五岁的女孩。阿牛心想,这家伙真不是东西,非但欠债不还,还做起了缩头乌龟,拿老婆当挡箭牌。

四叔是这里的常客了,一点都不客气,一屁股坐下抽起了烟。女人端来两碗水,阿牛下意识地从椅子上站起来,想说句客气话,却见四叔丢了个眼色过来,这才猛然想到,他现在的身份可是一个追债人。出发的时候,四叔就特地叮嘱他,追债人有三不软:第一,心不能软;第二,嘴不能软;第三,手不能软。

女人把碗放下,默默地转身到院子里抓了只鸡,接着就生火烧水,杀鸡买酒,一声不吭地忙乎起来。

不一会儿,女人就把鸡煮好端上桌,摆齐碗筷,倒满米酒,请他们吃饭。四叔冲阿牛一摆头,大马金刀地坐到桌子前,拿起筷子就吃。

女人却没有坐上来,只是给女儿夹了几块鸡肉,坐在一边喂,还不时地站起来给他们倒酒。两碗酒下了肚,四叔这才切入正题,说道:"阿妹,你老公又躲起来了吧?今年他留下几千给我呀?"

女人说:"今年……他一分钱也没有留下,他一年都不干活,整天赌钱,又欠了好多债,真是没钱了。"说着话,她眼眶已经红了。

四叔一听,不由放下筷子,冷笑一声:"哼,一分钱都没有?阿妹,我跟你说实话吧,今年你就是给我一万,我也不能就这么走了。我们把行李都带来了,不把债收够,这个年就只好在你家过了。"

女人耷拉着脑袋,半响不说话。四叔看来真是火了,咕嘟咕嘟大口喝酒,把碗拍得砰砰响。后来,女人终于又开口了:"大哥你放心,他不还我也会还的,这样吧,我去借借看。"

说罢,女人带着女儿出去了。过了半个小时,女人就回来了,手上居然还真拿着一沓钱,说是从村子里借的,一共是三千块。

四叔大声说:"阿牛,收起来,数数看。"

阿牛一看女人眼眶红红的,眼角还带着泪痕,心里真有点不是滋味,但还是硬着头皮走过去,从她手中接过钱,飞快地数了一遍,然后收了起来。

四叔又把碗重重一放:"你告诉你老公,今年我们叔侄俩收不够钱就不走了。嘿嘿,我就不信他不回来过年,看谁挨得过谁吧!"

女人哽咽着说:"我也不知道他躲在哪儿,再说,见了他也没有用,他借不到钱的,这里没有一个人信他。明天、明天我再回娘家想想办法。"

等女人离开,四叔低声说道:"你别信她的话,那小子估计就躲在这个村子里。她想用三千块就打发我,没门!"

阿牛一想:也对,要不,一个女人家,哪能轻而易举就借到三千块?刚才倘若心一软,这三千块就要不到了。看来,四叔说的三不软还是个真理。

晚上,女人把自己的床让出来给他们睡。第二天,阿牛和四叔起床一看,女人已经做好了饭。见他们起来了,女人又默不作声地烧水给他们洗脸。忙完了,女人说要回娘家借钱,说完就要带着女儿出门。

"慢!"四叔一指女孩,"要不,我帮你照看吧。"

女人怔了怔,就把女儿放在一张凳子上,哄了几句,然后走了。阿牛奇怪地望着四叔,四叔一笑:"她一去不回怎么办?咱们总不能把她家搬回去吧?"阿牛这才明白,四叔原来是怕女人带着女儿逃走。

接着,四叔就像在自家一样,大大咧咧地要酒喝。阿牛走出屋子随便逛逛,村民知道他是来要债的,都纷纷替那个女人求情,说她太不容易了,老公是个赌鬼,挣不到钱也罢了,还要女人挣钱给他花,不给就把女人往死里打。

阿牛回来把村民的话跟四叔一说，四叔不屑地一撇嘴巴："别信！他们村的人，肯定向着他们。"

等到下午，女人还没回来。阿牛看着女孩说："难道她也躲起来了？这可怎么办？"

四叔想了想，说别管她，她不回来，就把这女娃带回去。阿牛一惊，这可是犯法的啊！心里一个劲地盼着事情千万别发展到这一步。

四叔若无其事地去鸡窝里抓了只鸡，煮熟上桌，这时女人刚好回来了。只见她脸色发白，两眼肿得像核桃，她从怀里掏出一叠钱递给阿牛，说："我把娘家的钱都借完了，连我弟弟准备结婚的钱也借来了，只有这么多。"说着，她忽然捂着脸哭了。

四叔面无表情地喊："阿牛，数数。"

阿牛机械地数了一遍，五千六百块，有好多都是十块、二十块的小票。看来，真像女人说的，她娘家已经倾尽所有了。

四叔一句话也不说，点点头，招呼阿牛坐上桌吃饭。女人惴惴不安地坐在一边看着他们，眼神里充满了期待。吃完饭后，四叔仍旧一言不发，起身进屋躺下就睡。

女人期待的眼神顿时一片暗淡，她默默地和女儿吃起饭来。阿牛跟进屋低声问四叔怎么办，四叔责怪地看他一眼："怎么，你心软了？"

阿牛脸一红，支支吾吾地说："看样子，也榨不出油来了⋯⋯"四叔嘿嘿一笑："你等着，明天她肯定还会拿回来几千。"

第三天起床后，女人又做好了饭菜等着他们。然后她留下女儿，一言不发地出去了。

中午时分，女人就回来了，果然又借了三千多块，大多是小票，甚至连五块的也有不少。女人把钱交到阿牛手上,什么话也不说,带女儿进屋去了。

阿牛把钱收好,心里不得不佩服四叔的老到,多待一天,这不又追回了三千多。看来,女人的眼泪还真是信不得,别看她一次比一次说得困难,天晓得他们到底有多少钱!

四叔若有所思地喝了一碗酒,问道:"阿牛,你怎么看?"

阿牛想了想说:"咱们就一直住下去,一天几千,就算这个年不回家过,把债追回也值了。"没想到,四叔轻轻一拍桌子,叹道:"不,明天咱们就回家,还有五天就过年了,难道还真在这儿过年吗?"

第四天早上,两人吃过女人做好的饭,拿了行李就走。女人一直把他们送到村口,一路上不停地说着对不起。在去镇上的路上,阿牛笑着问:"四叔,你怎么突然就心软了?"

四叔呵呵一笑:"不是我心软,而是我看出来了,她老公就是条虫,这笔债就得靠老婆来还,可她确实是山穷水尽了,再逼也逼不出多少来。"说着,伸手拍拍他肩膀,"得饶人处且饶人,明年再来吧。"说完走了几步,突然又猛地收住脚,喊道:"回去!"掉头就往村里跑去。

阿牛愣了几秒钟,急忙向四叔追去,边跑边问:"四叔,还回去干啥?"四叔没答他,只是撒腿狂奔。阿牛忽然脑子一亮:对,杀个回马枪!这时候女人的老公应该回家了!

两人跑回屋子前一看,门关上了。四叔握紧拳头使劲敲,阿牛也在一旁助起威来,大声喊:"快开门,我们知道你在里面!"

可过了好一会儿,门就是不开。四叔急了,抬起一脚,猛地一踹,门轰然倒下。两人冲进屋里,四处一看,怪了,不但没见到女人的老公,连女人和孩子都不见了踪影。

四叔怔了一下，扭头冲出屋外，扯起嗓子大喊："快来人啊！"

不一会儿，很多村民跑了过来，问他们怎么回事。四叔大声问："你们村里有人想不开，会到什么地方去？"

村民大吃一惊，异口同声地说："后山的老虎崖！"四叔一挥手："快、快去找，有人到那里去了！"阿牛和四叔跟着一帮村民跑到了后山的山崖，一眼就看到女人带着女儿向崖顶爬去。几个婆娘上去七手八脚地拖住了她，女人两腿一软，瘫在地上，话也不说，只是号啕大哭。村民都明白着呢，女人为什么要来这里寻死，大家纷纷劝她："就快过年了，挺一挺今年就过去啦，追债的不是走了吗？"

说着，一帮村民不由分说硬是把女人拖回了家，女人仍是坐在地上哭个不停。四叔在人群外看了半晌，忽然叫阿牛把这几天女人还的钱拿出来，他把钱放到女人面前，说："我们明年再来吧！"说完，转身拉着阿牛走了。

两人走到镇上坐上了车，阿牛看看一直沉着脸的四叔，忍不住问道："四叔，你怎么预感到她会寻死啊？"

四叔感慨万千地叹了口气，说："我前几年来追债，走的时候她都对我说，这笔债明年一定会还，一定会还。可今年她一个字也没提，只是说对不起，对不起。唉，她是不想活过今年了，所以只能跟我说对不起啊！"

阿牛默默地点点头，他明白了，四叔的心其实一直都是软的，心不软的人不会这么想。

（刘俊杰）
（题图：魏忠善）

行善是门技术活

李福是家小饭店的老板。这天,他在网上看到一则有关"待用咖啡"的新闻,说的是国外许多人会在买咖啡时多买几杯,供穷人免费享用,以表达自己的爱心。

行善竟如此简单? 李福一向很有爱心,他决定效仿老外,在自己的饭店里推出"待用简餐",平时定价是十元,如果有顾客愿意付钱替穷人买,就只收五元,这样等于是自己和顾客一起行了善。

说干就干,他立即写好告示,第二天一早贴在门口最显眼的地方。然而来吃饭的客人大多只是扫上一眼,到了晚上,也没有一个人提出要买。这时,一个老顾客来到收银台结账,李福鼓起勇气,问道:"要不要加一份待用简餐，献个爱心？"

老顾客摇摇头："老板，不是我泼你冷水。你这个想法虽好，做起来却有问题。大家都是工薪族，口袋里的钱也是辛辛苦苦挣回来的，捐给慈善机构都不太放心，哪敢随便放在你这里？我怎么知道这笔钱花出去，确实能帮到一个需要帮助的人？"

李福被对方说得哑口无言，当晚他想了一宿，又有了新主意。

第二天，李福在饭店推出了"待用餐券"，顾客可以以五折的价格买券送给穷人，让他们凭券来领取简餐。这下，咨询的人多了起来，不少人当场付钱买了好几份，李福高兴极了。

快打烊时，忽然有人把一张餐券放到了收银台上："老板，来份简餐。"

李福抬头一看，站在面前的男青年很眼熟："哎，小伙子，你不就是中午买餐券的人吗？"青年丝毫没觉得不好意思："餐券上又没写名字，我买了以后可以给别人，也可以给自己啊。"

李福张口结舌："可我们的餐券是为了帮助穷人……"男青年生气地反问道："我每天从早忙到晚，也就赚个几十块，难道我不算穷人？"

李福只好收下餐券，给他打包了一份简餐。看来这个办法也不行。

李福想了想，从家里拿了个透明玻璃罐，放在收银台上，打算请顾客把买的餐券都放进罐子里。这样，真正的穷人看到罐子里有餐券，就可以随时来索取。

可这样一来，那些想半价买餐券占小便宜的人，看到新规定后都放弃了，玻璃罐也一直空荡荡的。

李福正有些灰心，这时有人来到了收银台前，说："老板结账，再买四份待用简餐。"

李福又惊又喜，抬头一看，正是之前跟自己聊过的老顾客，他立即兴奋地答应一声,算账找零,再郑重其事地把四张餐券放进玻璃罐里,然后由衷向对方说了声"谢谢"。

老顾客却微笑着摆摆手说:"这不算什么,你的努力我都看在眼里,希望你能把这件好事坚持下去。"正说着,忽然传来一个怯生生的声音:"请问,这里真有免费的简餐吗?"李福和老顾客转头一看,哟,这回还真来了个流浪汉,穿着破衣烂衫。

李福急忙点头说:"有!有!"说着,从玻璃罐里取出一张餐券,回头对着厨房喊了声,"一份简餐打包。"

当李福亲手将简餐交给流浪汉的时候,老顾客带头鼓起了掌,他笑着拍拍李福的肩膀,说:"老板,祝贺你,万事开头难,现在终于帮到了需要帮助的人。"现场还有个年轻人用手机拍下了这个场面。

有了这个示范,其他客人也开始买餐券投入玻璃罐。打烊时李福数了数,虽然不多,倒也积攒了十几张,这一晚他睡得特别香甜。

可没想到第二天,报上就刊登了"待用简餐"的新闻,还配发了李福把简餐递给流浪汉的照片。这下不得了,他的饭店门口很快排起了队,全是周边的孤寡老人、贫困户和流浪汉。

这么多人,餐券哪够用?发完最后一份简餐,李福无奈地看看空玻璃罐,抱歉地向排在后面的人说:"对不起,待用简餐已经发完了。"

没领到餐券的人纷纷抱怨,怀疑他是不是真的在做善事,这让他心里很不是滋味。更让他气愤的是,次日一早,本市的另一份报纸上竟登出了针锋相对的新闻,标题是"连跑数趟空手而回,待用简餐疑似炒作"。顿时,昨天还门庭若市的饭店,今天变得冷冷清清。

李福郁闷地坐在收银台后面,一整天没说话。快打烊的时候,才快快地撕下告示,空玻璃罐和那堆餐券也被他扔进了厨房。

"怎么，不打算坚持下去了？"忽然有人敲了敲收银台，问道。

李福回头一看，还是那个老顾客，他苦笑了一下："我现在才知道，想做件好事，竟然也那么难！"

老顾客同情地说："也许做件好事，确实要面对很多猜疑、压力和突发状况，但你让我相信，不求回报的好心人还是存在的。别管人家怎么说，量力而行，问心无愧就够了。"

听到这里，李福心中涌起一股暖流。他仔细地咀嚼着老顾客的那一番话，忽然脑子里灵光一闪，脱口而出："你说得对，量力而行，问心无愧。虽然这个计划失败了，但我还可以用自己的方式去帮助别人。"

老顾客饶有兴趣地问："哦，你打算怎么做？"李福神秘地冲他一笑："明天你就知道了。"第二天，小饭店门口又贴出了新的告示："本店从今天开始，每晚九点至十点为免费用餐时间，提供简单菜肴和白米饭，先到先吃，吃完为止，欢迎有需要的人前来就餐。"

李福是这样想的，每天快打烊的时候，厨房里还会剩下些食材，放到明天就不新鲜了，丢掉又很可惜，不如加工成菜肴请大家免费品尝，一方面能避免浪费，另一方面又能帮到别人，还能让更多的人了解自己饭店的口味和水准，说不定还能带来许多回头客，一举多得。而且，一般人这个时间早就吃完晚饭了，肯饿着肚子等到那时的，一定也是最需要帮助的人。

当天晚上，小饭店里来了不少特殊的客人，李福忙得满头大汗，却感到分外幸福。

（韩倚风）

（题图：佐　夫）

拉面馆里的秘密

　　说到"吃",像董事长这样的人,还有什么吃不上的?除非是外星人烹饪的太空佳肴、天外美食,可这一天,董事长突然心血来潮,说是要吃"拉面",他家的厨子可为难了:厨子是扬州人,会做淮扬菜,不会做拉面,于是就到市里最有名的兰州拉面馆里订了一份。拉面送来,董事长尝了一口,连连摇头,恰好席先生在旁边,问起其中的缘故,董事长便说了一个拉面的故事……

　　有个年轻人,名牌大学毕业,但不知怎的,倒霉事却接踵而来:先是没找到合适的工作,工作后又和同事相处不好,女友又同他劳燕分飞,加上这一年夏天,他又大病一场,这一切让他身心疲惫。

转眼到了国庆假期,年轻人临时决定一个人到南方去旅游,换个环境散散心。他选了云南一个小镇子作为目的地,到了小镇,年轻人窝在一个家庭旅馆里睡了一天,晚上,又在旅馆附近一家小饭店里喝得半醉,等他回来时,没想到旅馆的男主人还没睡,正坐在外屋喝着酒,见年轻人回来,便热情邀请他一起喝,年轻人没推辞,坐下来便喝起了酒。有酒就有话,天南海北聊了一会儿,两人渐渐熟了,年轻人就一一说了心中的郁闷,没想到男主人听完后"哈哈"大笑,他拍拍年轻人的肩膀,说:"小伙子,建议你明天去吃碗拉面,吃完后你就不会这么想了。"

年轻人虽然有些醉意,但听了这句话后很是不解:"心情郁闷跟吃拉面有什么关系?"

男主人笑着说:"你吃了后就知道了,不过,吃面的时候,一定要弄清一个问题——为什么这家拉面馆的拉面这么好吃?"

年轻人还是半信半疑,第二天,他按照旅馆男主人的指点,找到了那家拉面馆,这店铺有个很大众的名字:"夫妻拉面馆",进去一看,餐厅不小,座无虚席,找了半天,才找到一个座。年轻人一坐下,就有服务员过来招呼,不大一会儿,年轻人点的面就送上来了,一看,果然不错:面条细如发丝,面汤白如乳水;牛肉切成长方形,肉筋交错,一看就是好肉;香菜末、葱末绿如野萍,没一个枯星子。年轻人吃了一口,果然鲜美至极。

年轻人狼吞虎咽,很快把一碗面条吃了个精光,吃了碗好面,心情也舒坦多了,年轻人刚想走,忽然想到男主人要他弄清的那个问题,是呀,为什么这家拉面馆的面这么好吃?

想到这里,年轻人没有马上离开,他从随身带的包里拿出一本书,漫不经心地看起书来。过了吃饭的点,食客渐渐少了,就在这时,年轻人看到了这样一个情景：从门口进来一对老头老太，挑着担子，一人挑的是香菜，一人挑的是小葱，那香菜和小葱，一看就知道是刚从地里拔出来的，新鲜极了。两人穿过店堂，往后面厨房去了；他俩进去不久，又进来一个人，衣衫褴褛，看上去像是个乞丐，这人进来后，大摇大摆的，挑了个座位，一屁股坐下，一拍桌子，吆喝了一句："面，吃面，多加肉！"

年轻人一见，正在奇怪，却看见服务员很快给那乞丐模样的人端来一碗面，而且上面堆满了牛肉。那人"呵呵"笑开了，把牛肉吃完，胡乱吃些面条，筷子往桌子上一扔，钱也没付转身走了。服务员过来把碗收走，脸上没露出一丝的不快……

见此情景，年轻人既十分意外，又感慨万千，看来这店的老板心眼好，对乞丐都如此善待，心有多宽，生意就有多宽，生意好，面自然会做得好，这难道就是这里的拉面好吃的原因？

年轻人低头看书的工夫，服务员过来给他续了好几次水，年轻人有些过意不去，正想离开，也就在这个时候，他看到刚才那两个老人又挑着香菜、小葱走进店来，年轻人十分诧异，时间没过多久，怎么又来送香菜和小葱呢？正这么想着，恰好一个服务员又过来给他续水，年轻人便问："你们这店里香菜和小葱用得这么快，一会儿就要让人送来？"

服务员笑了："您一看就是外地过来旅游的，不是用得快，而是求一个'鲜'，牛肉拉面对香菜、小葱要求很高，这两样东西离地时间一长，就不新鲜了，所以我们老板要求两个小时更换一次。"

年轻人一听，不由目瞪口呆：天哪！没想到这拉面店连香菜、小葱都要求这么严格，那面条、汤、牛肉更是可想而知了。说话间，挑菜的老头老太从后面厨房出来了，在他们身后跟着一位中年人，那中年人热情地把老头老太送到门口，老头转身对中年人说："徐老板，您留步吧，两个小时后我们又该见面了。"

年轻人看着这位"徐老板",顿时一惊:他竟然只有一只胳膊!

徐老板走进里屋后,刚才那个乞丐模样的人又走进了店,还是嚷嚷着:"面,吃面,多加肉!"一切都像电影回放那样,服务员又把一碗堆满牛肉的面端了上来,"乞丐"吃完了碗里的牛肉,嘴巴一抹,分文未付,走了。服务员毫不在意地收起了碗,没有一点不乐意……

当天晚上,年轻人买了些酒和菜,约旅馆的男主人一起喝酒,喝着,聊着,年轻人便说了白天所见之事,说完后感慨不已。

男主人笑笑,对年轻人说:"其实你今天吃的这碗面里有三个秘密。"

年轻人一听,连忙问是哪三个秘密。

男主人说:"要想做好一碗面,其实很不容易,第一是要面好,碗中的料好汤好功夫好,这是最简单的秘密,可就是这样简单的秘密,很多人是不知道,很多人是知道了却做不到,所以做出来的面连看都不中看,更别说吃了,他们哪里能像这家店那样,连香菜和小葱都要每隔两小时换一次……"

年轻人问:"那第二个秘密呢?"

男主人接着说:"这第二个秘密就是做面的人。做面的人要执着、认真,你今天也看到了,面店的徐老板是只有一只胳膊的残疾人,不知你有没有注意到那家店的名字叫什么。"

年轻人说:"知道,叫'夫妻拉面馆'。"

男主人喝了口酒说:"是啊,你难道没想过,一个断了胳膊的人怎么能拉面呢?拉面可是要两只手的啊,所以徐老板的帮手就是他妻子,也就是说每一碗面都是由他们夫妇俩一起合作拉出来的。"

年轻人一听,嘴巴张得老大。

男主人笑笑:"我再说一点,你嘴巴也许会张得更大,这徐老板的妻子其实也只有一只胳膊,也就是说,两个只有一只胳膊的人,凑成了一双手,二十多年如一日,拉出了一碗碗美味可口的面条。"

年轻人彻底惊呆了,他连忙问:"难道这就是第三个秘密吗?"

男主人却摇摇头,年轻人迫不及待地问:"那第三个秘密是什么?"

说到这里,男主人的面容渐渐地有点凝重起来了,他说:"这第三个秘密,跟你今天看到的老头老太、讨饭吃的那个疯子,以及徐老板夫妇为什么只有一只胳膊有关。"

年轻人一听,好奇心已经完全被"吊"起来了。

男主人又不紧不慢地喝了一口酒,接着说:"二十多年前,徐老板夫妇刚结婚不久,两人开了一家面馆。一个夏天的晚上,两人忙完了,一起到镇外的公路边散步,不巧的是,一辆失控的卡车朝两人冲来,卡车把两人撞倒之后,后轮碾过了两人的胳膊,而且徐老板的妻子还断了三根肋骨,那辆卡车冲下了坡,翻了十几个滚,司机命是保住了,但脑袋受到严重撞击,神智从此不再清醒……出事的那一天,正好是徐老板夫妇结婚的第一百天。司机是因为喝了过量的酒才酿成这场车祸的,司机的父母跪在徐老板面前请求原谅,甚至愿意把家产变卖了,来赔偿给他,但徐老板没这么做……"

此时此刻,年轻人的眼角已经有了泪花,男主人的眼里也是湿漉漉的,他接着说:"讲到这里,想必你也猜到了,那个司机就是讨饭吃的疯子,而那个司机的父母从此以后就种起了香菜和小葱,卖给徐老板,得到的钱,司机父母只收一半,另一半作为赔偿金给了徐老板,就这样,本该是仇人的几个人,却很好地生活在一起。如今,你也看到了,徐老板和妻子各用伤残后剩下的一只手继续拉面条,开面馆,而且生意越来越火,就连那两位老人也富了,他们有二十多亩大棚菜;最让人感慨的是,二十多年来,那个闯祸的司机却成了最幸福的人,他每天都有免费的面吃,他面里的牛肉要比一般客人多得多,而且只要他走进面店,面就端来,不管他一天吃多少碗,天天如此,这就是拉面里的第三个秘密:以恩报怨,以和消仇!"

听到这里,年轻人忽然觉得自己的心胸为之一震,豁然开朗,海阔天空,这碗面里蕴含着太多太多的东西,有执著、认真、细致、爱、无私……和徐老板他们相比,自己生活中的那些小怨小愁、磕磕碰碰算得了什么呢?人一生看似漫长,多少人抱怨生不逢时,命运不公,但说到底,芸芸众生之中,能有几个可以做好一碗拉面的?

说到这里,董事长感慨地一声长叹:"从此以后,我再也没有吃到过当年那样好吃的拉面了!"席先生听了,这才知道,故事中的那个"年轻人",就是董事长。

(王兴莱)

(题图:安玉民 梁 丽)

与老师的零分约定

小汤姆是个初中生,在学校里,他是个让老师头疼的孩子,调皮、厌学,还一心想成为赛车手。可一到考试,他的成绩就变成了雷打不动的"C",所有教他的老师都对他失去了信心。这一切直到新班主任卡尔森小姐到来,才发生了改变。

上课第一天,当卡尔森小姐点到小汤姆的名字时,冲他笑了笑,说:"你就是整天梦想当赛车手,却不爱学习的汤姆吗?"

"是的。"小汤姆有些不服气地说,"车王舒马赫就是我的偶像,他像我这么大时成绩也很糟糕,听说他还曾经考过零分,后来不是一样当了世界顶尖赛车手?"

听了小汤姆的话，卡尔森小姐爽朗地笑了起来："他考了零分当了赛车手，而你从来没有考过零分啊，每次都是'C'！"说完，她扬了扬手中的成绩单。

卡尔森小姐竟然笑话自己没有考过零分！小汤姆觉得当众受到了羞辱，他强压住心里的怒火，咽了一口唾沫，从喉咙里发出低沉的声音："哼，下次我就考零分给你看看！"

卡尔森小姐伸长了耳朵，仿佛一下子抓住了小汤姆的"小辫子"似的，说："好啊，这个创意很好！咱们不妨做个约定，你要是考了零分，那么在这个班级里你做什么都可以，我决不干涉；可你一天没有考到零分，就要服从我的管理，好好学习！"

小汤姆吐了吐舌头，感觉自己遇到了天底下最最可爱，又最最愚蠢的老师。哼，考个零分还不容易？

"不过，既然是'考'，咱们还得遵循必要的考试规则：试卷必须答完，不能一字不填就交卷，更不能临场脱逃。如果那样的话即视为违约，好不好？"卡尔森小姐补充道。

这还不简单！小汤姆不假思索地答道："没有任何问题！"

考试的日子很快就到了。发下试卷后，小汤姆赶紧填好自己的名字，开始答卷。他拿着试卷，像以往那样乱蒙一通。

走出考场，小汤姆忽然发现，自己手心里竟然出了汗，他第一次感觉，原来，考零分竟然跟考满分一样难！特别是那些讨厌的选择题，自己不知道哪个答案是对的，因此无论如何都找不到那个肯定错误的选项，这样怎么能保证自己得零分呢？

小汤姆的心情沮丧极了，他突然明白过来，指望考一个零分就彻底解放自己的想法只是一个梦，可望而不可即。

试卷结果出来了，成绩又是"C"，而不是"0"！可恶的"C"！小汤姆恨不得拿起笔，把"C"上那个刺眼的缺口给补上。

卡尔森小姐走过来，笑着提醒道："咱们可是有约在先的哟，如果你没有考到零分，你必须听从我的指挥和安排。"

小汤姆羞愧地低下头，暗骂自己不争气。

卡尔森小姐指着那张试卷，说道："现在，我要求你，早一天考出零分，或者说，你近期的学习目标是向零分冲刺！"小汤姆无奈地点了点头。

第二场考试很快就来了，结局还是一样，小汤姆又拿到了"C"！

第三次、第四次……小汤姆一次又一次地向零分冲刺。为了得到零分，小汤姆开始发奋学习，渐渐地，他竟然发现自己有把握做错的题越来越多，换句话说，他会做的题变得越来越多。为了考到零分，小汤姆暂时放弃了自己的小赛车，他的赛车手梦也渐渐淡去，取而代之的，是萦绕在他脑海中的一道道试题。

终于，一年后，小汤姆成功地考到了第一个零分！也就是说，试卷上的所有题目他都会做，都能判断出哪个答案正确，哪个错误。

卡尔森小姐把试卷发下来后，大声地宣布："小汤姆，祝贺你，终于考到了零分！"全班响起了热烈的掌声，是祝福的掌声！小汤姆感到羞愧难当，脸不由红了。

"好了，你终于凭着自己掌握的知识考到了零分，按照我们的约定，你可以在班级内做任何想做的事情了。"卡尔森小姐走过来，抚着小汤姆的头温和地说。

小汤姆的眼睛渐渐湿润，他哽咽了许久，终于脱口而出："谢谢您，老师，在我没有成为世界一流赛车手之前，我想成为一名出色的中学生……"

"小汤姆,你是好样的,"卡尔森小姐用赞赏的语气说,"在我心目中,一个凭实力考了零分的学生跟考了'A'的学生是一样出色的!我为你感到骄傲!"

(推荐者:雅 心)
(题图:安玉民 梁 丽)

双重打击

平文县有个小伙子,名叫周宏亮,因为偷盗电缆,蹲了五年大牢。在狱中,他努力改造,日盼夜盼,终于盼到了刑满释放的这天。他拎个包包,出了监狱,回头看看监狱大门,暗暗发誓,以后好好做人,再也不偷了,再也不回到监狱这个鬼地方。

周宏亮入狱之后,知道他的搭档大头狼金盆洗手,开了一家烧烤店。这几年,大头狼每次来看他的时候,都说他的烧烤生意多么多么好。周宏亮早就迫不及待地想见识一下了。到了县城,他打了辆出租,五分钟后便到了这家位于黄金地段的烧烤店。

烧烤店门面不大,装修得倒很气派,烧烤店的生意主要集中在晚上,所以此刻显得有点冷清。周宏亮走进店里,一眼就看见吧台后面的大头狼,正咬牙切齿地狂拍键盘。这大头狼一身的暴力倾向,如今虽说已不偷不抢，但在打游戏的时候也要把他的暴力发泄出来。周宏亮见他对自己的到来毫无察觉，不禁想戏耍他一下，于是大叫一声："警察，举起手来。"

大头狼果然惊得条件反射似的跳了起来，举起了双手。当他看清是周宏亮后，露出惊讶之色，愣了好半天才哈哈大笑着走出吧台，狠狠地在周宏亮胸口擂了一拳，埋怨道："你小子出来了，怎么不通知我一声，好让我去接你呀。"

"我是想给你个惊喜。"周宏亮揉着微微疼痛的胸口，兴奋地说，"怎么样，没吓着你吧？"

"你差点就吓死了我，我还以为自己的事犯了呢。"大头狼边说边转头对服务员说，"我最好的哥们儿出来了，赶紧去弄点吃的，我们今天要痛痛快快喝一场。"

周宏亮急忙拦住他，说："酒就不喝了，一会我得回家看老爷子去，先来找你，是想跟你商量点事。"

大头狼犹豫了一下，拉着周宏亮进了包间，说："你是想跟我说这饭店的事儿吗？"

五年前，周宏亮和大头狼联手做了不少案子，最后一票，抢了一个人的十四万现金，两人决定用这笔钱开家烧烤店，从此告别这种提心吊胆的日子。可就在这时，两人偷盗电缆的案子犯了，警察抓到了周宏亮。周宏亮咬紧牙关，咬定电缆是自己一人偷的，死活没供出大头狼，也没供出其他的案子，但即使这样，他也被判了五年徒刑。而大头狼则顺利地开了这家烧烤店，当了老板。但他每次去监狱探望周宏亮的时候，都信誓旦旦地说，这家烧烤店的一半是周宏亮的。

听大头狼这样一说，周宏亮有些奇怪，反问道："烧烤店一人一半，这有什么好说的？我是想让你先给我点钱，我几年没见我爸了，回家总得给他买点什么吧?"

"停停停。"大头狼突然脸色一变,说,"你刚才说什么?烧烤店一人一半?你脑子进水了吧?店是我起五更,爬半夜辛辛苦苦开起来的,跟你有一毛钱关系吗?"

周宏亮一下子愣住了,刚才还亲兄弟一样的老搭档,一下子变得横眉竖眼,脸色冰冷。他惊讶地问:"你什么意思?你不是忘了,你开店的本钱是哪儿来的吧?"

"我没忘,是我家房子动迁的时候,人家给的补偿金。"大头狼露出得意的笑容说,"所有邻居熟人都能帮我证明这点。我倒是奇了怪了,原来你今天不是来和我叙旧,是想抢我的店铺啊!"

周宏亮只觉得一股怒火直冲脑门,他万万没有想到,大头狼居然说出这种话来。关于动迁补偿金确有其事,大头狼家原来的平房很大,除了回迁楼外,开发商还额外给了他十万块,可当时大头狼成天跟一帮不三不四的人混在一起,打架斗殴,吃喝嫖赌,没两年十万块就败光了,所以才会找到周宏亮合作。周宏亮再也忍不住了,上前一把揪住大头狼的衣领,骂道:"你他妈的……"

没等他话出口,大头狼反手握住他的手腕,用力一扭,周宏亮只觉得手腕像断了一般,痛得大声呼叫起来。大头狼一用力将他推倒在地,指着他的鼻子骂道:"厉害了啊你,敢跟老子动手?忘了老子是什么样的人了吧?"

周宏亮捂着手腕,心里不由打了个哆嗦。他知道大头狼心狠手辣,恶名在外,无人敢惹,他可不敢跟这种人动手。他绝望地叫道:"既然你早就打算赖账了,为什么还一次次去监狱看我,跟我说那些话?"

大头狼狞笑道:"很简单,我怕你为了立功减刑,把我供出来,所以我才要去稳住你,要不你以为我愿意去那种鬼地方看你啊?"

周宏亮一颗心沉了下去,这五年来,一个最重要的支撑他坚持下去的信念,就是这一半的烧烤店和美好的未来。没想到,大头狼这个混蛋根本就是在骗他。他死死瞪着大头狼,一字一句地说:"你不仁,就别怪我不义,我这就去公安局,把咱俩做的那些案子全说出来,让你也尝尝坐牢的滋味。"

大头狼满不在乎地说:"愿意去你就去呀,可有句话别说我没提醒你,检举了我,也跑不了你,你还想进监狱再待几年吗?你不管你老爸了吗?前两天我去看他的时候,老头儿都病得不行了,唉,也不知道还能活几天。"

听了这话,周宏亮的心脏像被人猛掐了一把,是啊,就算自己不在乎坐牢,也得替爸爸着想啊,爸爸年老多病,如果自己刚出来就又进去,爸能受得了这种打击吗?再说,自己立誓出狱后要好好做人的,何苦跟这种无赖纠缠不休?

这时,大头狼又换了一副面孔,说:"兄弟,咱俩都是小偷,你见过小偷讲义气吗?别说咱俩只是搭档,就算你是我亲兄弟,这钱我也不可能还你。再说了,这些年我没少去监狱看你,更没少照顾你爸,我也算是仁至义尽了吧?我知道你刚出来手头紧,这两千块钱你拿着,以后要是有什么需要我帮忙的,尽管说话,皱一皱眉头我就是王八蛋。"

看着大头狼递过来的薄薄一沓钞票,周宏亮知道,这是大头狼给自己的一个台阶,要是自己敢不就坡下驴,绝对没有好果子吃。况且,大头狼说得也有道理,就算检举了大头狼,自己也免不了重返监狱,这样两败俱伤太不值得,也只好暂时忍下这口气了。

想到这里,周宏亮看也不看大头狼一眼,接过他手里的两千块钱,大步走出烧烤店。

在回家的路上,周宏亮买了许多爸爸喜欢吃的东西,一进门就大声喊道:"爸,我回来了!"

可家里静悄悄的,没人应声。难道爸爸出去了?为什么屋里弥漫着一股陈腐气息,到处都是灰尘呢?周宏亮心里升起一股不祥之感,急忙转身冲出门,去敲隔壁邻居阮叔的门。阮叔见到他,又惊又喜,说:"宏亮啊,你可算回来了。"

"我爸爸呢?"周宏亮焦急地问,"你知道他去哪了吗?"

阮叔脸色黯然地说:"你爸爸两个月前突然心脏病发作,走了。"

这话如晴天霹雳,周宏亮顿时两眼发黑,身子不由地晃了一晃,阮叔急忙扶住他,周宏亮泪水汹涌而出,撕心裂肺地狂叫一声:"爸——"

父亲遗愿

阮叔告诉周宏亮,他爸去世之前,心情非常好,整天乐呵呵的,嘴里不停地说,用不了多久儿子就出狱了,儿子跟他保证过,出来之后洗心革面,重新做人,到时候儿子找份正经工作,再成家立业生个孩子,他这辈子就没什么遗憾了。

一个周日的上午,阮叔正在街上散步,接到老李的电话,老李说他跟老周约好了来他家下棋,却怎么也敲不开门,他怀疑老周出事了。阮叔一听,急忙赶回家,用备用钥匙打开老周家的门,结果发现老周倒在地上快不行了。阮叔和老李赶忙将他送到医院,抢救了一个多小时,最后老周还是撒手去了。

虽然医生没能救得老周性命,但他总算留下了遗言。说着阮叔从手机里调出录音打开,只听见老人用虚弱的声音说:"小亮,记得你答应爸爸的事情,再也不能偷了,再也不能进监狱了,否则的话,我在九泉之下也不会原谅你。将来如果你有钱了,别忘了替我感谢你阮叔和李叔,他们都是你爸的恩人!"

听着爸爸弥留之际的最后叮嘱,周宏亮忍不住泪如雨下,他扑通一声跪在阮叔面前,说:"阮叔,谢谢你,谢谢你和李叔,这辈子我都忘不了你们对我爸爸的恩情,将来我一定会报答你们。"

阮叔急忙扶起他,说其实自己也没帮他爸爸多少,再说老邻居相处多年,互相帮助,都是应该做的。周宏亮擦了擦眼泪,问:"你有李叔的电话吗?我想约他出来,晚上请你们吃顿饭,也算我的一点心意。"

阮叔推辞说:"你刚出来,还是先把家收拾收拾,然后再琢磨着干点什么吧,你的心意我们都了解,这顿饭就免了。"

周宏亮虽然没见过老李,但以前他爸爸在给他的信里,详细说过他们相识的经过。

那是两年前的一天早晨,老周背着袋子去捡破烂,恰好垃圾箱边有条狗在找食吃,他抬腿对狗踢了一脚,想把它赶走,没想到那狗竟兽性大发,疯了一样把他扑倒在地,狂撕乱咬。老周被咬得高呼救命。

在这性命攸关的时刻,老李从家里出来,一见此状,连忙从地上捡了块砖头朝狗砸去,那狗又转身向老李扑去。老周从地上爬起来,蹿到旁边一辆拉砂子的平板车上。那狗仍在下面狂吠着,大有咬不死老周不罢休之势,就在老周自忖性命难保之时,老李抓起车上的铁锹,鼓起勇气冲过来,狠狠一锹砸在狗的腰上,那狗这才哀嚎着跑了。

老李将老周送到医院,打了狂犬疫苗,腿上的伤口足足缝了二十多针。老周在信里说,如果不是老李仗义出手,那天恐怕他就得被狗咬死,老李是他的救命恩人哪。

所以,周宏亮执意要请两位老人吃饭。见他如此坚持,阮叔只好拨通了老李的电话,约好了晚上在附近的一家饭店见面。周宏亮先去饭店订好了酒菜,然后买了些香烛、纸钱去寄存父亲骨灰的地方大哭了一场,回家收拾了屋子,又花两百块钱买了个手机。这一通忙活下来,时间就差不多了,他赶到饭店后,站在饭店外面等老李和阮叔到来。

离约定时间还有十分钟时,阮叔和一位五十来岁的男人转过街角走了过来。不知为什么,周宏亮感觉那人十分面熟,却怎么也想不起在哪里见过这人。这时两人已经来到面前,阮叔介绍说:"宏亮,这位就是你李叔。"周宏亮赶紧退后一步,向老李深深鞠了一躬,说:"李叔,谢谢您对我爸爸所做的一切。"

老李淡淡地说:"我和你爸一见投缘,是朋友嘛,你用不着这么客气。不过话说回来,你的事儿我听说过一些,这辈子我最恨的就是强盗小偷,你要是真想谢我,以后就千万别再干那些缺德事。"

没想到老李说话如此直率,周宏亮臊得一张脸腾地红了起来,说:"李叔你放心,出狱之前我就发了誓,我不但要凭自己的力气赚钱吃饭,不偷一分一毫,而且还要尽可能地为社会做些好事,弥补我以前犯下的过错。"

阮叔见周宏亮有些尴尬,忙打圆场说:"宏亮你别介意啊,老李就是这么个直脾气,前些年他在城里打工的儿子处了个女朋友,他取出全部积蓄准备给儿子交首付买房子,没想到钱被人抢了,害得他儿子儿媳到现在还租房住呢,所以他从骨子里憎恨抢劫和盗窃的,倒不是针对你。"

周宏亮听了脑子"嗡"的一声,终于想起为什么看老李眼熟了。五年前,他和大头狼守在银行门口蹲点,看见一个人取了很多钱出来,便尾随那人到了僻静地方，一棍子敲在那人的后脑上，将人打晕抢走了十四万。而那个倒霉的失主，就是眼前的这位老李。

只听老李叹了口气，说："为了买房子，我儿子儿媳去了南方打工，一年都不回来一趟，我也省吃俭用口挪肚攒，可到现在都拿不出个首付，一想起这事儿我就生气，那个该死的家伙，让我抓到他，我绝饶不了他！"

周宏亮听得心如刀刺，他赶紧岔开话题，请两人进了饭店。好在老李再也不说这类话刺激他，转而讲了一些和周宏亮的爸爸交往的事情，之后又问周宏亮有什么打算，还热心地出了些主意。

一个小时后，吃好饭，周宏亮回到家里，躺在床上，开始思索这一天发生的事情。在出狱之前，他把未来的生活想得很美：大头狼跟他说那饭店这几年赚了三四十万，也就是说，他可以分到十几、二十万，然后用这笔钱再开一家饭店，自己这辈子就不用愁。哪想到，大头狼这个混蛋翻脸无情，让他的美梦一下子成了泡影。

本来他还想着，以后要让爸爸过上舒心的日子，没想到天不遂人愿，爸爸就这么突然地走了，他再也没有尽孝的机会。还有爸爸的恩人老李今天的困境也是自己一手造成的，就算不报答人家，起码也应该把欠人家的还回去呀！如果连这一点都做不到，这辈子他都不会安心。

周宏亮正胡思乱想着，突然外面响起一阵敲门声，开门一看，竟然是大头狼。看着大头狼笑容满面的样子，周宏亮心里不由得一动，莫不是这混蛋良心未泯，给自己送钱来了？

正义行动

大头狼进了屋，一番东张西望后，问："老爷子不在家？那正好，我有点事要跟你商量一下。"

周宏亮心里暗骂,这家伙说什么前几天还来探望过老爸,全是假话。但他懒得戳穿这家伙的谎话,不耐烦地问他有什么事。大头狼也不兜圈子,直截了当地说:"你不是想要钱吗?只要你帮我办件事,我就给你一万块。"

原来,大头狼的烧烤店生意越来越好,客人越来越多,烧烤店就显得地方太小了。恰好烧烤店隔壁的店铺要转让,大头狼准备把那家店铺租下来,然后两家打通,扩大规模经营。但他手里只有三万块,所以今天下午,他又从他舅舅那里借了五万块。他想让周宏亮去他舅舅那里,把欠条偷出来,没了欠条,这笔钱他就不用还了。

周宏亮听了,气得肺都快炸了,心说:这家伙连自己的亲舅舅都算计,难怪他对朋友无情无义了。周宏亮忍住火,冷笑着说:"对不起,我早就发誓再不偷了,这事我干不了,你还是自己去干吧。"

"你又不是不知道,打打杀杀我还行,开门撬锁我不会啊。"大头狼嬉皮笑脸地说,"要不,我给你两万块,这总行了吧?"

周宏亮打开房门,沉默地看着大头狼。大头狼碰了一鼻子灰,骂了两句脏话,走了。

周宏亮关上房门,正想躺回床上,突然心里一激灵,大头狼既然想让自己去偷欠条,说明那五万块肯定已经借到手了,他会不会把钱放在家里呢?

他想,当年抢老李的十四万,被大头狼用来开了烧烤店发财了,而自己却欠着老李的人情还不上,为什么不从大头狼身上拿这笔钱呢?他觉得这次出手是帮老李拿回本来属于他的东西,是正义行动,想来爸爸的在天之灵也会原谅自己吧?

这么一想，周宏亮再也坐不住了，赶紧穿衣出门，正好看见大头狼钻进一辆车里扬长而去。他拦了出租车一直跟着大头狼回到烧烤店。他见这时烧烤店食客爆满，估计大头狼不会提前回家，此时动手正是天赐良机。

周宏亮趁着夜色来到大头狼家，用钢丝熟练地打开门锁，一进屋他呆住了，以前他来过无数次的这间破屋子，如今已经装饰一新，豪华气派，看得出来，大头狼确实没少赚钱。

周宏亮在屋子里翻找了半天，也没找到一分钱，他不由得有些奇怪，如果说大头狼把钱存进银行，或者随身携带，倒也说得过去，但是最起码大头狼家里应该有房产证户口簿这类东西，他藏到哪里去了？

周宏亮在卧室、客厅里又转了一圈，然后来到厨房，厨房里各种用具都是新的。他打开厨柜，里面整整齐齐摆着盘子、碗等东西。他扫了一眼，随手关上柜门，可突然感觉到有些不对劲，他再打开柜门，终于发现所有东西都摆放得整整齐齐，偏偏那装筷子的立筒却倒在柜子中间。

他想，大头狼单身一人，本来就不会做饭，如今又开着烧烤店，几乎不可能在家里开伙，更不可能挪动这个立筒，那它为什么没在应该在的位置呢？

周宏亮蹲下身来，仔细检查厨柜，不一会儿，果然发现在厨柜靠墙的一面有个暗门，打开一看，里面除了房产证和一些重要单据，果然有八万块现金。周宏亮大喜过望，赶紧装起钱，又将厨柜恢复原样，然后迅速撤离。

虽然这八万块钱远远不够弥补老李的损失，但对周宏亮来说，对老李的愧疚减少了几分。只不过，如何把这些钱还给老李，他又挠起头来：以报恩的名义直接给老李？没法解释为什么给人家这么多钱；跟人家实话实说，坦白交代自己就是当年抢他钱的劫匪？他又不敢。

周宏亮翻天覆地琢磨了一夜，最后决定悄悄把这钱放到老李家里。

周宏亮不知道老李的家在哪儿，但他记得昨天晚上喝酒的时候，老李说过，他在城南一家工具厂上班。第二天临近中午的时候，周宏亮躲在离工具厂不远的地方，等老李下班出来后，他远远地跟在后面，十多分钟后，见老李走进了一个独门小院。

周宏亮在老李上班的必经之路上找到了一家小面店，要了一碗面、一瓶啤酒边吃边等。大约过了一个小时，看到老李匆匆忙忙去上班了。周宏亮急忙来到那间独门小院，轻松地打开门锁，闪身进屋。

桌子上摆着两张相框，一张是老李微笑着搂着另一个男人的肩膀，另一张是一对年轻男女的幸福瞬间。周宏亮见了心里一阵难过。他想自己和大头狼抢的十四万，也许就是老李为了给这小两口买房的钱吧？

周宏亮抬眼打量了一下屋子，见屋里虽然没什么值钱的东西，但收拾得很干净，窗台上还摆着几盆花和一个大鱼缸，几条色彩鲜艳的金鱼正在清澈的水里游来游去。他心说：看不出来，这老李还是个很有生活情趣的人。周宏亮不敢久留，将八万块钱摆在客厅里的茶几上，然后匆匆离去了。

这几年县城发展速度很快，很多地方都在大兴土木，周宏亮决定先去找个体力活儿干几个月，等赚了一点钱再琢磨做个小生意。不料这年月农民出来打工的太多了，他走了几家工地也没找到活儿。他正犯难时，突然接到大头狼打来的电话。原来大头狼去了他家，见他不在，从邻居阮叔那里要到了他的手机号码。只听电话那头大头狼怒气冲冲地问："王八蛋，你他妈的在哪儿呢？"

周宏亮一听就猜到大头狼发现钱丢了,并且怀疑到了自己身上。对此周宏亮早有准备,他故作奇怪地问:"怎么了? 大头狼,干吗发这么大的火?"大头狼依旧怒气冲冲地说:"少废话,告诉我你在哪儿,我这就去找你。"

周宏亮知道这件事躲是躲不了的,于是报出了自己的地址,不一会儿,大头狼开着车杀了过来,接他上了车,一溜烟回到大头狼的家。进屋后,大头狼把周宏亮推坐在沙发上,寒着脸问:"我的八万块在哪儿?"

"什么八万块? 你说的话我怎么听不懂呢?"周宏亮早就铁了心死不承认,他想只要没有证据,大头狼没办法确定是他偷了钱,只能吃了这个哑巴亏。

大头狼冷笑道:"看来,你是不见棺材不落泪啊,是不是以为我没证据,奈何不了你啊?"

大头狼边说边将桌上的手提电脑掀开,屏幕上立刻显现出此时此刻屋里的情景,周宏亮一见,惊得跳了起来,叫道:"你……你居然在家里装了监控?"

"老子经常带些女人回家,为了记录下那些美妙瞬间,所以特地装上了监控,没想到还能抓贼。"大头狼得意地一边调出周宏亮在屋里翻箱倒柜的视频,一边嘲弄道,"你在监狱呆傻了吧,不知道世界变化有多大,一个普通的监控就能做到录像和录音,很意外吧? 赶紧把钱交出来,我就当这事没发生过,要不然,你应该知道我会怎么对付你。"

巨款失踪

周宏亮心里悔得要命,打死他都不会想到,大头狼居然还有这一手,这下自己的如意算盘打砸了。他用力咽了口唾沫，试图用真情打动对方，说："大头狼，还记得你找我合作的时候，你什么都不会，不管是我偷人钱包，还是撬人家门锁，你只能在一旁望风，但咱们偷了那么多钱，我都跟你平分了。我周宏亮没差过事吧……"

"少他妈跟我说这些，你倒是想不跟我平分，可你敢吗？"大头狼轻蔑地说，"抢这十四万的时候，那一棍子是我打的，钱当然全是我的，有意见，你可以去告我呀！"

看着大头狼蛮横无赖的样子，周宏亮心冷了，但他还想做最后的努力，于是三言两语说了他这次偷钱的原因，眼巴巴地看着大头狼，希望他能良心发现，不再追究这笔钱。但大头狼才不管这些，不屑地说："他救的是你爸，跟我有什么关系？别他妈磨叽了，赶紧把钱给我拿回来，要不然现在我就废了你。"

看来，不还钱是不可能的了，周宏亮被逼无奈，只好带着大头狼来到老李家。趁着老李还没下班回来，周宏亮打开门锁，可进屋一看，傻眼了，茶几上除了一只烟缸，什么都没有，那八万块已经不翼而飞了。

大头狼勃然大怒，一脚将周宏亮踹翻在地，吼道："到了现在还跟我玩心眼，你不是说钱放在茶几上吗？钱呢？"

周宏亮也慌了，急忙说："都这个时候了，我骗你干什么？我确实放在茶几上了，会不会是老李回来过？把钱收起来了？"

两人赶紧翻箱倒柜，把屋子里里外外搜了个遍，却一无所获。大头狼急了，让周宏亮给老李打电话，问问他现在在哪里。可周宏亮拨过去后，电话语音提示对方关机，大头狼一听，说："钱肯定被他拿走了，他怕有人回头找钱，所以想把钱转移死不认账，还心虚地关了手机。你赶紧想想，现在他最有可能在哪儿？"

"我怎么知道他可能在哪儿?"周宏亮愁眉苦脸地说,"除了这儿,我只知道他上班的地方,要不,咱去那儿找找?"

事到如今,也没有其他更好的办法。大头狼开着车向老李单位驶去,可到了那儿才知道,人家单位已经下班了。两人无奈,只好又开车往回走,想到老李家等他回来。当车在路口等红绿灯的时候,只见一个人拎着袋蔬菜,横过街道。周宏亮一看,这人不是别人,正是老李。

大头狼对周宏亮说:"先跟他一起回家,然后想办法把钱弄回来,记住,绝对不能说我们抢他钱的事儿,你要敢说,我就做了你。"

周宏亮苦笑一声,这事儿不用大头狼叮嘱,他也不敢往外说呀,要是让老李知道他就是抢钱贼的话,人家不报警才怪。他应了一声刚要下车,没想到就这工夫,只见老李上了一辆向城西去的公交车。两人只好开车跟在后面。

公交车来到城西的站点时,老李下了车,直接拐进了一条小胡同。周宏亮和大头狼面面相觑,这个地方离老李家有十几分钟路程,这都饭点了,他拎着菜不回家,跑到这里来干什么?他们见老李已经走出很远了,大头狼忙把车拐进胡同,追到老李身边,周宏亮跳下车,叫了声"李叔"。

老李转过头来,见是周宏亮,不由愣了一下,问:"是宏亮啊,你怎么在这儿?"

周宏亮早就想好了说辞,坦然道:"今天没什么事儿,想到李叔您家认个门,可打您电话怎么也打不通,没想到在这碰上了,您手机没开吗?"

"我手机一般都开着,怎么会打不通?"老李一边说,一边拿出手机,这才发现手机没电自动关机了。周宏亮指着车上的大头狼介绍说:"李叔,上车吧,他是我朋友,你告诉我们怎么走,咱们这就去你家。"

老李笑了,说:"还上什么车呀?咱们已经到家了。"说着,他紧走几步,打开旁边一间小院的门锁,请周宏亮和大头狼进去。

大头狼疑心顿起,低声对周宏亮说:"你他妈的敢骗我?刚才咱们去的不是他家?"

周宏亮也蒙了,疑惑地问:"李叔,你说这儿是你家?那城南那房子是怎么回事啊?"

"城南那房子?那是我朋友老张家,他去市里他儿子家了,得半个月才能回来,就把钥匙放我这儿,让我帮他喂喂鱼、浇浇花,你怎么知道我去过那里?你跟踪我?"

周宏亮说:"跟你合影的朋友就是老张?那张照片里的小两口是他儿子儿媳?"

老李冷着脸问:"你告诉我,为什么要跟踪我?为什么闯进老张家?"

大头狼把这些话听了个一清二楚,他是多年的老江湖,也看到了那两张照片,马上明白了周宏亮误会的缘由,更看得出老李说的是实话,那么十有八九是老李的朋友突然回家拿走了钱。他迫不及待地说:"李叔,你先别问为什么,你现在赶紧给你朋友打个电话,问问是不是他回来了?"

"我不打。"老李紧盯着周宏亮的眼睛说,"你先把事情给我说清楚了,到底怎么回事?想到我家,为什么不光明正大找我,偏偏要玩什么跟踪?为什么要找我朋友?这事儿跟他有什么关系?"

大头狼急得都火上房了,他见这个老李一点都不识趣,刚想发火,可随即意识到不能硬来,他给周宏亮使了个眼色,示意他编个谎话圆过去。周宏亮会意,叹了口气,说:"李叔,您对我爸爸有大恩,我这不一直惦记着想报答您吗?但我知道要是直接给钱,您肯定不能要,所以我跟踪您找到您家,然后偷偷放下八万块钱,算是我的一点心意,可我没想到,那是您朋友家,现在这钱不见了。您赶紧给问问,是不是您朋友拿了这钱,要不是他拿的,这麻烦可就大了。"

拒绝报答

老李不敢相信地看着周宏亮,好半天才说:"你这孩子,怎么这么糊涂啊?我怎么能要你的钱……不对啊,既然你把钱放那屋里了,又怎么知道钱不见了?你又去过?去干什么?还有,你哪来这么一大笔钱?你不是又去偷了吧?"

说到这儿,老李已经是声色俱厉了,周宏亮心里哀叹:这老李还真不是个好糊弄的人。但他仍然想继续编故事,蒙混过关,于是指着大头狼说:"这钱当然不是偷的,是我向他借的,可当我把钱放那屋里之后,他家里突然出了点急事,需要用钱,我没办法,只好想先把钱拿回去,等以后有机会再报答您,可没想到钱却不见了。"

老李沉思着,但脸色却越来越阴沉地说:"我根本不相信你说的这些话,不过我可以告诉你,就算你真把钱放那屋里了,也不可能是我朋友拿了,他根本就不是那种昧着良心的人!"

说完,老李转身进屋,换了块手机电池,然后拨了个号码,问:"老张,我是老李,你在哪儿呢?"

大头狼抢着按下手机的免提键,只听里面传来一个爽朗的声音:"你这不是明知故问嘛,我在市里呀,你怎么想起来给我打电话了?"

"你真在市里呢?没回来?"

"老李你什么意思啊?我要是回去能不联系你吗?怎么了,家里有什么事儿吗?"

"没事没事,我家里有客人,等一会儿忙完了再给你打。"老李挂断了电话后,对周宏亮和大头狼说,"你们都听到了吧,不可能是我朋友拿的钱,会不会是进了小偷?对了,我还是报警吧。"

说着,老李就要按110,大头狼和周宏亮不约而同地按住他的手:"不能报警!"

老李冷冷地扫了两人一眼,问:"丢了钱为什么不能报警,难道这钱有什么见不得人的事?"

此刻,大头狼懒得继续演戏,他拉下脸,说:"老头儿,实话跟你说了吧,这钱是他从我那偷的,要是报警,他就得被抓进去,所以还是别报警的好。"他说罢,上前一把揪住周宏亮的衣领,抬手左右开弓"啪啪"用力抽他的脸,狞笑着说,"我不管这钱是被人偷了,还是你他妈跟我撒谎,反正这钱我只朝你要,说,什么时候还我?"

周宏亮无奈地说:"这钱我一定还你,实在不行我给你打欠条,你先放手……"

看着周宏亮的窝囊相,老李又气又恨,蓦地大喝一声:"滚,你俩有什么事自己去解决,别在我家里瞎折腾,马上给我滚!"

赶走了这两个人,老李也没心思做饭,一屁股坐在床上生闷气,就在这时,一个人推开门,大大咧咧地走了进来,竟然是刚才与老李通电话的老张。老李揉了揉眼睛,说:"你不是在市里吗?什么时候回来的?"

老张笑呵呵地说:"我下午就回来了,怎么了?"

"下午就回来了?你干吗跟我撒谎?你回家了吗?看到你家里茶几上的八万块钱了吗?"老李一连串问题脱口而出,"那钱是不是你拿走的?"

老张慢悠悠地掏出一张存折,拍在床上,说:"别紧张,那钱就是我拿走的,全在这儿呢。我说老李,你怎么搞的,就算我把你钱拿走了,你也该想到我是好心帮你保存,怎么还把我家翻得乱七八糟啊?"

原来,老张因为儿子的岳父岳母也去了市里,家里住不开,他就提前回来了。到家之后,意外地看到了茶几上的八万块钱。他想家里的钥匙除了他,只给了老李,这钱当然是老李放在这儿的了。他急忙给老李打电话,可老李的手机关机了,打了几遍都没打通。

老张觉得这么一笔巨款不管是放在家里,还是带在身边都不安全,于是他决定先把钱存进银行。存好钱他就去老李单位找老李,可那时候老李已经下班走了。他又赶到老李家,可等了半天老李也没回来,他就琢磨是不是老李去了自己家,于是又赶回家,结果看到家里被翻得乱七八糟。老张又好气又好笑,心想这肯定是老李回来后,发现钱不见了,以为自己给藏了起来,所以才一通乱翻。就在这时,老李打来电话,老张决定吓唬他一下,所以才说自己还在市里。

老李听老张一番解释后,才明白了事情经过,他叹了口气,说:"老张啊老张,不是我说你,都这么大岁数的人了,做事怎么不动动脑子?这八万块钱的大事,你也能当玩笑来开?你可知道宏亮那小子因为这钱被折磨成啥样了?"

老李边说边拨通了周宏亮的手机,说:"宏亮,我是你李叔,有急事找你,赶紧和你朋友过来一趟。"

十多分钟后,周宏亮独自一人来了。原来,离开老李家后,在大头狼的威逼下,周宏亮给他打了张八万块的欠条,大头狼收起欠条,扔下周宏亮开车扬长而去。

老张见了周宏亮,又把刚才的事情讲了一遍,然后把存折塞到他手里,说:"你的事情,刚才我都听你李叔说了,明天赶紧把钱取出来还给人家吧。不好意思,我刚才不该开那个玩笑,让你多受了不少苦。"

周宏亮怔怔地看着手里的存折，不敢相信地问："张叔，你知不知道，如果你不承认这钱在你手里，这钱就是你的了，这可是八万块啊。"

老张一听，脸一下子沉了下来，生气道："小伙子，你说的这是什么话？我老张一辈子光明磊落，怎么可能干这种不要脸的事儿？"

"那李叔呢？李叔你不正缺买楼的首付吗？"周宏亮又转向老李说，"为什么不干脆留下这钱？"

老李不屑地说："就算我再缺钱，也不会要你们这些脏钱。算了算了，这种事情一时半会跟你说不清，你也理解不了。真不知道老周那么好的人，怎么就生了你这么个不争气、不懂事的儿子。你走吧，赶紧走吧，以后再别来找我，我不稀罕你的报答。"

说着，老李不由分说将周宏亮推出屋去。周宏亮呆呆地在门外站了好久，他想起了父亲弥留之际留下的遗愿，想起了自己无数次发过的誓言，想起了出狱短短两天后发生的这一切，他终于知道自己该做些什么了。

干净做人

周宏亮来到城西派出所，说要自首，然后把当年和大头狼联手做过的所有案子和这两天发生的事情一股脑说了出来，当负责处理这事的王警官将一副锃亮的手铐铐在他的手腕上时，他如释重负地长舒了口气。

王警官有些好奇地问："你来投案自首，是想让警方帮忙追回你李叔那十四万，让大头狼得到惩罚，这我能想得到，但应该还有其他原因吧？"

"还有一个原因，就是我突然之间想明白了。"周宏亮感慨地说，"虽然我出了狱，但我心里的锁一直没打开。要想重新开始新生活，就必须把以前的债还清，把身上的脏东西洗干净！所以我宁愿再进监狱服刑改造，和肮脏的过去做一个彻底了断。"

王警官竖起大拇指，由衷地说："你能有这样的觉悟，了不起。虽然你这些案子都不小，但法庭一定会充分考虑你的自首情节和心路历程。放心吧，我们这就去抓捕大头狼，他跑不了的。"

没多久，王警官将大头狼带来了，可大头狼把所有的事情推了个一干二净，他说自己和周宏亮只是普通朋友，虽然当年有过交往，但犯法的事儿从来没干过。至于他开饭店的本钱，是他家房子拆迁时得的补偿金，跟周宏亮一点关系都没有。他说周宏亮之所以检举他，是因为想敲诈他的钱被拒绝了，所以才像疯狗一样乱咬。

王警官无奈，只好让周宏亮出面和大头狼对质，但大头狼咬紧牙关拒不交代，反而让周宏亮拿出指控的证据来。周宏亮本来可以让老李来做证，但当年大头狼那一棒子是在老李背后打的，老李根本没看见袭击他的人。而大头狼当然明白这一点，所以他才如此有恃无恐。

至此，周宏亮才知道自己把事情想得太简单了，两人当年干的都是见不得人的勾当，掖着瞒着还来不及呢，哪里可能留下什么人证物证？唯一败露的那起盗窃电缆案，自己早已全扛下了，现在只要大头狼矢口否认，他还真没什么好办法。

时间飞逝，转眼十二个小时过去了。大头狼愈发嚣张起来，一个劲地嚷嚷，要求王警官赶紧放了他。王警官无奈地对周宏亮说："我们扣押嫌疑人是有时间规定的，如果你不能提供有效证据的话，我们只好放人了。"

周宏亮无计可施，只好沮丧地点点头。见他一副无计可施的样子，王警官遗憾地说："要是你能早点下决心多好，在他去找你偷欠条的时候，趁机提一提以前的案子，再把谈话内容录下来，现在他就没法抵赖了。"

把谈话内容录下来？周宏亮恍然大悟，兴奋地叫起来："监控装置，大头狼家里有监控装置，能录像、录音，可能录下了我们在他家里发生的事情，王警官，当时我们说了很多以前的事情，绝对可以作为他犯罪的证据……"

一听监控装置，大头狼脸上一下子失去了血色，他歇斯底里地冲着周宏亮大骂："王八蛋，你是不是缺心眼？把我送进去对你有什么好处？"

周宏亮知道自己猜对了，当大头狼拷问自己的时候，忘了关闭监控装置。周宏亮开心地大笑起来，说："把你这种人关进去，对这个社会有好处，虽然我会因此重回监狱，但我九泉之下的父亲一定会为我祝福的……"

（楚横声）
（题图：杨宏富）